山河远阔 人间值得

汪曾祺 丰子恺 等 著

西苑出版社
XIYUAN PUBLISHING HOUSE
·北京·

图书在版编目 (CIP) 数据
山河远阔，人间值得 / 汪曾祺等著 . -- 北京 : 西苑出版社有限公司， 2025. 6. -- ISBN 978-7-5151-1025-7
Ⅰ. I267
中国国家版本馆 CIP 数据核字第 20244WS545 号

山河远阔，人间值得

作　　者　汪曾祺等
责任编辑　杨　超
责任校对　彭洪清
责任印制　李仕杰
开　　本　710 毫米 ×1000 毫米　1/16
印　　张　17
字　　数　205 千字
版　　次　2025 年 6 月第 1 版
印　　次　2025 年 6 月第 1 次印刷
印　　刷　三河市元兴印务有限公司
书　　号　ISBN 978-7-5151-1025-7
定　　价　49.00 元

出版发行　**西苑出版社有限公司**　北京市朝阳区利泽东二路 3 号
邮编：100102
发 行 部　(010)84254364
编 辑 部　(010)64210080
总 编 室　(010)88636419
电子邮箱　xiyuanpub@163.com
法律顾问　北京植德律师事务所　（电话）17600603461

目录

第一章

山河远阔，人间值得

第二章

心存高远，意守平常

第三章

岁月从容，张弛有度

第四章

收集人间好风景

第五章

世界很大，请勇敢前行

第一章

山河远阔，人间值得

桂林的微雨

//

巴金

绵绵的细雨成天落着。昨晚以为天就会放晴，今天在枕上又听见了叫人厌烦的一滴一滴的雨声。心里想：这样一滴一滴地滴着，要滴到什么时候为止呢？起来看天，天永远板着脸，在那上面看不见笑的痕迹。我不再存什么希望了。让它落罢，这样一想，心倒沉静下来，窗外有人讲话。我无意间听见一个本地口音说：

“这种天气谓之好天气。”接着是哈哈的笑声。低的气压似乎被这笑声冲破了。我觉得心境略为畅快。

我初来这里正遇着这样的“好天气”。我觉得烦躁，我感到窒闷。那单调的滴不断似的雨声仿佛打在我的心上，我深夜梦回时不禁奇怪地想：难道我的心是坚厚冷硬的石板，为什么我的心上也响起那同样的声音？

我走在街上，雨水把我的头发打湿，黏成一片。眼前似乎罩了一层雾。我的脚踩进泥水中了。我是在两个半月以前，还是在今天？……我要去找那个书店，看那三张善良的年轻面孔。我以为我就要走到了。

但是，啊，街道忽然缩短了，凭空添了一大片空地。我看不见那个走熟了的书店的影子。于是一道亮光在脑中掠过，另一个景象在眼前出现了。我觉得自己被包围在火焰中。一股一股的焦臭迎面扑来，我的眼睛被烟熏得快要流出眼泪。没有落雨，但是马路给浸湿了。人在跑，手里提着、捧着东西。大堆的书凌乱地堆在路中间。一个女人又焦急又气愤地对两个伸着手的人说："人家房子都快烧光了，你们还忙着要钱！"她红着脸把手伸进怀里去掏钱。我在这个女人的脸上见到熟人的面容了。我一定在什么地方见过她。不，我应该说是见过这张面孔，这样的表情我在我走过的每一个中国的地方都目击过。这里有悲愤，有痛苦，有焦虑，但是还有一种坚忍的力量……

我再往前走，我仿佛还走在和平的街上。但是一瞬间景象完全改变了。我不得不停止脚步。再没有和平。有的是火焰，窒息呼吸、蒙蔽视线的火焰。墙坍下来，门楼带着火摇摇欲坠；木头和砖瓦堆在新造成的废墟上，像寒夜原野中的篝火似的燃烧着。是这样大的篝火。烧残的书页散落在地上。我要去的那个书店完全做了燃料，我找不到一点遗迹了。

"走，走！"警察在驱逐那些旁观的人。黑色的警帽下闪露着多么深的苦恼和愤怒。……我忽然醒过来了。

我又从一个月以前的日子回到今天来了。雨丝打湿了我的头发。眼镜片上聚着三五滴雨点。我一双鞋底穿了洞的皮鞋在泥泞的道路上擦来磨去。刚刚亮起来的街灯和快要灭尽的白日光线给我指路。迎面走过来两三个撑伞的行人。我经过商务印书馆，整洁的门面完好如旧。我走过中华书局，我看不见非常的景象。但是过了新知书店再往前走……怎么我要去的那个书店不见了？还有我去过的一位朋友的家也不知道连屋瓦都搬到了何处去！剩下的是一片荒凉。几面残剩的危墙应当是那些悲惨的故事的目击者。它们将告诉我一些什么呢？

我站在一堵烧焦了的灰黑的墙壁下，我仰起头去望上面。长的、蛛丝一般的雨打湿了我的头发。墙壁冷酷地立在那里。雨丝洗不去火烧的痕迹。雨落得太迟了！墙壁也许是一个哑子，它在受了那样的残害以后还不肯叫出：复仇！

我觉得土地在我的脚下开始摇动了。墙壁在我的眼前倾塌下来。不。没有声音，墙壁车轮似的打了一个转，雨水一下子全干了。墙头发生了火。火必剥必剥地燃着。……我又回到一个月以前的日子了。

夜色突然覆盖了全个城市。但是蓝空却有一段红的天。红色的火光舐着天幕。火光升起来，落下去，又升起来。这时风势已经减弱了。但是凉风吹过，门楼、屋梁、墙头忽然发出巨响，山崩似的向着新的废墟倒下来。火仍在燃烧，火星差不多要飞到我的棉袍上面。我们穿过一条尚在焚烧的巷子，发出热气的墙壁和还在燃烧的瓦砾使我的额上冒汗了。瓦砾堵塞了平时的道路，我们是踏着火焰走过去的。一个朋友要去探望他那个淹没在火海中的故居，可是那里连作为界限的墙壁也不存在了。他立在一片还在冒烟的瓦砾前搔着头在记忆中找寻帮助。他很快地认出了地点，俯下身子想在砖石堆中挖出一两件他所喜欢的东西。我帮忙他找寻那只画眉的尸骸，却看见已经失了形的打字机的遗体。他自己在另一处找到了鸟笼的烧焦的碎片，他珍惜地用两根手指提起它，说：“你看，不是在这里吗？”我这时仿佛听见了那只可怜的鸟的最后哀鸣。

“你们找东西的明天来。现在火还没有熄，不好翻。”对面的房屋还是完好的。它能够巍然单独存在于废墟的中间，大概因为它有高的风火墙罢。在门前坐着一个人。上面的话就是从他的口中发出来的。

“我们来找自己的东西。”朋友回答了一句。

“没有人敢来拿东西的，我们在这里给你们看守。有人挑水去了。你看这边那边都还有火。你们明天来罢！”那个守夜的人说。

这个响亮的声音打破了我的梦。我回顾四周，没有朋友，没有守夜的人。现在不是在夜间，我也不要找人和物件。我不要到这里来。但是回忆把我不知不觉地引到这里来了。

我走过环湖路，雨较大了。冰凉的雨点打在我的脸上。脚总是踩在水荡里。雨水已经浸入鞋底，把袜子打湿了。但是鞋底还常常被泥水粘住，好几次要把身体忽然失去平衡的我拖倒在地上。我听见旁边一个年轻人说：“这样的天气真讨厌！”

“讨厌？这算是好天气呢！在这种天气是不会有警报的。”另一个人高声回答。

我已经走过洋桥，更往南走了。我忽然觉得身子轻松，路很快地在我的脚下退去。天晚了。我看见夜幕张开来。雨立刻停止。代替的是火。火又来了。时间一下便跳了回去。

马路上积着水，堆着碎砖，躺着断木，横着电线。整条整条街都只剩下摇晃的墙壁和燃烧的门楼。没有人家，没有从窗户映出的灯光，没有和平的市声，桂林成了一个大的火葬场。耸立的颓垣便是无数的火柱，已经燃烧了五六个钟点了。一家旅馆，我到那里去过两次，那是许多朋友的临时的住家，我看见火在巍峨的门楼上舐着舐着，终于烧断了它，让砖石和焦木带着千万点火星向着我们这面坍下来。是发雷的响声，接着又是许多石块落地的声音。火星向四处放射，像花炮一样。但是在废墟上黑暗的墙角里一个男人尖声叫喊："救命！"

许多人奔过去，人们乱嚷："拿电筒来，拿电筒来！"

电筒！我一怔：我手里不是捏着电筒吗？我正要跑过去。但是——我的眼前只有寂寞的废墟，而且被罩在夜幕下面了。我用电筒去照，廉价的小灯泡突然灭了。我才记起来火已经熄了将近一个月了。

"好天气？哼。真正闷死人！我宁肯要晴天，即使飞机来炸，我们也不怕。凭它飞机怎么狠，它能够把我们四万万五千万人炸光吗？"

还是先前那个年轻人，怎么我跟了他们到这里来了？怎么他到现在还谈着那同样的话题？我觉得奇怪。这个人究竟是什么人呢？我想看他一眼。我随手举起电筒，按着电钮。然而没有亮。我才记起我的电筒不亮了。我无法看清楚那个人的脸。我想大概不是做梦罢，也就不再去注意他了。

电筒不亮，就打消了我再往前走的心思。其实这句话也不对。我有点害怕我会再落到一个月以前的日子里去，让那些永不能忘记的景象再度将我的心熬煎。

回到家里，我看见一个月以前自己写在一张破纸上的潦草的字迹：

> 什么时候才是我们的复仇的日子呢？什么时候应该我们站出来对那些人说："下来，你们都下来！停止这卑怯的谋杀行为，像一个人

那样和我们面对面地肉搏”呢？什么时候轮到我们升到天空去将那些刽子手全打下来呢？

血不能白流，痛苦应该有补偿，牺牲不会是徒然，那样的日子一定会到来！……

我相信自己的话。

1939 年 1 月

海上生明月

//

巴金

四围都静寂了。太阳也收敛了它最后的光芒。炎热的空气中开始有了凉意。微风掠过了万顷烟波。船像一只大鱼在这汪洋的海上游泳。突然间，一轮红黄色大圆镜似的满月从海上升了起来。这时并没有万丈光芒来护持它。它只是一面明亮的宝镜，而且并没有夺目的光辉。但是青天的一角却被它染成了杏红的颜色。看！天公画出了一幅何等优美的图画！它给人们的印象，要超过所有的人间名作。

这面大圆镜愈往上升便愈缩小，红色也愈淡，不久，它到了半天，就成了一轮皓月。这时上面有无际的青天，下面有无涯的碧海，我们这小小的孤舟真可以比作沧海的一粟。不消说，悬挂在天空的月轮，月月依然，年年如此。而我们这些旅客，在这海上却只是暂时的过客罢了。

与晚风、明月为友，这种趣味是不能用文字描写的。可是，真正能够做到与晚风、明月为友的，就只有那些以海为家的人！我虽不能以海为家，但做了一个海上的过客，也是幸事。

上船以来见过几次海上的明月。最难忘的就是最近的一夜。我们吃过晚餐后在舱面散步，忽然看见远远的一盏红灯挂在一个石壁上面。这红灯并不亮。后来船走了许久，这盏石壁上的灯还是在原处。难道船没有走么？但是我们明明看见船在走。后来这个“闷葫芦”终于给打破了。红灯渐渐地大起来，成了一面圆镜，腰间绕着一根黑带。它不断地向上升，突破了黑云，到了半天。我才知道这是一轮明月，先前被我认为石壁的，乃是层层的黑云。

1942 年

鸟的天堂

//

巴金

我们在陈的小学校里吃了晚饭。热气已经退了。太阳落下了山坡，只留下一段灿烂的红霞在天边，在山头，在树梢。

“我们划船去！”陈提议说。我们正站在学校门前池子旁边看山景。

“好！”别的朋友高兴地接口说。

我们走过一段石子路，很快地就到了河边。那里有一个茅草搭的水阁。穿过水阁，在河边两棵大树下我们找到了几只小船。

我们陆续跳在一只船上。一个朋友解开绳子，拿起竹竿一拨，船缓缓地动了，向河中间流去。

三个朋友划着船，我和叶坐在船中望四周的景致。

远远地，一座塔耸立在山坡上，许多绿树拥抱着它。在这附近很少有那样的塔，那里就是朋友叶的家乡。

河面很宽，白茫茫的水上没有波浪。船平静地在水面流动。三只桨有规律地在水里拨动。

在一个地方河面变窄了。一簇簇的绿叶伸到水面来。树叶绿得可爱。这是许多棵茂盛的榕树，但是我看不出树干在什么地方。

我说许多棵榕树的时候，我的错误马上就给朋友们纠正了，一个朋友说那里只有一棵榕树，另一个朋友说那里的榕树是两棵。我见过不少的大榕树，但是像这样大的榕树我却是第一次看见。

我们的船渐渐地逼近榕树了。我有了机会看见它的真面目：是一棵大树，有着数不清的丫枝，枝上又生根，有许多根一直垂到地上，进了泥土里。一部分的树枝垂到水面，从远处看，就像一棵大树躺在水上一样。

现在正是枝叶繁茂的时节，树上已经结了小小的果子，而且有许多落下来了。这棵榕树好像在把它的全部生命力展览给我们看。那么多的绿叶，一簇堆在另一簇上面，不留一点缝隙。翠绿的颜色明亮地在我们的眼前闪耀，似乎每一片树叶上都有一个新的生命在颤动，这美丽的南国的树！

船在树下泊了片刻，岸上很湿，我们没有上去。朋友说这里是“鸟的天堂”，有许多只鸟在这棵树上做窝，农民不许人捉它们。我仿佛听见几只鸟扑翅的声音，但是等到我的眼睛注意地看那里时，我却看不见一只鸟的影子。只有无数的树根立在地上，像许多根木桩。地是湿的，大概涨潮时河水常常冲上岸去。“鸟的天堂”里没有一只鸟，我这样想道。船开了。一个朋友拨着船，缓缓地流到河中间去。

在河边田畔的小径里，有几棵荔枝树。绿叶丛中垂着累累的红色果子。我们的船就往那里流去。一个朋友拿起桨把船拨进一条小沟。在小径旁边，船停住了，我们都跳上了岸。

两个朋友很快地爬到树上去，从树上抛下几枝带叶的荔枝，我同陈和叶三个人站在树下接。等到他们下地以后，我们大家一面吃荔枝，一面走回船上去。

第二天我们划着船到叶的家乡去，就是那个有山有塔的地方。从陈的小学校出发，我们又经过那个“鸟的天堂”。

这一次是在早晨，阳光照在水面上，也照在树梢。一切都显得非常明亮。我们的船也在树下泊了片刻。

起初四周非常清静。后来忽然起了一声鸟叫。朋友陈把手一拍，我们便看见一只大鸟飞起来，接着又看见第二只，第三只。我们继续拍掌。很快地这个树林变得很热闹了。到处都是鸟声，到处都是鸟影。大的，小的，花的，黑的，有的站在枝上叫，有的飞起来，有的在扑翅膀。

我注意地看。我的眼睛真是应接不暇，看清楚这只，又看漏了那只，看见了那只，第三只又飞走了。一只画眉飞了出来，给我们的拍掌声一惊，又飞进树林，站在一根小枝上兴奋地唱着，它的歌声真好听。

“走罢。”叶催我道。

小船向着高塔下面的乡村流去的时候，我还回过头去看留在后面的茂盛的榕树。我有一点的留恋的心情。昨天我的眼睛骗了我。“鸟的天堂”的确是鸟的天堂啊！

1933 年 6 月

白杨礼赞

//

茅盾

白杨树实在不是平凡的，我赞美白杨树！

当汽车在望不到边际的高原上奔驰，扑入你的视野的，是黄绿错综的一条大毯子。黄的，那是土，未开垦的处女土，几百万年前由伟大的自然力堆积成功的黄土高原的外壳；绿的呢，是人类劳力战胜自然的成果，是麦田，和风吹送，翻起了一轮一轮的绿波——这时你会真心佩服昔人所造的两个字“麦浪”，若不是妙手偶得，便确是经过锤炼的语言的精华。黄与绿主宰着，无边无垠，坦荡如砥，这时如果不是宛若并肩的远山的连峰提醒了你（这些山峰凭你的肉眼来判断，就知道是在你脚底下的），你会忘记了汽车是在高原上行驶，这时你涌起来的感想也许是“雄壮”，也许是“伟大”，诸如此类的形容词，然而同时你的眼睛也许觉得有点倦怠，你对当前的“雄壮”或“伟大”闭了眼，而另一种的味儿在你心头潜滋暗长了——“单调”！可不是，单调，有一点儿罢？

然而刹那间，要是你猛抬眼看见了前面远远地有一排——不，或者甚至只是三五株，一株，傲然地耸立，像哨兵似的树木的话，那你的恹恹欲睡的情绪又将如何？我那时是惊奇地叫了一声的！

那就是白杨树，西北极普通的一种树，然而实在不是平凡的一种树！

那是力争上游的一种树，笔直的干，笔直的枝。它的干呢，通常是丈把高，像是加以人工似的，一丈以内绝无旁枝；它所有的丫枝呢，一律向上，而且紧紧靠拢，也像是加以人工似的，成为一束，绝无横斜逸出；它的宽大的叶子也是片片向上，几乎没有斜生的，更不用说倒垂了；它的皮，光滑而有银色的晕圈，微微泛出淡青色。这是虽在北方的风雪的压迫下却保持着倔强挺立的一种树！哪怕只有碗来粗细罢，它却努力向上发展，高到丈许，两丈，参天耸立，不折不挠，对抗着西北风。

这就是白杨树，西北极普通的一种树，然而决不是平凡的树！

它没有婆娑的姿态，没有屈曲盘旋的虬枝，也许你要说它不美丽——如果美是专指“婆娑”或“横斜逸出”之类而言，那么白杨树算不得树中的好女子。但是它却是伟岸，正直，朴质，严肃，也不缺乏温和，更不用提它的坚强不屈与挺拔，它是树中的伟丈夫！当你在积雪初融的高原上走过，看见平坦的大地上傲然挺立这么一株或一排白杨树，难道你觉得树只是树？难道你就不想到它的朴质，严肃，坚强不屈，至少也象征了北方的农民？难道你竟一点也不联想到，在敌后的广大土地上，到处有坚强不屈，就像这白杨树一样傲然挺立的守卫他们家乡的哨兵？难道你又不更远一点想到这样枝枝叶叶靠紧团结，力求上进的白杨树，宛然象征了今天在华北平原纵横决荡，用血写出新中国历史的那种精神和意志？

白杨不是平凡的树。它在西北极普遍，不被人重视，就跟北方农民相似；它有极强的生命力，磨折不了，压迫不倒，也跟北方的农民相似。我赞美白杨树，就因为它不但象征了北方的农民，尤其象征了今天我们民族解放斗争中所不可缺的朴质、坚强，以及力求上进的精神。

让那些看不起民众、贱视民众、顽固的倒退的人们去赞美那贵族化的楠木（那也是直挺秀颀的），去鄙视这极常见、极易生长的白杨罢，但是我要高声赞美白杨树！

1941 年 3 月

谈月亮

//

茅盾

不知道什么原因，我跟月亮的感情很不好。我也在月亮底下走过，我只觉得那月亮的冷森森的白光，反而把凹凸不平的地面幻化为一片模糊虚伪的光滑，引人去上当；我只觉得那月亮的好像温情似的淡光，反而把黑暗潜藏着的一切丑相幻化为神秘的美，叫人忘记了提防。

月亮是一个大骗子，我这样想。

我也曾对着弯弯的新月仔细看望。我从没觉得这残缺的一钩儿有什么美；我也照着“诗人”们的说法，把这弯弯的月牙儿比作美人的眉毛，可是愈比愈不像，我倒看出来，这一钩的冷光正好像是一把磨得锋快的杀人的钢刀。

我又常常望着一轮满月。我见过她装腔作势地往浮云中间躲，我也见过她像一个白痴人的脸孔，只管冷冷地呆木地朝着我瞧；什么“广寒宫”，什么“嫦娥”——这一类缥缈的神话，我永远联想不起来，可只觉得她是一个死了的东西，然而她偏不肯安分，她偏要“借光”来欺骗漫漫长夜中的人们，使他们沉醉于空虚的满足、神秘的幻想。

月亮是温情主义的假光明！我这么想。

呵呵，我记起来了，曾经有过这么一回事，使得我第一次不信任这月亮。那时我不过六七岁，那时我对于月亮无爱亦无憎。有一次月夜，我同邻舍的老头子在街上玩。先是我们走，看月亮也跟着走；随后我们就各人说出他所见的月亮有多么大。“像饭碗口”，是我说的。然而邻家老头子却说“不对”，他看来是有洗脸盆那样子。

“不会差得那么多的！”我不相信，定住了眼睛看，愈看愈觉得至多不过是“饭碗口”。

“你比我矮，自然看去小了呢。”老头子笑嘻嘻说。

于是我立刻去搬一个凳子来，站上去，一比，跟老头子差不多高了，然而我头顶的月亮还只有“饭碗口”的大小。我要求老头子抱我起来，我骑在他的肩头，我比他高了，再看看月亮，还是原来那样的“饭碗口”。

“你骗人哪！”我作势要揪老头儿的小辫子。

“嗯嗯，那是——你爬高了不中用的。年纪大一岁，月亮也大一些，你活到我的年纪，包你看去有洗脸盆那样大。”老头子还是笑嘻嘻。

我觉得失败了，跑回家去问我的祖父。仰起头来望着月亮，我的祖父摸着胡子笑着说：“哦哦，就跟我的脸盆差不多。”在我家里，祖父的洗脸盆是顶大的。于是我相信我自己是完全失败了。在许多事情上都被家里人用一句“你还小哩！”来剥夺了权利的我，于是就感到月亮也那么“欺小”，真正岂有此理。月亮在那时就跟我有了仇。

呵呵，我又记起来了，曾经看见过这么一件事，使得我知道月亮虽则未必“欺小”，却很能使人变得脆弱了似的，这件事，离开我同邻舍老头子比月亮大小的时候也总有十多年了。那时我跟月亮又回到了无恩无仇的光景。那时也正是中秋快近，忽然有从“狭的笼”[①]里逃出来的一对儿，到了我的寓处。大家都是丱角之交，我得尽东道之谊。而且我还得居间办理“善后”。我依着他们俩铁硬的口气，用我自己出名，写了信给双方的父母——我的世交前辈，表示了这件事恐怕已经不能够照“老辈”的意思挽回。信发出的下一天就是所谓“中秋”，早起还落雨，偏偏晚上是好月亮，一片云也没有。我们正谈着“善后”事情，忽然发现了那个“她”不在我们一块儿。自然是最关心“她”的那个“他”先上楼去看去。等过好半晌，两个都不下来，我也只好上楼看一看到底为了什么。一看可把我弄糊涂了！男的躺在床上叹气，女的坐在窗前，仰起了脸，一边望着天空，一边抹眼泪。

“哎，怎么了？两口儿斗气？说给我来评评。”我不会想到另有别的问题。

“不是呀！——”男的回答，却又不说下去。

我于是走到女的面前，看定了她——凭着我们小时也是捉迷藏的伙伴，我这样面对面朝她看是不算莽撞的。

“我想——昨天那封信太激烈了一点。”女的开口了，依旧望着那冷清清的月亮，眼角还噙着泪珠。“还是，我想，还是我回家去当面跟爸爸

① “狭的笼”：《爱罗先珂童话集》中的名篇，此处借指封建家庭的樊笼。《爱罗先珂童话集》为俄国作家爱罗先珂所著，鲁迅翻译，1922 年 7 月初版，上海商务印书馆印行。

妈妈办交涉——慢慢儿解决，将来他跟我爸爸妈妈也有见面之余地。”

我耳朵里轰地响了一声。我不知道什么东西使得这个昨天还是嘴巴铁硬的女人现在忽又变计。但是男的此时从床上说过一句来道：

“她已经写信告诉家里，说明天就回去呢！”

这可把我骇了一跳。糟糕！我昨天全权代表似的写出两封信，今天却就取消了我的资格；那不是应着家乡人们一句话：什么都是我好管闲事闹出来的。那时我的脸色一定难看得很，女的也一定看到我心里，她很抱歉似的亲热地叫道：“× 哥，我会对他们说，昨天那封信是我的意思叫你那样写的！”

“那个，只好随它去；反正我的多事是早已出名的。”我苦笑着说，盯住了女的面孔。月亮光照在她脸上，这脸现在有几分“放心了”的神气；忽然她低了头，手捂住了脸，就像闷在瓮里似的声音说：“我撇不下妈妈。今天是中秋，往常在家里妈给我……”

我不愿意再听下去。我全都明白了，是这月亮，水样的猫一样的月光勾起了这位女人的想家的心，把她变得脆弱些。

从那一次以后，我仿佛懂得一点关于月亮的“哲理”。我觉得我们向来有的一些关于月亮的文学好像几乎全是幽怨的，恬退隐逸的，或者缥缈游仙的。跟月亮特别有感情的，好像就是高山里的隐士，深闺里的怨妇，求仙的道士。他们借月亮发了牢骚，又从月亮得到了自欺的安慰，又从月亮想象出“广寒宫”的缥缈神秘。读几句书的人，平时不知不觉间熏染了这种月亮的“教育”，临到紧要关头，就会发生影响。

原始人也曾在月亮身上做“文章”——就是关于月亮的神话。然而原始人的月亮文学只限于月亮本身的变动；月何以东升西没，何以有缺有圆有蚀，原始人都给了非科学的解释。至多亦不过想象月亮是太阳的老婆，或者是姊妹，或者是人间的“英雄”逃上天去罢了。而且他们从不把月亮看成幽怨闲适缥缈的对象。不，现代澳洲的土人反而从月亮的圆缺创造了奋斗的故事。这跟我们以前的文人在月亮有圆缺上头悟出恬淡知足的处世哲学相比起来，差得多么远呀！

把月亮的“哲理”发挥得淋漓尽致的，也许只有我们中国罢？不但骚人雅士美女见了月亮，便会感发出许多的幽思离愁，扭捏缠绵到不成话；便是喑呜叱咤的马上英雄也被写成了在月亮的魔光下只有悲凉，只有感伤。这一种“完备”的月亮“教育”会使“狭的笼”里逃出来的人也触景生情地想到再回去，并且我很怀疑那个邻舍老头子所谓“年纪大一岁，月亮也大一些”的说头未必竟是他的信口开河，而也许有什么深厚的月亮的“哲理”根据罢！

从那一次以后，我渐渐觉得月亮可怕。

我每每想：也许我们中国古来文人发挥的月亮“文化”，并不是全然主观的；月亮确是那么一个会迷人会麻醉人的家伙。

星夜使你恐怖，但也激发了你的勇气。只有月夜，说是没有光明么？明明有的。然而这冷凄凄的光既不能使五谷生长，甚至不能晒干衣裳；然而这光够使你看见五个指头却不够辨别稍远一点的地面的坎坷。你朝远处看，你只见白茫茫的一片，消弭了一切轮廓。你变做“短视”了。你的心上会遮起了一层神秘的迷迷糊糊的苟安的雾。

人在暴风雨中也许要战栗，但人的精神，不会松懈，只有紧张；人撑着破伞，或者破伞也没有，那就挺起胸膛，大踏步，咬紧了牙关，冲那风雨的阵，人在这里，磨炼他的奋斗力量。然而清淡的月光像一杯安神的药，一粒微甜的糖，你在她的魔术下，脚步会自然而然放松了，你嘴角上会闪出似笑非笑的影子，你说不定会向青草地下一躺，眯着眼睛望天空，乱麻麻地不知想到哪里去了。

自然界现象对于人的情绪有种种不同的感应，我以为月亮引起的感应多半是消极。而把这一畸形发挥得“透彻”的，恐怕就是我们中国的月亮文学。当然也有并不借月亮发牢骚，并不从月亮得了自欺的安慰，并不从月亮想象出神秘缥缈的仙境，但这只限于未尝受过我们的月亮文学影响的“粗人”罢!

我们需要“粗人”眼中的月亮，我又每每这么想。

1934 年 10 月

超山的梅花

//

郁达夫

凡到杭州来游的人，因为交通的便利和时间的经济的关系，总只在西湖一带，登山望水，漫游两三日，便买些土产，如竹篮纸伞之类，匆匆回去；以为雅兴已尽，尘土已经涤去，杭州的山水佳处，都曾享受过了。所以古往今来，一般人只知道三竺六桥、九溪十八涧，或西湖十景、苏小岳王；而离杭城三五十里稍东偏北的一带山水，现在简直是很少有人去玩，并且也不大有人提起的样子。

在古代可不同；至少至少，在清朝的乾嘉道光，去今百余年前，杭州人的好游的，总没有一个不留恋西溪，也没有一个不披蓑戴笠去看半山（即皋亭山）的桃花，超山的香雪的。原因是因为那时候杭州和外埠的交通，所取的路径都是水道；从嘉兴上海等处来往杭州，运河是必经之路。舟入塘栖，两岸就看得到山影；到这里，自杭州去他处的人，渐有离乡去国之感，自外埠到杭州来的人，方看得到山明水秀的一个外廓；因而塘栖镇，和超山、独山等处，便成了一般旅游之人对杭州的记忆的中心。

超山是在塘栖镇南，旧日仁和县（现在并入杭县了）东北六十里的永和乡的，据说高有五十余丈，周二十里（成淳《临安志》作三十七丈），因其山超然出于皋亭、黄鹤之外，故名。

从前去游超山，是要从湖墅或拱宸桥下船，向东向北向西向南，曲折回环，冲破菱荇水藻而去的；现在汽车路已经开通，自清泰门向东直驶，至乔司站落北更向西，抄过临平镇，由临平山西北，再驰十余里，就可以到了；“小红唱曲我吹箫”的船行雅处，现在虽则要被汽车的机器油破坏得丝缕无余，但坐船和坐汽车的时间的比例，却有五与一的大差。

汽车走过的临平镇，是以释道潜的一首“风蒲猎猎弄轻柔，欲立蜻蜓不自由，五月临平山下路，藕花无数满汀洲”的绝句出名；而超山北面的塘栖镇，又以南宋的隐士，明末清初的田园别墅出名；介与塘栖与超山之间的丁山湖，更以水光山色，鱼虾果木出名；也无怪乎从前的文人骚客，都要向杭州的东面跑，而超山皋亭山的名字每散见于诸名士的歌咏里了。

超山脚下，塘栖附近的居民，因为住近水乡，阡陌不广之故，所靠以谋生的完全是果木的栽培。自春历夏，以及秋冬，梅子、樱桃、枇杷、杏子、甘蔗之类的出产，一年总有百万元内外。所以超山一带的梅林，成千成万；由我们过路的外乡人看来，只以为是乡民趣味的高尚，个个都在学林和靖的终身不娶，殊不知实际上他们却是正在靠此而养活妻孥的哩！

超山的梅花，向来是开在立春前后的；梅干极粗极大，枝杈离披四散，五步一丛，十步一坂，每个梅林，总有千株内外，一株的花朵，又有万颗左右；故而开的时候，香气远传到十里之外的临平山麓，登高而远望下来，自然自成一个雪海；近年来虽说梅株减少了一点，但我想比到罗浮的仙境，总也只有过之，不会不及。

从杭州到超山去的汽车路上，过临平山后，两旁已经有一处一处的梅林在迎送了，而汇聚得最多，游人所必到的看梅胜地，大抵总在汽车站西南，超山东北麓，报慈寺大明堂（亦称大明寺）前头，梅花丛里有一个周梦坡筑的宋梅亭在那里的周围五六里地的一圈地方。

报慈寺里的大殿（大约就是大明堂了罢？），前几年被寺的仇人毁坏了，当时还烧死了一位当家和尚在殿东一块石碑之下。但殿后的一块刻有吴道子画的大士像的石碑，还好好地镶在壁里，丝毫也没有动。去年我去的时候，寺僧刚在募化重修大殿；殿外面的东头，并且已经盖好了三间厢房在作客室。后面高一段的三间后殿，火烧时也不曾烧去，和尚手指着立在殿后壁里的那一块石刻大士像碑说："这都是这位大慈大悲救苦救难广大灵感观世音菩萨的福佑！"

在何春渚删成的《塘栖志略》里，说大明寺前有一口井，井水甘洌！旁树石碣，刻有"一人堂堂，二曜重光，泉深尺一，点去冰旁；二人相连，不欠一边，三梁四柱烈火然，添却双钩两日全"之碑铭，不识何意等语。但我去大明堂（寺）的时候，却既不见井，也不见碑；而这条碑铭，我从前是曾在一部笔记叫作《桂苑丛谈》的书里看到过一次的。这书记载着："令狐相公出镇淮海日，支使班蒙，与从事诸人，俱游大明寺之西廊，忽睹前壁，题有此铭，诸宾皆莫能辨，独班支使曰：‘得非大明寺水，天下无此八字乎？’众皆恍然。”从此看来，《塘栖志略》里所说的大明寺井碑，应是抄来的文章，而编者所谓不识何意者，还是他在故弄玄虚。当然，寺在山麓，地又近水，寺前寺后，井是当然有一口的；井里的泉，也当然是清冽的；不过此碑此铭，却总有点儿可疑。

大明寺前的所谓宋梅，是一棵曲屈苍老，根脚边只剩了两条树皮围拱，中间空心，上面枝干四叉的梅树。因为怕有人折，树外面全部是用一铁丝网罩住的。树当然是一株老树，起码也要比我的年纪大一两倍，但究竟是不是宋梅，我却不敢断定。去年秋天，曾在天台山国清寺的伽蓝殿前，看见过一株所谓隋梅；前年冬天，也曾在临平山下安隐寺里看见过一枝所谓唐梅。但所谓隋，所谓唐，所谓宋，等等，我想也不过“所谓”而已，究竟如何，还得去问问植物考古的专家才行。

出大明堂，从梅花林里穿过，西面从吴昌硕的坟旁一条石砌路上攀登上去，是上超山顶去的大路了。一路上有许多同梦也似的疏林，一株两株如被遗忘了似的红白梅花，不少的坟园，在招你上山，到了半山的竹林边的真武殿（俗称中圣殿）外，超山之所以为超，就有点感觉得到了；从这里向东西北的三面望去，是汪洋的湖水、曲折的河身、无数的果树、不断的低岗，还有塘的两面的点点的人家；这便算是塘栖一带的水乡全景的鸟瞰。

从中圣殿再沿石级上去，走过黑龙潭，更走二里，就可以到山顶，第一要使你骇一跳的，是没有到上圣殿之先的那一座天然石筑的天门。到了这里，你才晓得超山的奇特，才晓得志上所说的“山有石鱼石笋等，他石多异形，如人兽状”。诸记载的不虚，实实在在，超山的好处，是在山头一堆石，山下万梅花，至若东瞻大海，南眺钱江，田畴如井，河道如肠，桑麻遍地，云树连天等形容词，则凡在杭州东面的高处，如临平山黄鹤峰上都用得着的，并非是超山独一无二的绝景。

你若到了超山之后，则北去超山七里地外的塘栖镇上，不可不去一到。在那些河流里坐坐船，果树下跑跑路，趣味实在是好不过。两岸人家，中夹一水；走过丁山湖时，向西面看看独山，向东首看看马鞍龟背，想象南宋垂亡，福王在庄（至今其地还叫作福王庄）上所过的醉生梦死脂香粉腻的生涯，以及明清之际，诸大老的园亭别墅、台榭楼堂，或康熙乾隆等数度的临幸，包管你会起一种像读《芜城赋》似的感慨。

又说到了南宋，关于塘栖，还有好几宗故事，值得一提。第一，卓氏家乘《唐栖考》里说：“唐栖者，唐隐士所栖也；隐士名珏，字玉潜，宋末会稽人。少孤，以明经教授乡里子弟而养其母。至元戊寅，浮图总统杨连真伽，利宋攒宫金玉，故为妖言惑主听，发掘之。珏怀愤，乃货家具，召诸恶少，收他骨易遗骸，瘗兰亭山后，而树冬青树识焉。珏后隐居唐栖，人义之，遂名其地为唐栖。”这镇名的来历说，原是人各不同的，但这也岂不是一件极有趣的故实么？还有塘栖西龙河圩，相传有宋宫人墓；昔有士子，秋夜凭栏对月，忽闻有环珮之声，不寐听之，歌一绝云：“淡淡春山抹未浓，偶然还记旧行踪，自从一入朱门去，便隔人间几万重。”闻之酸鼻。这当然也是一篇绝哀艳的鬼国文章。

塘栖镇跨在一条水的两岸，水南属杭州，水北属德清；商市的繁盛，酒家的众多，虽说只是一个小小的镇集，但比起有些县城来，怕还要闹热几分。所以游过超山，不愿在山上吃冷豆腐黄米饭的人，尽可以上塘栖镇上去痛饮大嚼；从山脚下走回汽车路去坐汽车上塘栖，原也很便，但这一段路，总以走走路坐坐船更为合适。

1935 年 1 月

秋光中的西湖

//

庐隐

我像是负重的骆驼般，终日不知所谓地向前奔走着。突然心血来潮，觉得这种不能喘气的生涯，不容再继续了，因此便决定到西湖去，略事休息。

在匆忙中上了沪杭甬的火车，同行的有朱、王二女士和建，我们相对默然地坐着。不久车身蠕蠕而动了，我不禁叹了一口气道："居然离开了上海。"

"这有什么奇怪，想去便去了！"建似乎不以我多感慨的态度为然。

查票的人来了，建从洋服的小袋里掏出了四张来回票，同时还带出一张小纸头来，我捡起来，看见上面写着："到杭州：第一大吃而特吃，大玩而特玩……"真滑稽，这种大计划也值得大书而特书，我这样说着递给朱、王二女士看，她们也不禁哈哈大笑了。

来到嘉兴时，天已大黑。我们肚子都有些饿了，但火车上的大菜既贵又不好吃，我便提议吃茶叶蛋，便想叫茶房去买，他好像觉得我们太吝啬，坐二等车至少应当吃一碗火腿炒饭，所以他冷笑道：“要到三等车里才买得到。”说着他便一溜烟跑了。

“这家伙真可恶！”建愤怒地说着，最后他只得自己跑到三等车去买了来。吃茶叶蛋我是拿手，一口气吃了四个半，还觉得肚子里空无所在，不过当我伸手拿第五个蛋时，被建一把夺了去，一面埋怨道：“你这个人真不懂事，吃那么许多，等些时又要闹胃痛了。”

这一来只好咽一口唾沫算了。王女士却向我笑道：“看你个子很瘦小，吃起东西来倒很凶！”其实我只能吃茶叶蛋，别的东西倒不可一概而论呢！——我很想这样辩护，但一转念，到底觉得无谓，所以也只有淡淡地一笑，算是我默认了。

车子进杭州城站时，已经十一点半了，街上的店铺多半都关了门，几盏黯淡的电灯，放出微弱的黄光，但从火车上下来的人，却吵成一片，挤成一堆。此外还有那些客栈的招揽生意的茶房，把我们围得水泄不通，不知花了多少力气，才打出重围叫了黄包车到湖滨去。

车子走过那石砌的马路时，一些熟悉的记忆浮上我的观念里来。一年前我同建曾在这幽秀的湖山中作过寓公，转眼之间早又是一年多了，人事只管不停地变化，而湖山呢，依然如故，清澈的湖波，和笼雾的峰峦似笑我奔波无谓吧！

我们本决意住清泰第二旅馆，但是到那里一问，已经没有房间了，只好到湖滨旅馆去。

深夜时我独自凭着望湖的碧栏，看夜幕沉沉中的西湖。天上堆叠着不少的雨云，星点像怕羞的女郎，踯躅于流云间，其光隐约可辨。十二点敲过许久了，我才回到房里睡下。

晨光从白色的窗幔中射进来，我连忙叫醒建，同时我披了大衣开了房门。一阵沁肌透骨的秋风，从桐叶梢头穿过，飒飒的响声中落下了几片枯叶，天空高旷清碧，昨夜的雨云早已躲得无影无踪了。秋光中的西湖，是那样冷静、幽默，湖上的青山，如同深纽的玉色，桂花的残香，充溢于清晨的气流中。这时我忘记我是一只骆驼，我身上负有人生的重担。我这时是一只紫燕，我翱翔在清隆的天空中，我听见神祇的赞美歌，我觉到灵魂的所在地……这样的，被释放不知多少时候，总之我觉得被释放的那一刹那，我是从灵宫的深处流出最惊喜的泪滴了。

建悄悄地走到我的身后，低声说道："快些洗了脸，去访我们的故居吧！"

多怅惘呵，他惊破了我的幻梦，但同时又被他引起了怀旧的情绪，连忙洗了脸，等不得吃早点便向湖滨路崇仁里的故居走去。到了弄堂门口，看见新建的一间白木的汽车房，这是我们走后唯一的新鲜东西。此外一切都不曾改变，墙上贴着一张招租的帖子，一看是四号吉房招租……"呀！这正是我们的故居，刚好又空起来了，喂，隐！我们再搬回来住吧！"

"事实办不到……除非我们发了一笔财……"我说。

这时我们已到那半开着的门前了，建轻轻推门进去。小小的院落，依然是石缝里长着几根青草，几扇红色的木门半掩着。我们在客厅里站了些时，便又到楼上去看了一遍，这虽然只是最后几间空房，但那里面的气氛，引起我们既往的种种情绪，最使我们觉到怅然的是陈君的死。

那时他每星期六多半来找我们玩，有时也打小牌，他总是摸着光头懊恼地说道：“又打错了！”这一切影像仍逼真地现在目前，但是陈君已作了古人，我们在这空洞的房子里，沉默了约有三分钟，才怅然地离去。走到弄堂门的时候，正遇到一个面熟的娘姨——那正是我们邻居刘君的女仆，她很殷勤地要我们到刘家坐坐。我们难却她的盛意，随她进去。刘君才起床，他的夫人替小孩子穿衣服。我们这两个不速之客够使她们惊诧了。谈了一些别后的事情，抽过一支烟后，我们告辞出来。到了旅馆里，吃过鸡丝面，王、朱两位女士已在湖滨叫小划子，我们讲定今天一天玩水，所以和船夫讲定到夜给他一块钱，他居然很高兴地答应了。我们买了一些菱角和瓜子带到划子上去吃。船夫是一个五十多岁的忠厚老头子，他洒然地划着。温和的秋阳照着我——使全身的筋肉都变成松缓，懒洋洋地靠在长方形的藤椅背上。看着划桨所激起的波纹，好像万道银蛇蜿蜒不息。这时船已在三潭印月前面，白云庵那里停住了。我们上了岸，走进那座香烟阒然的古庙，一个老和尚坐在那里向阳。菩萨案前摆了一个签筒，我先抱起来摇了一阵，得了一个上上签，于是朱、王二女士同建也都每人摇出一根来。我们大家拿了签条嘻嘻哈哈笑了一阵，便拜别了那四个怒目咧嘴的大金刚，仍旧坐上船向前泛去。

船身微微地撼动，仿佛睡在儿时的摇篮里，而我们的同伴朱女士，她不住地叫头疼。建像是天真般的同情地道：“对了，我也最喜欢头疼，随便到哪里去，一吃力就头疼，尤其是昨夜太劳碌了不曾睡好。”

“就是这话了，”朱女士说，“并且，我会晕车！”

“晕车真难过……真的呢！”建故作正经地同情她，我同王女士禁不住大笑，建只低着头，强忍住他的笑容，这使我更要大笑。船泛到湖心亭，我们在那里站了些时，有些感到疲倦了，王女士提议去吃饭。建讲：“到了实行我‘大吃而特吃’的计划的时候了。”

我说：“如要大吃特吃，就到‘楼外楼’去吧，那是这西湖上有名的饭馆，去年我们曾在这里遇到宋美龄呢！”

“哦，原来如此，那我们就去吧！”王女士说。

果然名不虚传，门外停了不少辆的汽车，还有几个丘八先生点缀这永不带有战争气氛的湖边。幸喜我们运气好，仅有唯一的一张空桌，我们四个人各霸一方，但是我们为了大家吃得痛快，互不牵掣起见，各人叫各人的菜，同时也各人出各人的钱，结果我同建叫了五只湖蟹，一尾湖鱼，一碗鸭掌汤，一盘虾子冬笋；她们二位女士所叫的菜也和我们大同小异。但其中要推王女士是个吃喝能手，她吃起湖蟹来，起码四五只，而且吃得又快又干净。再衬着她那位最不会吃湖蟹的朋友朱女士，才吃到一个的时候，便叫起头疼来。

“那么你不要吃了，让我包办吧！”王女士笑嘻嘻地说。

“好吗！你就包办……我想吃些辣椒，不然我简直吃不下饭去。”朱女士说。

“对了，我也这样，我们两人真是事事相同，可以说百分之九十九一样，只有一分不一样……”建一本正经地说。

“究竟不同是哪一分呢！”王女士问。

“你真笨，这点都不知道，一个是男人，一个是女人呵！”建说。

这时朱女士正捧着一碗饭待吃，听了这话笑得几乎把饭碗摔到地上去。

“简直是一群疯子。”我心里悄悄地想着，但是我很骄傲，我们到现在还有疯的兴趣。于是把我们久已抛置的童年心情，从坟墓里重新复活，这不能说不是奇迹罢！

黄昏的时候，我们的船荡到艺术学院的门口，我同建去找一个朋友，但是他已到上海去了。我们嗅了一阵桂花的香风后，依然上船。这时凉风阵阵地拂着我们的肌肤，朱女士最怕冷，裹紧大衣，仍然不觉得暖，同时东方的天边已变成灰黯的色彩，虽然西方还漾着几道火色的红霞，而落日已堕到山边，只在我们一眨眼的工夫，已经滚下山去了。远山被烟雾整个地掩蔽着，一望苍茫。小划子轻泛着平静的秋波，我们好像驾着云雾，冉冉地已来到湖滨。上岸时，湖滨已是灯火明耀，我们的灵魂跳出模糊的梦境。虽说这马路上依然是可以漫步无碍，但心情却已变了。回到旅馆吃了晚饭后，我们便商量玩山的计划：上山一定要坐山兜，所以叫了轿班的头老，说定游玩的地点和价目。这本是小问题，但是我们却充分讨论了很久：第一因为山兜的价钱太贵，我同朱女士有些犹疑；可是建同王女士坚持要坐，结果是我们失败了，只得让他们得意扬扬地吩咐轿班第二天早晨七点钟来。

今日是十月九日——正是阴历重九后一日，所以登高的人很多，我们上了山兜，出涌金门，先到净慈观去看浮木井——那是济颠和尚的灵迹。但是在我看来不过一口平凡的井而已，所闻木头浮在当中的话，始终是半信半疑。

出了净慈观又往前走，路渐荒芜，虽然满地不少黄色的野花、半红的枫叶，但那透骨的秋风，唱出飒飒瑟瑟的悲调，不禁使我又悲又喜。

像我这样劳碌的生命，居然能够抽出空闲的时间来听秋蝉最后的哀调，看枫叶鲜艳的色彩，领略丹桂清绝的残香——灵魂绝对的解放，这真是万千之喜。但是再一深念，国家危难，人生如寄，此景此色只是增加人们的哀痛，又不禁悲从中来了……我尽管思绪如麻，而那抬山兜的夫子，不断地向前进行，渐渐地已来到半山之中。这时我从兜子后面往下一看，但见层崖叠壁，山径崎岖，不敢胡思乱想了。捏着一把汗，好容易来到山顶，才吁了一口长气，在一座古庙里歇下了。

同时有一队小学生也兴致勃勃地奔上山来，他们每人手里拿了一包水果和一点吃的东西，都在庙堂前面院子里的雕栏上坐着边唱边吃。我们上了楼，坐在回廊上的藤椅上，和尚泡了上好的龙井茶来，又端了一碟瓜子。我们坐在藤椅上，东望西湖，漾着滟滟光波；南望钱塘，孤帆飞逝，激起白沫般的银浪。把四围无限的景色，都收罗眼底。我们正在默然出神的时候，忽听朱女士说道："适才上山我真吓死了，若果摔下去简直骨头都要碎的，等会儿我情愿走下去。"

"对了，我也是害怕，回头我们两人走下去罢，让她们俩坐轿！"建说。

"好的。"朱女士欣然地说。

我知道建又在使促狭，我不禁望着他好笑。他格外装得活像说道："真的，我越想越可怕，那样陡削的石级，而且又很滑，万一夫子脚一软那还了得……"建补充的话和他那种强装正经的神气，只惹得我同王女士笑得流泪。一个四十多岁的和尚，他悄然坐在大殿里，看见我们这一群疯子，不知他作何感想，但见他默默无言只光着眼睛望着前面的山景。也许他也正忍俊不禁，所以只好用他那眼观鼻、鼻观心的苦功罢！我们笑了一阵，喝了两遍茶才又乘山兜下山。朱女士果然实行她步行的计划，但是和她表同情的建，却趁朱女士回头看山景的一刹那，悄悄躲在轿子里去了。

“喂！你怎么又坐上去了？”朱女士说。

“呀！我这时忽然想开了，所以就不怕摔……并且我还有一首诗奉劝朱女士不要怕，也坐上去罢！”

“到底是诗人……快些念来我们听听罢！”我打趣他。

“当然，当然，”他说着便高声念道，“坐轿上高山，头后脚在先。请君莫要怕，不会成神仙。”

这首诗又使得我们哄然大笑。但是朱女士却因此一劝，她才不怕摔，又坐上山兜了。中午的时候我们在龙井的前面斋堂里吃了一顿素菜。那个和尚说得一口漂亮的北京话，我因问他是不是北方人。他说：“是的，才从北方游方驻扎此地。”这和尚似乎还文雅，他的庙堂里挂了不少名人的字画，同时他还问我在什么地方读书，我对他说家里蹲大学，他似解似不解地诺诺连声地应着，而建的一口茶已喷了一地。这简直是太大煞风景，我连忙给了他三块钱的香火资，跑下楼去。这时日影已经西斜了，不能再流连风景。不过黄昏的山色特别富丽，彩霞如垂幔般地垂在西方的天际，青翠的岗峦笼罩着一层干绡似的烟雾，新月已从东山冉冉上升，远远如弓形的白堤和明净的西湖都笼在沉沉暮霭中。我们的心灵浸醉于自然的美景里，永远不想回到热闹的城市去。但是轿夫们不懂得我们的心事，只顾奔他们的归程。“唷咿”一声山兜停了下来，我们翱翔着的灵魂，重新被摔到满是陷阱的人间。于是疲乏无聊，一切的情感围困了我们。

晚饭后草草收拾了行装，预备第二天回上海。这秋光中的西湖又成了灵魂上的一点印痕，生命的一页残史了。

可怜被解放的灵魂眼看着它垂头丧气地又进了牢囚。

杭江之秋①

傅东华

从前谢灵运游山，“伐木取径……从者数百人”，以致被人疑为山贼。现在人在火车上看风景，虽不至像康乐公那样杀风景，但在那种主张策杖独步而将自己也装进去做山水人物的诗人们，总觉得这样的事情是有伤风雅的。

不过，我们如果暂时不谈风雅，那末觉得火车上看风景也有一种特别的风味。

风景本是静物，坐在火车上看就变动的了。步行的风景游览家，无论怎样把自己当做一具摇头摄影器，他的视域能有多阔呢？又无论他怎样健步，无论视察点移得怎样多，他目前的景象总不过有限几套。若在火车上看，那风景就会移步换形，供给你一套连续不断的不同景象，使你在数小时之内就能获得数百里风景的轮廓。“火车风景”（如果许我铸造一个名词的话）就是活动的影片，就是一部以自然美做题材的小说，

① 本文有删节。

它是有情节的，有布局的——有开场，有 Climax[①] 也有大团圆的。

新辟的杭江铁路从去年春天通车到兰溪，我们的自然文坛就又新出版了一部这样的小说。批评家的赞美声早已传到我耳朵里，但我直到秋天才有工夫去读它。然而秋天是多么幸运的一个日子啊！我竟于无意之中得见杭江风景最美的表现。

“火车风景”是有个性的。平浦路上多黄沙，沪杭路上多殡屋。京沪路只北端稍觉雄健，其余部分也和沪杭路一样平凡。总之，这几条路给我们一个共同的印象——就是单调。它们都是差不多一个图案贯彻到底的。你在这段看是这样，换了一段看也仍是这样——一律是平畴，平畴之外就是地平线了。偶然也有一两块山替那平畴做背景，但都单调得多么寒碜啊！

秋是老的了，天又下着蒙蒙雨，正是读好书的时节。

从江边开行以后，我就壹志凝神地准备着——准备着尽情赏鉴一番，准备着一幅幅的画图连续映照在两边玻璃窗上。

萧山站过去了。临浦站过去了，这样差不多一个多钟头，只偶然瞥见一两点遥远的山影，大部分还是沪杭路上那种紧接地平线的平畴，我便开始有点觉得失望。于是到了尖山站，你瞧，来了——山来了。

山来了，平畴突然被山吞下去了。我们夹进了山的行列，山做我们前面的仪仗了。那是重叠的山，“自然”号里加料特制的山。你决不会感着单薄，你决不会疑心制造时减料偷工。

有时你伸出手去差不多就可摸着山壁，但是大部分地方山的倾斜

① 高潮，顶点的意思。

都极大。你虽在两面山脚的缝里走，离开山的本峰仍旧还很远，因而使你有相当的角度可以窥见山的全形。但是那一块山肯把它的全形给你看呢？那一块山都和它的同伴们或者并肩，或者交臂，或者搂抱，或者叠股。有的从她伙伴们的肩膊缝里露出半个罩着面幕的容颜，有的从她姊妹行的云鬓边透出一弯轻扫淡妆的眉黛。浓妆的居于前列，随着你行程的弯曲献媚呈妍；淡妆的躲在后边，目送你忍心奔驶而前，有若依依不舍的态度。

这样使我们左顾右盼地应接不暇了二三十分钟，这才又像日月蚀后恢复期间的状态，平畴慢慢地吐出来了。但是地平线终于不能恢复。那逐渐开展的平畴随处都有山影作镶绲；山影的浓淡就和平畴的阔狭成了反比例。有几处的平畴似乎是一望无际的，但仍有饱蘸着水的花青笔在它的边缘上轻轻一抹。

于是过了渭池，便又换了一幕。突然间，我们车上的光线失掉均衡了。突然间，有一道黑影闯入我们的右侧。急忙抬头看时，原来是一列重叠的山嶂从烟雾迷漫中慢慢地遮上前来。这一列山嶂和前段看见的那些对峙山峦又不同。它们是朦胧的，分不出它们的层叠，看不清它的轮廓，上面和天空浑无界线，下面和平地不辨根基，只如大理石里隐约透露的青纹，究不知起自何方，也难辨迄于何处。

那时我们的左侧本是一片平旷，但不知怎么一转，山嶂忽然移到左侧来，平旷忽然搬到右侧去。如是者交互着搬动了数回，便又左右都有山嶂，只不如从前那么夹紧，而左右各有一段平畴做缓冲了。

这时最奇的景象，就是左右两侧山容明暗之不一。你向左看时，山的轮廓很暧昧；向右看时，却如几何图画一般的分明。你以为这当然是“秋雨隔田塍”的现象所致，但是走过几分钟之后，暧昧和分明的方向忽然互换了，而我们却是明明按直线走的。谁能解释这种神秘呢？

到直埠了。从此神秘剧就告结束，而浓艳的中古浪漫剧开幕了。幕开之后，就见两旁竖着不断的围屏，地上铺着一条广漠的厚毯。围屏是一律浓绿色的，地毯则由黄、红、绿三种彩色构成。黄的是未割的缓稻，红的是荞麦，绿的是菜蔬。可是谁管它什么是什么呢？我们目不暇接了。这三种彩色构成了平面几何的一切图形，织成了波斯毯、荷兰毯、纬成绸、云霞缎……上一切人类所能想象的花样。且因我们自己如飞的奔驶，那三种基本色素就起了三色板的作用，在向后飞驰的过程中化成一切可能的彩色。浓艳极了，富丽极了！我们领略着文艺复兴期的荷兰的画图，我们身入了《天方夜谭》的苏丹的宫殿。

这样使我们的口胃腻得化不开了一回，于是突然又变了。那是在过了诸暨牌头站之后。以前，山势虽然重叠，虽然复杂，但只能见其深，见其远，而未尝见其奇，见其险。以前，山容无论暧昧，无论分明，总都载着厚厚一层肉，至此，山才挺出峋嶙的瘦骨来。山势也渐兀突了，不像以前那样停匀了。有的额头上怒挺出铁色的巉岩，有的半腰里横撑出骇人的刀戟。我们从它旁边擦过去，头顶的悬崖威胁着要压碎我们。就是离开稍远的山岩，也像铁罗汉般踞坐着对我们怒视。如此，我们方离了肉感的奢华，便进入幽人的绝域。

但是调剂又来了。热一阵，冷一阵，闹一阵，静一阵，终于又到不热亦不冷、不闹亦不静的郑家坞了。山还是那么兀突，但是山头偶有几株苍翠欲滴的古松，将山骨完全遮没，狰狞之势也因而减杀。于是我们于刚劲肃杀中复得领略柔和的秀气。那样的秀，那样的翠，我生平只在宋人的古画里看见过。从前见古人画中用石绿，往往疑心自然界没有这种颜色，这番看见郑家坞的松，才相信古人着色并非杜撰。

而且水也出来了。一路来我们也曾见过许多水，但都不是构成风景的因素。过了郑家坞之后，才见有曲折澄莹的山涧山溪，随山势的迂回共同构成了旋律。杭江路的风景到郑家坞而后山水备。

于是我们转了一个弯，就要和杭江秋景最精彩的部分对面——就要达到我们的 Climax 了。

苏溪！——就是这个名字也像具有几分的魅惑，但已不属出产西施的诸暨境了。我们那个弯一转过来，眼前便见烧野火般的一阵红——满山满坞的红，满坑满谷的红。这不是枫叶的红，乃是柏子叶的红。柏子叶的隙中又有荞麦的连片红秆弥补着，于是一切都被一袭红锦制成的无缝天衣罩着了。

但若这幅红锦是四方形的，长方形的，菱形的，等边三角形的，不等边三角形的，圆形的，椭圆形的，或任何其他几何图形的，那就不算奇，也就不能这般有趣。因为既有定形，就有尽处，有尽处就单调了。即使你的活动的视角可使那幅红锦忽而方，忽而圆，忽而三角，忽而菱形，那也总不过那么几套，变尽也就尽了。不；这地方的奇不在这样的变，而在你觉得它变，却又不知它怎样变。这叫我怎么形容呢？总之，你站在这个地方，你是要对几何家的本身也发生怀疑的。你如果尝试说：在某一瞬间，我前面有一条路。左手有一座山，右手有一条水。不，不对，决没有这样整齐。事实上，你前面是没有路的，最多也不过几码的路，就又被山挡住，然而你的火车仍可开过去，路自然出来了。你说山在左手，也许它实在在你的背后；你说水在右手，也许它实在在你的面前。因为一切几何学的图形都被打破了。你这一瞬间是在这样畸形的一个圈子里，过了一瞬间就换了一个圈子，仍旧是畸形的，却已完全不同了。这样，你的火车不知直线呢或是曲线地走了数十分钟，你的意识里面始终不会抓住那些山、水、溪滩的部位，就只觉红，红，红，无间断的红，不成形的红，使得你离迷惝恍，连自己立脚的地点也要发生疑惑。

寻常，风景是由山水两种要素构成的，平畴不是风景的因素。所以山水画者大都由水畔起山，山脚带水，断没有把一片平畴画入山水之间的。在这一带，有山，有水，有溪滩，却也有平畴，但都布置得那么错落，支配得那么调和，并不因有平畴而破坏了山水自然的结构，这就又是这最精彩部分的风景的一个特色。

此后将近义乌县城一带，自然的美就不得不让步给人类更平凡的需要了，山水退为田畴了，红叶也渐稀疏了。再下去就可以“自郐无讥”。不过，我们这部小说现在尚未完成，其余三分之一的回目不知究竟怎样，将来的大团圆只好听下回分解了。

1935 年

春意挂上了树梢

萧红

三月花还没有开，人们嗅不到花香，只是马路上融化了积雪的泥泞干起来。天空打起朦胧的多有春意的云彩；暖风和轻纱一般浮动在街道上，院子里。春末了，关外的人们才知道春来。春是来了，街头的白杨树蹿着芽，拖马车的马冒着气，马车夫们的大毡靴也不见了，行人道上外国女人的脚又从长统套鞋里显现出来。笑声，见面打招呼声，又复活在行人道上。商店为着快快地传播春天的感觉，橱窗里的花已经开了，草也绿了，那是布置着公园的夏景。我看得很凝神的时候，有人撞了我一下，是汪林，她也戴着那样小檐的帽子。

“天真暖啦！走路都有点热。”

看着她转过“商市街”，我们才来到另一家店铺，并不是买什么，只是看看，同时晒晒太阳。这样好的行人道，有树，也有椅子，坐在椅子上，把眼睛闭起，一切春的梦，春的谜，春的暖力……这一切把自己完全陷进去。听着，听着吧！春在歌唱……

“大爷，大奶奶……帮帮吧！……”这是什么歌呢，从背后来的？这不是春天的歌吧！

那个叫花子嘴里吃着个烂梨，一条腿和一只脚肿得把另一只显得好像不存在似的。“我的腿冻坏啦！大爷，帮帮吧！唉唉……”

有谁还记得冬天？阳光这样暖了！街树蹿着芽！

手风琴在隔道唱起来，这也不是春天的调，只要一看那个瞎人为着拉琴而挪歪的头，就觉得很残忍。瞎人他摸不到春天，他没有。坏了腿的人，他走不到春天，他有腿也等于无腿。

……

汪林在院心吸着一支烟卷，她又换一套衣裳。那是淡绿色的，和树枝发出的芽一样的颜色。她腋下夹着一封信，看见我们，赶忙把信送进衣袋去。

“大概又是情书吧！”郎华随便说着玩笑话。

她跑进屋去了。香烟的烟缕在门外打了一下旋卷才消灭。

夜，春夜，中央大街充满了音乐的夜。流浪人的音乐，日本舞场的音乐，外国饭店的音乐……七点钟以后。中央大街的中段，在一条横口，那个很响的扩音机哇哇地叫起来，这歌声差不多响彻全街。若站在商店的玻璃窗前，会疑心是从玻璃发着震响。一条完全在风雪里寂寞的大街，今天第一次又嚎叫起来。

外国人！绅士样的，流氓样的，老婆子，少女们，跑了满街……有的连起人排来封闭住商店的窗子，但这只限于年轻人。也有的同唱机一样唱起来，但这也只限于年轻人。这好像特有的年轻人的集会。他们和姑娘们一道说笑，和姑娘们连起排来走。中国人来混在这些卷发人中间，少得只有七分之一，或八分之一。但是汪林在其中，我们又遇到她。她和另一个也和她同样打扮漂亮的、白脸的女人同走……卷发的人用俄国话说她漂亮。她也用俄国话和他们笑了一阵。

中央大街的南端，人渐渐稀疏了。

墙根，转角，都发现着哀哭，老头子，孩子，母亲们……哀哭着的是永久被人间遗弃的人们！那边，还望得见那边快乐的人群。还听得见那边快乐的声音。

三月，花还没有，人们嗅不到花香。

夜的街，树枝上嫩绿的芽子看不见，是冬天吧？是秋天吧？但快乐的人们，不问四季总是快乐；哀哭的人们，不问四季也总是哀哭！

大明湖之春

//

老舍

北方的春本来就不长，还往往被狂风给七手八脚地刮了走。济南的桃李丁香与海棠什么的，差不多年年被黄风吹得一干二净，地暗天昏，落花与黄沙卷在一处，再睁眼时，春已过去了！记得有一回，正是丁香乍开的时候，也就是下午两三点钟吧，屋中就非点灯不可了；风是一阵比一阵大，天色由灰而黄，而深黄，而黑黄，而漆黑，黑得可怕。第二天去看院中的两株紫丁香，花已像煮过一回，嫩叶几乎全破了！济南的秋冬，风倒很少，大概都留在春天刮呢。

有这样的风在这儿等着，济南简直可以说没有春天；那么，大明湖之春更无从说起。

济南的三大名胜，名字都起得好：千佛山，趵突泉，大明湖，都多么响亮好听！一听到“大明湖”这三个字，便联想到春光明媚和湖光山色等等，而心中浮现出一幅美景来。事实上，可是，它既不大，又不明，也不湖。

湖中现在已不是一片清水，而是用坝划开的多少块“地”。“地”外留着几条沟，游艇沿沟而行，即是逛湖。水田不需要多么深的水，所以水黑而不清；也不要急流，所以水定而无波。东一块莲，西一块蒲，土坝挡住了水，蒲苇又遮住了莲，一望无景，只见高高低低的“庄稼”。艇行沟内，如穿高粱地然，热气腾腾，碰巧了还臭气烘烘。夏天总算还好，假若水不太臭，多少总能闻到一些荷香，而且必能看到些绿叶儿。春天，则下有黑汤，旁有破烂的土坝；风又那么野，绿柳新蒲东倒西歪，恰似挣命。所以，它既不大，又不明，也不湖。

话虽如此，这个湖到底得算个名胜。湖之不大与不明，都因为湖已不湖。假若能把“地”都收回，拆开土坝，挖深了湖身，它当然可以马上既大且明起来：湖面原本不小，而济南又有的是清凉的泉水呀。这个，也许一时作不到。不过，即使作不到这一步，就现状而言，它还应当算作名胜。北方的城市，要找有这么一片水的，真是好不容易了。千佛山满可以不算数儿，配作个名胜与否简直没多大关系。因为山在北方不是什么难找的东西呀。水，可太难找了。济南城内据说有七十二泉，城外有河，可是还非有个湖不可。泉，池，河，湖，四者俱备，这才显出济南的特色与可贵。它是北方唯一的“水城”，这个湖是少不得的。设若我们游湖时，只见沟而不见湖，请到高处去看看吧，比如在千佛山上往北眺望，则见城北灰绿的一片——大明湖；城外，华鹊二山夹着弯弯的一道灰亮光儿——黄河。这才明白了济南的不凡，不但有水，而且是这样多呀。

况且，湖景若无可观，湖中的出产可是很名贵呀。懂得什么叫作美的人或者不如懂得什么好吃的人多吧，游过苏州的往往只记得此地的点心，逛过西湖的提起来便念道那里的龙井茶，藕粉与莼菜什么的，吃到肚子里的也许比一过眼的美景更容易记住，那么大明湖的蒲菜、茭白、白花藕，还真许是它驰名天下的重要原因呢。不论怎么说吧，这些东西既都是水产，多少总带着些南国风味；在夏天，青菜挑子上带着一束束的大白莲花蓇葖出卖，在北方大概只有济南能这么“阔气”。

我写过一本小说——《大明湖》——在“一·二八”与商务印书馆一同被火烧掉了。记得我描写过一段大明湖的秋景，词句全想不起来了，只记得是什么什么秋。桑子中先生给我画过一张油画，也画的是大明湖之秋，现在还在我的屋中挂着。我写的，他画的，都是大明湖，而且都是大明湖之秋，这里大概有点意思。对了，只是在秋天，大明湖才有些美呀。济南的四季，唯有秋天最好，晴暖无风，处处明朗。这时候，请到城墙上走走，俯视秋湖，败柳残荷，水平如镜；唯其是秋色，所以连那些残破的土坝也似乎正与一切景物配合：土坝上偶尔有一两截断藕，或一些黄叶的野蔓，配着三五枝芦花，确是有些画意。“庄稼”已都收了，湖显着大了许多，大了当然也就显着明。不仅是湖宽水净，显着明美，抬头向南看，半黄的千佛山就在面前，开元寺那边的“橛子”——大概是个塔吧——静静地立在山头上。往北看，城外的河水很清，菜畦中还生着短短的绿叶。往南往北，往东往西，看吧，处处空阔明朗，有山有湖，有城有河，到这时候，我们真得到个“明”字了。桑先生那张画便是在北城墙上画的，湖边只有几株秋柳，湖中只有一只游艇，水作灰蓝色，柳叶儿半黄。湖外，他画上了千佛山；湖光山色，联成一幅秋图，明朗，素净，柳梢上似乎吹着点不大能觉出来的微风。

对不起，题目是大明湖之春，我却说了大明湖之秋，可谁教亢德先生出错了题呢！

1937 年 3 月

冬天

//

茅盾

诗人们对于四季的感想大概颇不同罢。一般地说来，则为“游春”“消夏”“悲秋”——冬呢，我可想不出适当的字眼来了，总之，诗人们对于“冬”好像不大怀好感，于“秋”则已“悲”了，更何况“秋”后的“冬”！

所以诗人在冬夜，只合围炉话旧，这就有点近于“蛰伏”了。幸而冬天有雪，给诗人们添了诗料。甚而至于踏雪寻梅，此时的诗人俨然又是活动家。不过梅花开放的时候，其实“冬”已过完，早又是“春”了。

我不是诗人，对于一年四季无所偏憎。但寒暑数十易而后，我也渐渐辨出了四季的味道。我就觉得冬天的味儿好像特别耐咀嚼。

因为冬天曾经在三个不同的时期给我三种不同的印象。

十一二岁的时候，我觉得冬天是又好又不好。大人们定要我穿了许多衣服，弄得我动作迟笨，这是我不满意冬天的地方。然而野外的茅草都已枯黄，正好“放野火”，我又得感谢“冬”了。

在都市里生长的孩子是可怜的，他们只看见灰色的马路，从没见过整片的一望无际的大草地，他们即使到公园里看见了比较广大的草地，然而那是细曲得像狗毛一样的草皮，枯黄了时更加难看，不用说，他们万万想不到这是可以放起火来烧的。在乡下，可不同了。照例到了冬天，野外全是灰黄色的枯草，又高又密，脚踏下去簌簌地响，有时没到你的腿弯上。是这样的草——大草地，就可以放火烧。我们都脱了长衣，划一根火柴，那满地的枯草就毕剥毕剥烧起来了。狂风着地卷去，那些草就像发狂似的腾腾地叫着，夹着白烟一片红火焰就像一个大舌头似的会一下子把大片的枯草舐光。有时我们站在上风头，那就跟着火头跑；有时故意站在下风，看着烈焰像潮水样涌过来，涌过来，于是我们大声笑着嚷着在火焰中间跳，一转眼，那火焰的波浪已经上前去了，于是我们就又追上送它。这些草地中，往往有浮厝的棺木或者骨殖甏，火势逼近了那棺木时，我们的最紧张的时刻就来了。我们就来一个“包抄”，扑到火线里一阵滚，收熄了我们放的火。这时候我们便感到了克服敌人那样的快乐。

二十以后成了“都市人”，这“放野火”的趣味不能再有了，然而穿衣服的多少也不再受人干涉了，这时我对于冬，理应无憎亦无爱了罢，可是冬天却开始给我一点好印象。二十几岁的我是只要睡眠四个钟头就够了的，我照例五点钟一定醒了；这时候被窝里暖烘烘的，人是神清气爽的，而又大家都在黑甜乡，静得很，没有声音来打扰我，这时候，躲在那里让思想像野马一般飞跑，爱到哪里就到哪里，想够了时，顶天亮起身，我仿佛已经背着人，不声不响自由自在做完了一件事，也感得一种愉快。那时候，我把“冬”和春夏秋比较起来，觉得“冬”是不干涉人的，她不像春天那样逼人困倦，也不像夏天那样使得我上床的时候弄堂里还有人高唱《孟姜女》，而在我起身以前却又是满弄堂的洗马桶的声音，直没有片刻的安静。而也不同于秋天。秋天是苍蝇蚊虫的世界，而也是疟病光顾我的季节呵！

然而对于“冬”有恶感，则始于最近。拥着热被窝让思想跑野马那样的事，已经不高兴再做了，而又没有草地给我去“放野火”。何况近年来的冬天似乎一年比一年冷，我不得不自愿多穿点衣服，并且把窗门关紧。

不过我也理智地较为认识了“冬”。我知道“冬”毕竟是“冬”，摧残了许多嫩芽，在地面上造成恐怖；我又知道“冬”只不过是“冬”，北风和霜雪虽然凶猛，终不能永远地不过去。相反的，冬天的寒冷愈甚，就是“冬”的运命快要告终，“春”已在叩门。

“春”要来到的时候，一定先有“冬”。冷罢，更加冷罢，你这吓人的冬！

1934 年 1 月

我愿秋常驻人间

//

庐隐

提到秋，谁都不免有一种凄迷哀凉的色调，浮上心头；更试翻古往今来的骚人、墨客，在他们的歌咏中，也都把秋染上凄迷哀凉的色调，如李白的《秋思》：“……天秋木叶下，月冷莎鸡悲。坐愁群芳歇，白露凋华滋。”柳永的《雪梅香辞》：“景萧索，危楼独立面晴空，动悲秋情绪，当时宋玉应同。”周密的《声声慢》：“对西风休赋登楼，怎去得，怕凄凉时节，团扇悲秋。”

这种凄迷哀凉的色调，便是美的元素，这种美的元素只有“秋”才有。也只有在“秋”的季节中，人们才体验得出，因为一个人在感官被极度地刺激和压轧的时候，常会使心头麻木。故在盛夏闷热时，或在严冬苦寒中，心灵永远如虫类的蛰伏。等到一声秋风吹到人间，也正等于一声春雷，震动大地，把一些僵木的灵魂如虫类般地唤醒了。

灵魂既经苏醒，灵的感官便与世界万汇相接触了。于是见到阶前落叶萧萧下，而联想到不尽长江滚滚来，更因其特别自由敏感的神经，而感到不尽的长江是千古长存，而倏忽的生命，譬诸昙花一现。于是悲来填膺，愁绪横生。

这就是提到秋，谁都不免有一种凄迷哀凉的色调，浮上心头的原因。

其实秋是具有极丰富的色彩，极活泼的精神的，它的一切现象，并不像敏感的诗人墨客所体验的那种凄迷哀凉。

当霜薄风清的秋晨，漫步郊野。你便可以看见如火般的颜色染在枫林、柿丛和浓紫的颜色泼满了山巅天际，简直是一个气魄伟大的画家的大手笔，任意趣之所之，勾抹涂染，自有其雄伟的丰姿，又岂是纤细的春景所能望其项背？

至于秋的犀利，可以洗尽积垢；秋月的明澈，可以照烛幽微；秋是又犀利又潇洒，不拘不束的一位艺术家的象征。这种色调，实可以苏醒现代困闷人群的灵魂，因此我愿秋常驻人间！

1933 年

第二章

心存高远，意守平常

昆曲

//

叶圣陶

昆曲本是吴方言区域里的产物，现今还有人在那里传习。苏州地方，曲社有好几个。退休的官僚，现任的善堂董事，从课业练习簿的堆里溜出来的学校教员，专等冬季里开栈收租的中年田主少年田主，还有诸如此类的一些人，都是那几个曲社里的社员。北平并不属于吴方言区域，可是听说也有曲社，又有私家聘请了教师学习的，在太太们，能唱几句昆曲算是一种时髦。除了这些“爱美的”唱曲家偶尔登台串演以外，职业的演唱家只有一个班子，这是唯一的班子了，就是上海“大千世界”的“仙霓社”。逢到星期日，没有什么事来逼迫，我也偶尔跑去看他们演唱，消磨一个下午。

演唱昆曲是厅堂里的事。地上铺一方红地毯，就算是剧中的境界；唱的时候，笛子是主要的乐器，声音当然不会怎么响，但是在一个厅堂里，也就各处听得见了。搬上旧式的戏台去，即使在一个并不宽广的戏院子里，就不及评剧那样容易叫全体观众听清。如果搬上新式的舞台去，那简直没法听，大概坐在第五六排的人就只看见演员拂袖按鬓了。我不曾做过考据功夫，不知道什么时候开始有演唱昆曲的戏园子。从一些零星的记载看来，似乎明朝时候只有绅富家里养着私家的戏班子。《桃花扇》里有陈定生一班文人向阮大铖借戏班子，要到鸡鸣埭上去吃酒，看他的《燕子笺》，也可以见得当时的戏不过是几十个人看看罢了。我十几岁的时候，苏州城外有演唱评剧的戏园子两三家，演唱昆曲的戏园子是不常有的，偶尔开设起来，开锣不久，往往因为生意清淡就停闭了。

昆曲彻头彻尾是士大夫阶级的娱乐品，宴饮的当儿，叫养着的戏班子出来演几出，自然是满写意的。而那些戏本子虽然也有幽期密约，盗劫篡夺，但是总要归结到教忠教孝，劝贞劝节，神佛有灵，人力微薄，这就除了供给娱乐以外，对于士大夫阶级也尽了相当的使命。就文辞而言，据内行家说，多用辞藻故实是不算稀奇的，要像元曲那样亦文亦话才是本色。但是，即使像了元曲，又何尝能够句句像口语一样听进耳朵就明白？再说，昆曲的调子有非常迂缓的，一个字延长到十几拍，那就无论如何讲究辨音，讲究发声跟收声，听的人总之难以听清楚那是什么字了。所以，听昆曲先得记熟曲文；自然，能够通晓曲文里的故实跟辞藻那就尤其有味。这又岂是士大夫阶级以外的人所能办到的？当初编撰戏本子的人原来不曾为大众设想，他们只就自己的天地里选一些材料，编成悲欢离合的故事，借此娱乐自己，教训同辈，或者发发牢骚。谁如果说昆曲太不顾到大众，谁就是认错了题目。

昆曲的串演，歌舞并重。舞的部分就是身体的各种动作跟姿势，唱到哪个字，眼睛应该看哪里，手应该怎样，脚应该怎样，都由老师傅传授下来，世代遵守着。动作跟姿势大概重在对称，向左方做了这么一个舞态，接下来就向右方也做这么一个舞态，意思是使台下的看客得到同等的观赏。譬如《牡丹亭》里的《游园》一出，杜丽娘小姐跟春香丫头就是一对舞伴，从闺中晓妆起，直到游罢回家止，没有一刻不是带唱带舞的，而且没有一刻不是两人互相对称的。这一点似乎比较评剧跟汉调来得高明。前年看见过一本《国剧身段谱》，详记评剧里各种角色的各种姿势，实在繁复非凡；可是我们去看评剧，就觉得演员很少有动作，如《李陵碑》里的杨老令公，直站在台上尽唱，两手插在袍甲里，偶尔伸出来挥动一下罢了。昆曲虽然注重动作跟姿势，也要演员能够体会才好，如果不知道所以然，只是死守着祖传来表演，那就跟木偶戏差不多。

昆曲跟评剧在本质上没有多大差别，然而后者比较适合于市民，而士大夫阶级已无法挽救他们的没落，昆曲恐将不免于淘汰。这跟麻将代替了围棋，豁拳代替了酒令，是同样的情形。虽然有曲社里的人在那里传习，然而可怜得很，有些人连曲文都解不通，字音都念不准，自以为风雅，实际上却是薛蟠那样的哼哼，活受罪，等到一个时会到来，他们再没有哼哼的余闲，昆曲岂不将就此“绝响”？这也没有什么可惜，昆曲原不过是士大夫阶级的娱乐品罢了。

有人说，还有大学文科里的“曲学”一门在。大学文科分门这样细，有了诗，还有词，有了词，还有曲，有了曲，还有散曲跟剧曲，有了剧曲，还有元曲研究跟传奇研究，我只有钦佩赞叹，别无话说。如果真是研究，把曲这样东西看作文学史里的一宗材料，还它个本来面目，那自然是正当的事。但是人的癖性往往会因为亲近了某种东西，生出特别的爱好心情来，以为天下之道尽在于此。这样，就离开研究二字不止十里八里了。我又听说某一所大学里的“曲学”一门功课，教授先生在教室里简直就教唱昆曲，教台旁边坐着笛师，笛声嘘嘘地吹起来，教授先生跟学生就一同嗳嗳嗳……地唱起来。告诉我的那位先生说这太不成话了，言下颇有点愤慨。我说，那位教授先生大概还没有知道，“仙霓社”的台柱子，有名的巾生顾传玠，因为唱昆曲没前途，从前年起丢掉本行，进某大学当学生去了。

这一回又是望道先生出的题目。真是漫谈，对于昆曲一点儿也没有说出中肯的话。

1931 年 10 月

颜面

//

丰子恺

我小时候从李叔同先生学习弹琴，每弹错了一处，李先生回头向我一看。我对于这一看比什么都害怕。当时也不自知其理由，只觉得有一种不可当力，使我难于消受。现在回想起来，方知他这一看的颜面表情中历历表出着对于音乐艺术的尊敬，对于教育使命的严重，和对于我的疏忽的惩戒，实在比校长先生的一番训话更可使我感动。古人有故意误拂琴弦，以求周郎的一顾的；我当时实在怕见李先生的一顾，总是预先练得很熟，然后到他面前去还琴。

但是现在，李先生那种严肃的慈祥的脸色已不易再见，却在世间看饱了各种各样的奇异的脸色。——当作雕刻或纸脸具看时，倒也很有兴味。

在人们谈话议论的座中，与其听他们的言辞的意义，不如看他们的颜面的变化，兴味好得多，且在实际上，也可以更深切地了解各人的心理。因为感情的复杂深刻的部分，往往为理义的言说所不能表出，而在

“造型的”（plastic）脸色上历历地披露着。不但如此，尽有口上说“是”而脸上明明表出“非”的怪事。聪明的对手也能不听其言辞而但窥其脸色，正确地会得其心理。然而我并不想做这种聪明的对手，我最欢喜当作雕刻或纸脸具看人的脸孔。

看惯了脸，以为脸当然如此。但仔细凝视，就觉得颜面是很奇怪的一种形象。同是两眼、两眉、一口、一鼻排列在一个面中，而有万人各不相同的形式。同一颜面中，又有喜、怒、哀、乐、嫉妒、同情、冷淡、阴险、仓皇、忸怩等千万种表情。凡词典内所有的一切感情的形容词，在颜面上都可表演，正如自然界一切种类的线具足于裸体中一样。推究其差别的原因，不外乎这数寸宽广的浮雕板中的形状与色彩的变化而已。

就五官而论，耳朵在表情上全然无用。记得某文学家说，耳朵的形状最表出人类的兽相。我从前曾经取一大张纸，在其中央剪出一洞，套在一个朋友的耳朵上，而单独地观看耳朵的姿态，久之不认识其为耳朵，而越觉得可怕。这大概是为了耳朵一向躲在鬓边，素不登颜面表情的舞台的缘故。只有日本文学家芥川龙之介对于中国女子的耳朵表示敬意，说玲珑而洁白像贝壳。然耳朵无论如何美好，也不过像鬓边的玉兰花一类的装饰物而已，与表情全无关系。实际，耳朵位在脸的边上，只能当作这浮雕板的两个环子，不入浮雕范围之内。

在浮雕的版图内，鼻可说是颜面中的北辰，固定在中央。眉、眼、口，均以它为中心而活动，而作出各种表情。眉位在上方，形态简单；然与眼有表里的关系，处于眼的伴奏者的地位。演奏“颜面表情”的主要旋律的，是眼与口。二者的性质又不相同：照顾恺之的意见，“传神写照，正在阿堵之中”，故其画人常数年不点睛，说“点睛便欲飞去”，则眼是最富于表情的。然而口也不差：肖像画得似否，口的关系居多；试用粉笔在黑板上任意画一颜面，而仅变更其口的形状、大小、厚薄、弯度、方向、地位，可得各种完全不同的表情。故我以为眼与口在颜面表情上同样重要，眼是“色的”；口是“形的”。眼不能移动位置，但有青眼、白眼等种种眼色；口虽没有色，但形状与位置的变动在五官中最为剧烈。倘把颜面看作一个家庭，则口是男性的，眼是女性的，两者常常协力而作出这家庭生活中的诸相。

然更进一步，我就要想到颜面构造的本质的问题。神造人的时候，颜面的创作是根据某种定理的，抑任意造出的？即颜面中的五官的形状与位置的排法是必然的，抑偶然的？从生理上说来，也许是合于实用的原则的，例如眉生在眼上，可以保护眼；鼻生在口上，可以帮助味觉。但从造型上说来，不必一定，苟有别种便于实用的排列法，我们也可同样地承认其为颜面，而看出其中的表情。各种动物的颜面，便得按照别种实用的原则而变更其形状与位置的。我们在动物的颜面中，一样可以看出表情，不过其脸上的筋肉不动，远不及人面的表情丰富而已。试仔细辨察狗的颜面，可知各狗的相貌也各不相同。我们平常往往以“狗”的一个概念抹杀各狗的差别，难得有人尊重狗的个性，而费心辨察它们的相貌。这犹之我小时候初到上海，第一次看见西洋人，觉得面孔个个一样，红头巡捕尤其如此。——我的母亲每年来上海一二次，看见西洋人总说“这个人又来了”。——实则西洋人与印度人看我们，恐怕也是这样。这全是黄白异种的缘故，我们看日本人和朝鲜人就没有这种感觉。

这异种的范围推广起来，及于禽兽的时候，即可辨识禽兽的相貌。所以照我想来，人的颜面的形状与位置不一定要照现在的排法，不过偶然排成这样而已。倘变换一种排法，同样地有表情。只因我们久已看惯了现在状态的颜面，故对于这种颜面的表情，辨识力特别丰富又精细而已。

至于眼睛有特殊训练的艺术家，尤其是画家，就能推广其对于颜面表情的辨识力，而在自然界一切生物无生物中看出种种的表情。“拟人化”（personification）的看法即由此而生。在桃花中看出笑颜，在莲花中看出粉脸，又如德国理想派画家勃克林（Bcklin），其描写波涛，曾画一魔王追扑一弱女，以象征大波的吞没小浪，这可谓拟人化的极致了。就是非画家的普通人，倘能应用其对于颜面的看法于一切自然界，也可看到物象表情。有一个小孩子曾经发现开盖的洋琴钢琴（piano）的相貌好像露出一口整齐而洁白的牙齿的某先生，Waterman① 的墨水瓶姿态像邻家的肥胖的妇人。我叹佩这孩子的造型的敏感。孩子比大人，概念弱而直观强，故所见更多拟人的印象，容易看见物象的真相。艺术家就是学习孩子们这种看法的。艺术家要在自然中看出生命，要在一草一木中发现自己，故必推广其同情心，普及于一切自然，有情化一切自然。

这样说来，不但颜面有表情而已；无名的形状，无意义的排列，在明者的眼中都有表情，与颜面表情一样地明显而复杂。中国的书法便是其一例。西洋现代的立体派等新兴美术又是其一例吧？

1928 年

---

① 威迪文是历史悠久的全球笔类制造商。

画虎

//

朱湘

“画虎不成反类狗，刻鹄不成终类鹜。”自从这两句话一说出口，中国人便一天没有出息似一天了。

谁想得到这两句话是南征交趾的马援说的。听他说这话的侄儿，如若明白道理，一定会反问：“伯伯，你老人家当初征交趾的时候，可曾这样想过：征交趾如若不成功，那就要送命，不如作一篇《南征赋》罢。因为《南征赋》作不成，终究留得有一条性命。”

这两句话为后人奉作至宝。单就文学方面来讲，一班胆小如鼠的老前辈便是这样警劝后生：学老杜罢，学老杜罢，千万不要学李太白。因为老杜学不成，你至少还有个架子；学不成李的时候，你简直一无所有了。这学的风气一盛，李杜便从此不再出现于中国诗坛之上了。所有的只是一些杜的架子或一些李的架子。试问这些行尸走肉的架子，这些骷髅，它们有什么用？光天化日之下，与其让这些怪物来显形，倒不如一无所有反而好些。因为人真知道了无，才能创造有；拥着伪有的时候，决无创造真有之望。

狗，鹜。鹜真强似狗吗？试问它们两个当中，是谁怕谁？是狗怕鹜呢？还是鹜怕狗？是谁最聪明，能够永远警醒，无论小偷的脚步多么轻，它都能立刻扬起愤怒之呼声将鄙贱惊退？

画不成的老虎，真像狗；刻不成的鸿鹄，真像鹜吗？不然，不然。成功了便是虎同鹄，不成功时便都是怪物。

成功又分两种：一种是画匠的成功，一种是画家的成功。画匠只能模拟虎与鹄的形色，求到一个像罢了。画家他深探入创形的秘密，发现这形后面有一个什么神，发号施令，在陆地则赋形为劲悍的肢体、巨丽的皮革；在天空则赋形为剽疾的翮翼、润泽的羽毛；他然后以形与色为血肉毛骨，纳入那神，抟成他自己的虎鹄。

拿物质文明来比方：研究人类科学的人如若只能亦步亦趋，最多也不过贩进一些西洋的政治学、经济学，既不合时宜，又常多短缺。实用物质科学的人如若只知萧规曹随，最多也不过摹成一些欧式的工厂商店，重演出惨剧，肥寡不肥众。日本便是这样，它古代模拟到一点中国的文化，有了它的文字、美术；近代模拟到一点西方的文化，有了它的社会实业：它只是国家中的画匠。我们这有几千年特质文化的国家不该如此。我们应该贯进物质文化的内心，搜出各根柢原理，观察它们是怎样配合的，怎样变化的，再追求这些原理之中有哪些应当铲除，此外还有些什么原理应当加入，然后淘汰扩张，重新交配，重新演化，以造成东方的物质文化。

东方的画师呀！麒麟死了，狮子睡了，你还不应该拿起那枝当时伏羲画八卦的笔来，在朝阳的丹凤声中，点了睛，让困在壁间的龙腾越上苍天吗？

1928 年 9 月

宋朝人的吃喝

//

汪曾祺

唐宋人似乎不怎么讲究大吃大喝。杜甫的《丽人行》里列叙了一些珍馐，但多系夸张想象之辞。五代顾闳中所绘《韩熙载夜宴图》主人客人面前案上所列的食物不过八品，四个高足的浅碗，四个小碟子。有一碗是白色的圆球形的东西，有点像外面滚了米粒的蓑衣丸子。有一碗颜色是鲜红的，很惹眼，用放大镜细看，不过是几个带蒂的柿子！其余的看不清是什么。苏东坡是个有名的馋人，但他爱吃的好像只是猪肉。他称赞"黄州好猪肉"，但还是"富者不解吃，贫者不解煮"。他爱吃猪头，也不过是煮得稀烂，最后浇一勺杏酪——杏酪想必是酸里咕叽的，可以解腻。有人"急出新意"以山羊肉为玉糁羹，他觉得好吃得不得了。这是一种什么东西？大概只是山羊肉加碎米煮成的糊糊罢了。当然，想象起来也不难吃。

宋朝人的吃喝好像比较简单而清淡。连有皇帝参加的御宴也并不丰盛。御宴有定制，每一盏酒都要有歌舞杂技，似乎这是主要的，吃喝在其次。幽兰居士《东京梦华录》载《宰执亲王宗室百官入内上寿》，使臣诸卿只是“每分列环饼、油饼、枣塔为看盘，次列果子。惟大辽加之猪羊鸡鹅兔连骨熟肉为看盘，皆以小绳束之。又生葱韭蒜醋各一碟。三五人共列浆水一桶，立杓数枚”。“看盘”只是摆样子的，不能吃的。“凡御宴至第三盏，方有上酒肉、咸豉、爆肉、双下驼峰角子”。第四盏下酒是炙子骨头、索粉、白肉胡饼；第五盏是群仙炙、天花饼、太平毕罗、干饭、缕肉羹、莲花肉饼；第六盏假鼋鱼、密浮酥捺花；第七盏排炊羊、胡饼、炙金肠；第八盏假沙鱼、独下馒头、肚羹；第九盏水饭、簇饤下饭。如此而已。

宋朝市面上的吃食似乎很便宜。《东京梦华录》云：“吾辈入店，则用一等琉璃浅棱碗，谓之‘碧碗’，亦谓之‘造羹’，菜蔬精细，谓之‘造 ’，每碗十文。”《会仙楼》条载：“止两人对坐饮酒……即银近百两矣。”初看吓人一跳。细看，这是指餐具的价值——宋人餐具多用银。

几乎所有记两宋风俗的书无不记“市食”。钱塘吴自牧《梦粱录·分茶酒店》最为详备。宋朝的肴馔好像多是“快餐”，是现成的。中国古代人流行吃羹。“三日入厨下，洗手作羹汤”，不说是洗手炒肉丝。《水浒传》林冲的徒弟说自己“安排得好菜蔬，端整得好汁水”，“汁水”也就是羹。《东京梦华录》云“旧只用匙今皆用箸矣”，可见本都是可喝的汤水。其次是各种爊菜，爊鸡、爊鸭、爊鹅。再次是半干的肉脯和全干的肉犯。几本书里都提到“影戏犯”，我觉得这就是四川的灯影牛肉一类的东西。炒菜也有，如炒蟹，但极少。

宋朝人饮酒和后来有些不同的，是总要有些鲜果干果，如柑、梨、蔗、柿、炒栗子、新银杏，以及莴苣、“姜油多”之类的菜蔬和玛瑙饧、泽州饧之类的糖稀。《水浒传》所谓“铺下果子按酒”，即指此类东西。

宋朝的面食品类甚多。我们现在叫做主食，宋人却叫“从食”。面食主要是饼。《水浒传》动辄说“回些面来打饼”。饼有门油、菊花、宽焦、侧厚、油锅、新样满麻……《东京梦华录》载武成王庙前海州张家、皇建院前郑家最盛，每家有五十余炉。五十几个炉子一起烙饼，真是好家伙！

遍检《东京梦华录》《都城纪胜》《西湖老人繁胜录》《梦粱录》《武林旧事》，都没有发现宋朝人吃海参、鱼翅、燕窝的记载。吃这种滋补性的高蛋白的海味，大概从明朝才开始。这大概和明朝人的纵欲有关系，记得鲁迅好像曾经说过。

宋朝人好像实行的是“分食制”。《东京梦华录》云“用一等琉璃浅棱碗……每碗十文”，可证。《韩熙载夜宴图》上画的也是各人一份，不像后来大家合坐一桌，大盘大碗，筷子勺子一起来。这一点是颇合卫生的，因不易传染疾病。

1967 年 1 月 18 日

王维的诗

//

朱湘

王氏在古体中五古长七古，绝句中五绝长似七绝，律诗中五律长似七律。这种工短句而不很工长句的事实并非偶然，它与作者的文体间是有一种密切的关系。因为作者的文体是一种重神韵的文体，讲究暗示而不讲究直叙，着重弦外之音而不着重言尽于辞，所以短句成了他的得意的工具，短句上再加短篇，所以王氏的五绝独擅今古。

五绝中诚然还有一个伟大的作家——李白；他们两人的著作我都是心爱的，我不情愿在他们之间下一种谁优谁逊的比较，即如李氏的“众鸟高飞尽，孤云独去闲；相看两不厌，只有敬亭山。”一首写出静坐的境地的抒情诗，以及“天下伤心处，劳劳送客亭；春风知别苦，不遣柳条青。”一首构思巧妙的诗，我们能在王氏的诗中找得出来吗？然而王氏有“春池深且广，会待轻舟回；靡靡绿萍合，垂杨扫复开。”这样一首幽景的诗：“秋山敛余照，飞鸟逐前侣。彩翠时分明，夕岚无处所。”这样一首微妙的着色诗：“人闲桂花落，夜静春山空。月出惊山鸟，时鸣春涧中。”

这样一首充满禅意的诗，也是李氏所作不出的，并且王氏有他个人的文体，终唐之世，只有杜甫的特别文体可以与它对映。

五言绝句的趋向很多，写境的趋向可以拿一个不出名的作家许浑的“夜战桑乾北，秦兵半不归；朝来有乡信，犹自寄寒衣。”一诗来代表；写景的趋向也可以拿一个不出名的作家畅当的“迥临飞鸟上，高出世尘间；天势围平野，河流入断山。”一诗之中第一第三两句来代表；写情的趋向可以拿一首作者虽出名而此诗尚未为人所真正发现的白居易的“绿蚁新醅酒，红泥小火炉；晚来天欲雪，能饮一杯无？”一首有微妙的抒情旨趣的诗作代表；重含蓄的趋向可以拿王昌龄的“日昃鸣珂动，花连绣户春；盘龙玉台镜，唯待画眉人。”一诗作代表，搜巧思的趋向可以拿李端的“鸣筝金粟柱，素手玉房前；欲得周郎顾，时时误拂弦。”一诗作代表。但这些代表著作在别国的文学中都可以找得出来的，唯有王维的那种既有情又有景，外面干枯，而内部丰腴的五言绝句是别国的文学中再也找不出来再也作不出来的诗。它们是中国特有的意笔之画与印度哲学化孕出的骄子，它们是中国一个富于想象的老人的肖像，它们是中国文化所有而他国文化所无的特产！保存哪！我们应当怎样的保存哪！

五言绝句重神韵，七言绝句重飘忽；飘忽便是沈德潜所谓的“一唱三叹”，英国桑兹伯里所谓的“抒情的紧张”（Lyrical intensity），这种抒情的紧张完全以诗的音乐表现情绪，在英国有雪莱（桑氏所以推重雪氏，即以此故）的诗，在中国便有七言绝句（就中首推李白的为最高）。这种七绝不是王维所擅长的；他虽然有“渭城朝雨浥轻尘”一首七绝为古今所传诵，但我觉得它很平常，我猜想它所以盛于当代的缘故，是因为将它谱入音乐的乐谱，《阳关三叠》很美妙，所以辞也就借谱而传了。

王氏的用画笔，达禅机的两种特长在他的五言律诗以及五言古诗中（七言古诗中也稍为有一点）有同样的表现，不过不像在五言绝句中那样融洽而神妙罢了。

律诗中的七律是一种很堂皇的诗体，王氏用来作了不少应酬皇帝豪贵的诗，是很得体的。作者的如画的描写以及灵活的想象没有一个休歇的时候，所以就是在这种被动的当儿，也产生了不少的好句子，即如“九天阊阖开宫殿，万国衣冠拜冕旒。”两句的庄严之景，“云里帝城双凤阙，雨中春树万人家。”两句的富丽之景，《敕赐百官樱桃》一首的流走自然，都是非大手笔不办的。

王氏的五言律诗中写一种清超的风景，与五言绝句中所写的充满禅性的幽景不同。如“古木无人径，深山何处钟；泉声咽危石，日色冷青松。”“日落江湖白，潮来天地青。”一类的写景是很上乘的。又有“日隐桑柘外，河明闾井间；牧童望村去，猎犬随人还。”四句，将北方农田的景象活现的烘托出来了；我因了它们，不觉得联想起王氏唯一的后继，一个也是以五绝擅长的诗人清代的王士祯的一首五绝：“苍苍远烟起，槭槭疏林响；落日隐西山，人耕古原上。”这首诗也是写北方的田景，写得也是同样的佳妙，我看，在北方住过的人，看了这两首诗，一定会想起那一种寥落的景色，而连声赞叹王士祯诗中的“疏”字，称美王维诗中“望”字的。

王维的五言律诗中又有几句为我所喜的，它们就是咏雪的“隔牖风惊竹，开门雪满山；洒空深巷静，积素广庭闲。”四句。它们之中别的都浅，就是一个“静”字与一个“闲”字深刻之至。

王氏的五言律诗久为世人传诵，所以我在这里只在写景上举了两个久见称道的例子，而别的不举；至于在达禅上，我则没有举任何例子，虽然这种例子也是很多的。沈德潜的《唐诗别裁集》中就有很多，所以我就不提了。唯有“日隐桑柘外”四句以及“隔牖风惊竹”四句为前人所忽略，所以我特别地提出它们来谈一谈。

王氏的五言律诗清秀（前人称王氏为“词秀调雅，意新理惬；在泉成珠，着壁成绘”，便是“清秀”的意思；但“清秀”两字只能包括他的五言律诗以及其他而言，他的五言绝句则非“清秀”两字所可范围的），流走，令人读去，不像是读着一种诗体矫揉的诗，这便是他的五言律诗的最大长处；古人称美他的五律，将他与杜甫并列为五律中最伟大的作家，并非无由。

王氏的七言古诗可以当得“平稳”两字，此外更没有什么可以说的了。

从前的人说王维像陶潜，这不过是指他的五言古诗而说的，至于王氏的五言绝句、五言律诗，在陶氏的诗中那里找得出？王氏的五言古诗也是以短篇擅长，可以拿《春夜竹亭赠钱少府归蓝田》：“夜静群动息，时闻隔林犬！却忆山中时，人家涧西远。羡君明发去，采蕨轻轩冕。”一首很有神韵的诗来代表；对比起来，它也可以说是与陶潜的“结庐在人境”一诗先后辉映了。

王氏到了老年，虽然禅寂，茹素，但在少年的时代，他也是一个英气勃勃摆脱一切的人，（陶潜在少年的时代也是很有志气的，“少时壮且厉，抚剑独行游”两句诗便是一个确实的证据。）不然，王氏便写不出下举的好诗来：“五帝与三王，古来称天子。干戈将揖让，毕竟谁者是？”“楚国有狂夫，茫然无心想。散发不冠带，行歌南陌上。孔丘与之言，仁义莫能奖！未尝肯问天，何事须击壤？复笑采薇人，胡为乃长往？”“风劲角弓鸣，将军猎渭城。草枯鹰眼疾，雪尽马蹄轻。忽过新丰市，还归细柳营。回看射雕处，千里暮云平。”

究竟怎么一回事

//

林徽因

写诗究竟是怎么一回事？

写诗，或可说是要抓紧一种一时闪动的力量，一面跟着潜意识浮沉，摸索自己内心所萦回，所着重的情感——喜悦，哀思，忧怨，恋情，或深，或浅，或缠绵，或热烈；又一方面顺着直觉，认识，辨味，在眼前或记忆里官感所触遇的意象——颜色，形体，声音，动静，或细致，或亲切，或雄伟，或诡异；再一方面又追着理智探讨，剖析，理会这些不同的性质，不同分量，流转不定的情感意象所互相融会，交错策动而发生的感念；然后以语言文字（运用其声音意义）经营，描画，表达这内心意象，情绪，理解在同时间或不同时间里，适应或矛盾的所共起的波澜。

写诗，或又可说是自己情感的，主观的，所体验了解到的；和理智的，客观的所体察辨别到的，同时达到一个程度，腾沸横溢，不分宾主地互相起了一种作用，由于本能的冲动，凭着一种天赋的兴趣和灵巧，驾驭一串有声音、有图画、有情感的言语，来表现这内心与外物息息相关的联系，及其所发生的悟理或境界。

写诗，或又可以说是若不知其所以然的，灵巧的，诚挚的，在传译给理想的同情者，自己内心所流动的情感穿过繁复的意象时，被理智所窥探而由直觉与意识分着记取的符录！一方面似是惨淡经营——至少是专诚致意，一方面似是借力于平时不经意的准备，“下笔有神”的妙手偶然拈来；忠于情感，又忠于意象，更忠于那一串刹那间内心整体闪动的感悟。

写诗，或又可说是经过若干潜意识的酝酿，突如其来的，在生活中意识到那么凑巧的一顷刻小小时间；凑巧的，灵异的，不能自已的，流动着一片浓挚或深沉的情感，敛聚着重重繁复演变的情绪，更或凝定入一种单纯超卓的意境，而又本能地迫着你要刻画一种适合的表情。这表情积极的，像要流泪叹息或歌唱欢呼，舞蹈演述；消极的，又像要幽独静处，沉思自语。换句话说，这两者合一，便是一面要天真奔放，热情地自白去邀同情和了解，同时又要寂寞沉默，孤僻地自守来保持悠然自得的完美和严肃！

在这一个凑巧的一顷刻小小时间中，（着重于那凑巧的）你的所有直觉，理智，官感，情感，记性和幻想，独立的及交互的都迸出它们不平常的锐敏，紧张，雄厚，壮阔及深沉。在它们潜意识的流动——独立的或交互的融会之间——如出偶然而又不可避免地涌上一闪感悟，和情趣——或即所谓灵感——或是亲切的对自我得失悲欢；或辽阔的对宇宙自然；或智慧的对历史人性。这一闪感悟或是混沌朦胧，或是透彻明晰。像光同时能照耀洞察，又能揣摩包含你的所有已经尝味，还在尝味，及幻想尝味的“生”的种种形色质量，且又活跃着其间错综重叠于人于我的意义。

这感悟情趣的闪动——灵感的脚步——来得轻时，好比潺潺清水婉转流畅，自然的洗涤，浸润一切事物情感，倒影映月，梦残歌罢，美感地旋起一种超实际的权衡轻重，可抒成慷慨缠绵千行的长歌，可留下如幽咽微叹般的三两句诗词。愉悦的心声，轻灵的心画，常如啼鸟落花，轻风满月，夹杂着情绪的缤纷；泪痕巧笑，奔放轻盈，若有意若无意地遗留在各种言语文字上。

但这感悟情趣的闪动，若激越澎湃来得强时，可以如一片惊涛飞沙，由大处见到纤微，由细弱的物体看它变动，宇宙人生，幻若苦谜。一切又如经过烈火燃烧锤炼，分散，减化成为净纯的茫焰气质，升处所有情感意象于空幻，神秘，变移无定，或不减不变绝对，永恒的玄哲境域里去，卓越隐奥，与人性情理遥远的好像隔成距离。身受者或激昂通达，或禅寂淡远，将不免挣扎于超情感，超意象，乃至于超言语，以心传心的创造。隐晦迷离，如禅偈玄诗，便不可制止地托生在与那幻想境界几不适宜的文字上，估定其生存权。

写诗……

总而言之，天知道究竟写诗是怎么一回事。在写诗的时候，或者是“我知道，天知道”；到写了之后，最好学 Browning 不避嫌疑的自讥的，只承认“天知道”，天下关于写诗的笔墨官司便都省了。

我们仅听到写诗人自己说一阵奇异的风吹过，或是一片澄清的月色，一个惊讶，一次心灵的振荡，便开始他写诗的尝试，迷于意境文字音乐的搏斗，但是究竟这灵异的风和月，心灵的振荡和惊讶是什么？是不是仍为那可以追踪到内心直觉的活动；到潜意识后面那综错交流的情感与意象；那意识上理智的感念思想；以及要求表现的本能冲动？灵异的风和月所指的当是外界的一种偶然现象，同时却也是指它们是内心活动的一种引火线。诗人说话没有不打比喻的。

我们根本早得承认诗是不能脱离象征比喻而存在的。在诗里情感必依附在意象上，求较具体的表现；意象则必须明晰地或沉着地，恰适地烘托情感，表征含义。如果这还需要解释，常识的，我们可以问：在一个意识的或直觉的，官感，情感，理智，同时并重的一个时候，要一两句简约的话来代表一堆重叠交错的外象和内心情绪思想所发生的微妙的联系，而同时又不失却原来情感的素质分量，是不是容易或可能的事？一个比喻或一种象征在字面或事物上可以极简单，而同时可以带着字面事物以外的声音颜色形状，引起它们与其他事物关系的联想。这个办法可以多方面地来辅助每句话确实的含义，而又加增官感情感理智每方面的刺激和满足，道理甚为明显。

无论什么诗都从不会脱离过比喻象征，或比喻象征式的言语。诗中意象多不是寻常纯客观的意象。诗中的云霞星宿，山川草木，常有人性的感情，同时内心人性的感触反又变成外界的体象，虽简明浅现隐奥繁复各有不同的。但是诗虽不能缺乏比喻象征，象征比喻却并不是诗。

诗的泉源，上面已说过，是意识与潜意识的融会交流错综的情感意象和概念所促成；无疑地，诗的表现必是一种形象情感思想合一的语言。但是这种语言，不能仅是语言，它又须是一种类似动作的表情，这种表情又不能只是表情，而须是一种理解概念的传达。它同时须不断传译情感，描写现象诠释感悟。它不是形体而须创造形体颜色；它是声音，却最多仅要留着长短节奏。最要紧的是按着疾徐高下，和有限的铿锵音调，依附着一串单独或相连的字义上边；它须给直觉意识，情感理智，以整体的快惬。

因为相信诗是这样繁难的一列多方面条件的满足，我们不能不怀疑到纯净意识的，理智的，或可以说是“技术的”创造——或所谓“工”之绝无能为。诗之所以发生，就不叫它做灵感的来临，主要的亦在那一闪力量突如其来，或灵异的一刹那的“凑巧”，将所有繁复的“诗的因素”都齐集荟萃于一俄顷偶然的时间里。所以诗的创造或完成，主要亦当在那灵异的，凑巧的，偶然的活动一部分属意识，一部分属直觉，更多一部分属潜意识的，所谓“不以文而妙”的“妙”。理智情感，明晰隐晦都不失之过偏。意象瑰丽迷离，转又朴实平淡，像是纷纷纭纭不知所从来，但飘忽中若有必然的缘素可寻，理解玄奥繁难，也像是纷纷纭纭莫名所以。但错杂里又是斑驳分明，情感穿插联系其中，若有若无，给草木气候，给热情颜色。一首好诗在一个会心的读者前边有时真会是一个奇迹！但是伤感流丽，铺张的意象，涂饰的情感，用人工连缀起来，疏忽地看去，也未尝不像是诗。故作玄奥渊博，颠倒意象，堆砌起重重理喻的诗，也可以赫然惊人一下。

写诗究竟是怎么一回事，真是唯有天知道得最清楚！读者与作者，读者与读者，作者与作者关于诗的意见，历史告诉我传统的是要永远的差别分歧，争争吵吵到无尽时。因为老实地说，谁也仍然不知道写诗是怎么一回事的，除却这篇文字所表示的，勉强以抽象的许多名词，具体的一些比喻来捉摸描写那一种特殊的直觉活动，献出一个极不能令人满意的答案。

1936 年 8 月

谨严第一

茅盾

艺术巨匠的天禀，固非人人所能有，然而艺术巨匠的谨严，却是人人应当效法；狮子搏兔亦用全力——这一句成语，最足以说明艺术巨匠们之无往而不谨严，丝毫不肯随便。

“学习鲁迅”，首先而且必要的，是学习他的谨严。从心细如发，产生笔大如椽，这是鲁迅先生每一篇文章的“创作过程”。

从文句上去学习他的谨严，尚可能；然而所得仅属皮毛。即使能有其犀利，必不能有其深湛。即或深湛近似矣，亦必不能有其隽永。为什么呢？因为他的犀利深湛隽永是对事对物观察得极透彻，剖解得极精微的结果；他无论什么不肯轻轻放过。

为了一种植物的译名，鲁迅先生肯费几天的工夫去查许多的书；要查的一本书手头没有，近处也借不到，他就写信给远地的朋友请他代查。他是这么“认真”！

有一位年青木刻家把人物的手刻反了，另一位画家（也许是木刻家）

把浴在河里的牛弄成了黄牛，都是鲁迅先生给指了出来。无论对什么，他都“细心”！

认真与细心见于艺术形象的，是犀利，猛鸷，深湛，隽永。见于思想行事的，是嫉恶如仇，是“一口咬住了不放”的韧性，是深入敌垒再杀出来的无畏的精神，是“打叭儿狗”的那种彻底，是教育青年从不倦怠那种热心。

治学、创作、治事、私生活——鲁迅先生给我们取法的，首先是“谨严”二字。这是人人应当学习而且能够学习的，只要他发心去学习。革命家、战士的德性，无非是认真而又细心。艺术家的德性，也无非是认真而又细心。才能的大小，固由天赋，然而从认真与细心，也可以造就一个人的才能。

“学习鲁迅”这句话如果实践起来，首先而且必要的，是在治学、治事、私生活——各方面，都认真而细心！这两句话，似乎平凡得很，然而要能严格能彻底，却需要不断地惕励与反省。

1961 年 10 月

千篇一律与千变万化

//

梁思成

在艺术创作中，往往有一个重复和变化的问题：只有重复而无变化，作品就必然单调枯燥；只有变化而无重复，就容易陷于散漫零乱。在有“持续性”的作品中，这一问题特别重要。我所谓“持续性”，有些是由于作品或者观赏者由一个空间逐步转入另一空间，所以同时也具有时间的持续性，成为时间、空间的综合的持续。

音乐就是一种时间持续的艺术创作。我们往往可以听到在一首歌曲或者乐曲从头到尾持续的过程中，总有一些重复的乐句、乐段——或者完全相同，或者略有变化。作者通过这些重复而取得整首乐曲的统一性。

音乐中的主题和变奏也是在时间持续的过程中，通过重复和变化而取得统一的另一例子。在舒伯特的《鳟鱼》五重奏中，我们可以听到持续贯串全曲的、极其朴素明朗的“鳟鱼”主题和它的层出不穷的变奏。但是这些变奏又“万变不离其宗”——主题。水波涓涓的伴奏也不断地重复着，使你形象地看到几条鳟鱼在这片伴奏的“水”里悠然自得地游来游去嬉戏，从而使你“知鱼之乐”焉。

舞台上的艺术大多是时间与空间的综合持续。几乎所有的舞蹈都要将同一动作重复若干次，并且往往将动作的重复和音乐的重复结合起来，但在重复之中又给以相应的变化；通过这种重复与变化以突出某一种效果，表达出某一种思想感情。

在绘画的艺术处理上，有时也可以看到这一点。

宋朝画家张择端的《清明上河图》是我们熟悉的名画。它的手卷的形式赋予它以空间、时间都很长的“持续性”。画家利用树木、船只、房屋，特别是那无尽的瓦垄的一些共同特征，重复排列，以取得几条街道（亦即画面）的统一性。当然，在重复之中同时还闪烁着无穷的变化。不同阶段的重点也螺旋式地变换着在画面上的位置，步步引人入胜。画家在你还未意识到以前，就已经成功地以各式各样的重复把你的感受的方向控制住了。

宋朝名画家李公麟在他的《放牧图》中对于重复性的运用就更加突出了。整幅手卷就是无数匹马的重复，就是一首乐曲，用“骑”和“马”分成几个“主题”和“变奏”的“乐章”。表示原野上低伏缓和的山坡的寥寥几笔线条和疏疏落落的几棵孤单的树就是它的“伴奏”。这种“伴奏”（背景）与主题间简繁的强烈对比也是画家惨淡经营的匠心所在。

上面所谈的那种重复与变化的统一在建筑物形象的艺术效果上起着极其重要的作用。古今中外的无数建筑，除去极少数例外，几乎都以重复运用各种构件或其他构成部分作为取得艺术效果的重要手段之一。

就举首都人民大会堂为例。它的艺术效果中一个最突出的因素就是那几十根柱子。虽然在不同的部位上，这一列和另一列柱在高低大小上略有不同，但每一根柱子都是另一根柱子的完全相同的简单重复。至于其他门、窗、檐、额等等，也都是一个个依样葫芦。这种重复却是给予这座建筑以其统一性和雄伟气概的一个重要因素，是它的形象上最突出的特征之一。

历史中最杰出的一个例子是北京的明清故宫。从（已被拆除了的）中华门（大明门、大清门）开始就以一间接着一间，重复了又重复的千步廊一口气排列到天安门。从天安门到端门、午门又是一间间重复着的“千篇一律”的朝房。再进去，太和门和太和殿、中和殿、保和殿成为一组的“前三殿”与乾清门和乾清宫、交泰殿、坤宁宫成为一组的“后三殿”的大同小异的重复，就更像乐曲中的主题和“变奏”；每一座的本身也是许多构件和构成部分（乐句、乐段）的重复；而东西两侧的廊、庑、楼、门，又是比较低微的，以重复为主但亦有相当变化的“伴奏”。然而整个故宫，它的每一个组群，却全部都是按照明清两朝工部的“工程做法”的统一规格、统一形式建造的，连彩画、雕饰也尽如此，都是无尽的重复，我们完全可以说它们“千篇一律”。

但是，谁能不感到，从天安门一步步走进去，就如同置身于一幅大“手卷”里漫步；在时间持续的同时，空间也连续着“流动”。那些殿堂、楼门、廊庑虽然制作方法千篇一律，然而每走几步，前瞻后顾，左睇右盼，那整个景色，轮廓、光影，却都在不断地改变着；一个接着一个新的画面出现在周围，千变万化。空间与时间、重复与变化的辩证统一在北京故宫中达到了最高的境界。

颐和园里的谐趣园，绕池环览整整三百六十度周圈，也可以看到这点。

至于颐和园的长廊，可谓千篇一律之尤者也。然而正是那目之所及的无尽的重复，才给游人以那种只有它才能给的特殊感受。大胆来个荒谬绝伦的设想：那八百米长廊的几百根柱子，几百根梁坊，一根方，一根圆，一根八角，一根六角……；一根肥，一根瘦，一根曲，一根直……；一根木，一根石，一根铜，一根钢筋混凝土……；一根红，一根绿，一根黄，一根蓝……；一根素净无饰，一根高浮盘龙，一根浅雕卷草，一根彩绘团花……；这样“千变万化”地排列过去，那长廊将成何景象？！

有人会问：那么走到长廊以前，乐寿堂临湖回廊墙上的花窗不是各具一格，千变万化的吗？是的。就回廊整体来说，这正是一个“大同小异”，大统一中的小变化的问题。既得花窗“小异”之谐趣，无伤回廊“大同”之统一。且先以这样花窗小小变化，作为廊柱无尽重复的“前奏”，也是一种“欲扬先抑”的手法。

翻开一部世界建筑史，凡是较优秀的个体建筑或者组群，一条街道或者一个广场，往往都以建筑物形象重复与变化的统一而取胜。说是千篇一律，却又千变万化。每一条街都是一轴“手卷”、一首“乐曲”。千篇一律和千变万化的统一在城市面貌上起着重要作用。

十二年来，我们规划设计人员在全国各城市的建筑中，在这一点上做得还不能尽如人意。为了多快好省，我们做了大量标准设计，但是“好”中既也包括艺术的一面，就也“百花齐放”。我们有些住宅区的标准设计“千篇一律”到孩子哭着找不到家；有些街道又一幢房子一个样式、一个风格，互不和谐；即使它们本身各自都很美观，放在一起就都“损人”且不“利己”，“千变万化”到令人眼花缭乱。我们既要百花齐放、丰富多彩，却要避免杂乱无章、相互减色；既要和谐统一、全局完整，却要避免千篇一律、单调枯燥。这恼人的矛盾是建筑师们应该认真琢磨的问题。今天先把问题提出，下次再看看我国古代匠师，在当时条件下，是怎样统一这矛盾而取得故宫、颐和园那样的艺术效果的。

1962 年 5 月

论雅俗共赏

//

朱自清

陶渊明有“奇文共欣赏，疑义相与析”的诗句，那是一些“素心人”的乐事，“素心人”当然是雅人，也就是士大夫。这两句诗后来凝结成“赏奇析疑”一个成语，“赏奇析疑”是一种雅事，俗人的小市民和农家子弟是没有份儿的。然而又出现了“雅俗共赏”这一个成语，“共赏”显然是“共欣赏”的简化，可是这是雅人和俗人或俗人跟雅人一同在欣赏，那欣赏的大概不会还是“奇文”罢。这句成语不知道起于什么时代，从语气看来，似乎雅人多少得理会到甚至迁就着俗人的样子，这大概是在宋朝或者更后罢。

原来唐朝的安史之乱可以说是我们社会变迁的一条分水岭。在这之后，门第迅速地垮了台，社会的等级不像先前那样固定了，“士”和“民”这两个等级的分界不像先前的严格和清楚了，彼此的分子在流通着，上下着。而上去的比下来的多，士人流落民间的究竟少，老百姓加入士流的却渐渐多起来。王侯将相早就没有种了，读书人到了这时候也没有种了；只要家里能够勉强供给一些，自己有些天分，又肯用功，就是个“读书种子”；去参加那些公开的考试，考中了就有官做，至少也落个绅士。这种进展经过唐末跟五代的长期的变乱加了速度，到宋朝又加上印刷术的发达，学校多起来了，士人也多起来了，士人的地位加强，责任也加重了。这些士人多数是来自民间的新的分子，他们多少保留着民间的生活方式和生活态度。他们一面学习和享受那些雅的，一面却还不能摆脱或蜕变那些俗的。人既然很多，大家是这样，也就不觉其寒碜；不但不觉其寒碜，还要重新估定价值，至少也得调整那旧来的标准与尺度。“雅俗共赏”似乎就是新提出的尺度或标准，这里并非打倒旧标准，只是要求那些雅士理会到或迁就些俗士的趣味，好让大家打成一片。当然，所谓“提出”和“要求”，都只是不自觉的看来是自然而然的趋势。

中唐的时期，比安史之乱还早些，禅宗的和尚就开始用口语记录大师的说教。用口语为的是求真与化俗，化俗就是争取群众。安史之乱后，和尚的口语记录更其流行，于是乎有了“语录”这个名称，“语录”就成为一种著述体了。到了宋朝，道学家讲学，更广泛地留下了许多语录；他们用语录，也还是为了求真与化俗，还是为了争取群众。所谓求真的“真”，一面是如实和直接的意思。禅家认为第一义是不可说的。语言文字都不能表达那无限的可能，所以是虚妄的。然而实际上语言文学究竟是不免要用的一种“方便”，记录文字自然越近实际的、直接的说话越好。在另一面这“真”又是自然的意思，自然才亲切，才让人容易懂，也就是更能收到化俗的功效，更能获得广大的群众。道学主要的是中国的正统的思想，道学家用了语录做工具，大大地增强了这种新的文体的地位，语录就成为一种传统了。比语录体稍稍晚些，还出现了一种宋朝叫做“笔记”的东西。这种作品记述有趣味的杂事，范围很宽，一方面发表作者自己的意见，所谓议论，也就是批评，这些批评往往也很有趣味。作者写这种书，只当做对客闲谈，并非一本正经，虽然以文言为主，可是很接近说话。这也是给大家看的，看了可以当做“谈助”，增加趣味。宋朝的笔记最发达，当时盛行，流传下来的也很多。目录家将这种笔记归在“小说”项下，近代书店汇印这些笔记，更直题为“笔记小说”；中国古代所谓“小说”，原是指记述杂事的趣味作品而言的。

那里我们得特别提到唐朝的“传奇”。“传奇”据说可以见出作者的“史才、诗笔、议论”，是唐朝士子在投考进士以前用来送给一些大人先生看，介绍自己，求他们给自己宣传的。其中不外乎灵怪、艳情、剑侠三类故事，显然是以供给“谈助”，引起趣味为主。无论照传统的意念，或现代的意念，这些“传奇”无疑的是小说，一方面也和笔记的写作态度有相类之处。照陈寅恪先生的意见，这种“传奇”大概起于民间，文士是仿作，文字里多口语化的地方。陈先生并且说唐朝的古文运动就是从这儿开始。他指出古文运动的领导者韩愈的《毛颖传》，正是仿“传奇”而作。我们看韩愈的“气盛言宜”的理论和他的参差错落的文句，也正是多多少少在口语化。他的门下的“好难”“好易”两派，似乎原来也都是在试验如何口语化。可是“好难”的一派过分强调了自己，过分想出奇制胜，不管一般人能够了解欣赏与否，终于被人看做“诡”和“怪”而失败，于是宋朝的欧阳修继承了“好易”的一派的努力而奠定了古文的基础。——以上说的种种，都是安史乱后几百年间自然的趋势，就是那雅俗共赏的趋势。

宋朝不但古文走上了“雅俗共赏”的路，诗也走向这条路。胡适之先生说宋诗的好处就在“做诗如说话”，一语破的指出了这条路。自然，这条路上还有许多曲折，但是就像不好懂的黄山谷，他也提出了“以俗为雅”的主张，并且点化了许多俗语成为诗句。实践上“以俗为雅”，并不从他开始，梅圣俞、苏东坡都是好手，而苏东坡更胜。据记载梅和苏都说过“以俗为雅”这句话，可是不大靠得住；黄山谷却在《再次杨明叔韵》一诗的“引”里郑重地提出“以俗为雅，以故为新”，说是“举一纲而张万目”。他将“以俗为雅”放在第一，因为这实在可以说是宋诗的一般作风，也正是“雅俗共赏”的路。但是加上“以故为新”，路就曲折起来，那是雅人自赏，黄山谷所以终于不好懂了。不过黄山谷虽然不好懂，宋诗却终于回到了“做诗如说话”的路，这“如说话”，的确是条大路。

雅化的诗还不得不回向俗化，刚刚来自民间的词，在当时不用说自然是“雅俗共赏”的。别瞧黄山谷的有些诗不好懂，他的一些小词可够俗的。柳耆卿更是个通俗的词人。词后来虽然渐渐雅化或文人化，可是始终不能雅到诗的地位，它怎么着也只是“诗余”。词变为曲，不是在文人手里变，是在民间变的；曲又变得比词俗，虽然也经过雅化或文人化，可是还雅不到词的地位，它只是“词余”。一方面从晚唐和尚的俗讲演变出来的宋朝的“说话”就是说书，乃至后来的平话以及章回小说，还有宋朝的杂剧和诸宫调等等转变成功的元朝的杂剧和戏文，乃至后来的传奇，以及皮簧戏，更多半是些“不登大雅”的“俗文学”。这些除元杂剧和后来的传奇也算是“词余”以外，在过去的文学传统里简直没有地位；也就是说这些小说和戏剧在过去的文学传统里多半没有地位，有些有点地位，也不是正经地位。可是虽然俗，大体上却“俗不伤雅”，虽然没有什么地位，却总是“雅俗共赏”的玩意儿。

“雅俗共赏”是以雅为主的，从宋人的“以俗为雅”以及常语的“俗不伤雅”，更可见出这种宾主之分。起初成群俗士蜂拥而上，固然逼得原来的雅士不得不理会到甚至迁就着他们的趣味，可是这些俗士需要摆脱的更多。他们在学习，在享受，也在蜕变，这样渐渐适应那雅化的传统，于是乎新旧打成一片，传统多多少少变了质继续下去。前面说过的文体和诗风的种种改变，就是新旧双方调整的过程，结果迁就的渐渐不觉其为迁就，学习的也渐渐习惯成了自然，传统的确稍稍变了质，但是还是文言或雅言为主，就算跟民众近了一些，近得也不太多。

至于词曲，算是新起于俗间，实在以音乐为重，文辞原是无关轻重的；“雅俗共赏”，正是那音乐的作用。后来雅士们也曾分别将那些文辞雅化，但是因为音乐性太重，使他们不能完成那种雅化，所以词曲终于不能达到诗的地位。而曲一直配合着音乐，雅化更难，地位也就更低，还低于词一等。可是词曲到了雅化的时期，那“共赏”的人却就雅多而俗少了。真正“雅俗共赏”的是唐、五代、北宋的词，元朝的散曲和杂剧，还有平话和章回小说以及皮簧戏等。皮簧戏也是音乐为主，大家直到现在都还在哼着那些粗俗的戏词，所以雅化难以下手，虽然一二十年来这雅化也已经试着在开始。平话和章回小说，传统里本来没有，雅化没有合式的榜样，进行就不易。《三国演义》虽然用了文言，却是俗化的文言，接近口语的文言，后来的《水浒》《西游记》《红楼梦》等就都用白话了。不能完全雅化的作品在雅化的传统里不能有地位，至少不能有正经的地位。雅化程度的深浅，决定这种地位的高低或有没有，一方面也决定“雅俗共赏”的范围的小和大——雅化越深，“共赏”的人越少，越浅也就越多。所谓多少，主要的是俗人，是小市民和受教育的农家子弟。在传统里没有地位或只有低地位的作品，只算是玩艺儿；然而这些才接近民众，接近民众却还能教“雅俗共赏”，雅和俗究竟有共通的地方，不是不相理会的两橛了。

单就玩艺儿而论，“雅俗共赏”虽然是以雅化的标准为主，“共赏”者却以俗人为主。固然，这在雅方得降低一些，在俗方也得提高一些，要“俗不伤雅”才成；雅方看来太俗，以至于“俗不可耐”的，是不能“共赏”的。但是在什么条件之下才会让俗人所“赏”的，雅人也能来“共赏”呢？我们想起了“有目共赏”这句话。孟子说过“不知子都之姣者，无目者也”，“有目”是反过来说，“共赏”还是陶诗“共欣赏”的意思。子都的美貌，有眼睛的都容易辨别，自然也就能“共赏”了。孟子接着说：“口之于味也，有同嗜焉；耳之于声也，有同听焉；目之于色也，有同美焉。”这说的是人之常情，也就是所谓人情不相远。但是这不相远似乎只限于一些具体的、常识的、现实的事物和趣味。譬如北平罢，故宫和颐和园，包括建筑，风景和陈列的工艺品，似乎是“雅俗共赏”的，天桥在雅人的眼中似乎就有些太俗了。说到文章，俗人所能“赏”的也只是常识的，现实的。后汉的王充出身是俗人，他多多少少代表俗人说话，反对难懂而不切实用的辞赋，却赞美公文能手。公文这东西关系雅俗的现实利益，始终是不曾完全雅化了的。再说后来的小说和戏剧，有的雅人说《西厢记》诲淫，《水浒传》诲盗，这是“高论”。实际上这一部戏剧和这一部小说都是“雅俗共赏”的作品。《西厢记》无视了传统的礼教，《水浒传》无视了传统的忠德，然而“男女”是“人之大欲”之一，“官逼民反”，也是人之常情，梁山泊的英雄正是被压迫的人民所想望的。俗人固然同情这些，一部分的雅人，跟俗人相距还不太远的，也未尝不高兴这两部书说出了他们想说而不敢说的。这可以说是一种快感，一种趣味，可并不是低级趣味；这是有关系的，也未尝不是有节制的。“诲淫”“诲盗”只是代表统治者的利益的说话。

十九世纪二十世纪之交是个新时代，新时代给我们带来了新文化，产生了我们的知识阶级。这知识阶级跟从前的读书人不大一样，包括了更多的从民间来的分子，他们渐渐跟统治者拆伙而走向民间。于是乎有了白话正宗的新文学，词曲和小说戏剧都有了正经的地位。还有种种欧化的新艺术。这种文学和艺术却并不能让小市民来“共赏”，不用说农工大众。于是乎有人指出这是新绅士也就是新雅人的欧化，不管一般人能够了解欣赏与否。他们提倡“大众语”运动。但是时机还没有成熟，结果不显著。抗战以来又有“通俗化”运动，这个运动并已经在开始转向大众化。“通俗化”还分别雅俗，还是“雅俗共赏”的路，大众化却更进一步要达到那没有雅俗之分，只有“共赏”的局面。这大概也会是所谓由量变到质变罢。

1947 年 10 月

第三章

岁月从容，张弛有度

江行的晨暮

//

朱湘

美在任何的地方，即使是古老的城外，一个轮船码头的上面。

等船，在划子上，在暮秋夜里九点钟的时候，有一点冷的风。天与江，都暗了；不过，仔细地看去，江水还浮着黄色。中间所横着的一条深黑，那是江的南岸。

在众星的点缀里，长庚星闪耀得像一盏较远的电灯。一条水银色的光带晃动在江水之上，看得见一盏红色的渔灯。

岸上的房屋是一排黑的轮廓。

一条趸船在四五丈以外的地点。模糊的电灯，平时令人不快的，在这时候，在这条趸船上，反而，不仅是悦目，简直是美了。在它的光围下面，聚集着一些人形的轮廓。不过，并听不见人声，像这条划子上这样。

忽然间，在前面江心里，有一些黝黯的帆船顺流而下，没有声音，像一些巨大的鸟。

一个商埠旁边的清晨。

太阳升上了有二十度；覆碗的月亮与地平线还有四十度的距离。几大片鳞云粘在浅碧的天空里；看来，云好像是在太阳的后面，并且远了不少。

山岭披着古铜色的衣，褶痕是大有画意的。

水汽腾上有两尺多高。有几只肥大的鸥鸟，它们，在阳光之内，暂时的闪白。

月亮是在左舷的这边。

水汽腾上有一尺多高；在这边，它是时隐时显的。在船影之内，它简直是看不见了。

颜色十分清润的，是远洲上的列树，水平线上的帆船。

江水由船边的黄到中心的铁青到岸边的银灰色。有几只小轮在喷吐着煤烟：在烟窗的端际，它是黑色；在船影里，淡青，米色，苍白；在斜映着的阳光里，棕黄。

清晨时候的江行是色彩的。

旅行

//

老舍

老舍把早饭吃完了，还不知道到底吃的是什么；要不是老辛往他（老舍）脑袋上浇了半罐子凉水，也许他在饭厅里就又睡起觉来！老辛是外交家，衣裳穿得讲究，脸上刮得油汪汪地发亮，嘴里说着一半英国话，一半中国话，和音乐有同样的抑扬顿挫。外交家总是喜欢占点便宜的，老辛也是如此：吃面包的时候，擦双份儿黄油，而且是不等别人动手，先擦好五块面包放在自己的碟子里。老方——是个候补科学家——的举动和老舍、老辛又不同了：眼睛盯着老辛擦剩下的那一小块黄油，嘴里慢慢地嚼着一点面包皮，想着黄油的成分和制造法：设若黄油里的水分是一点零七？设若搁上零点六七的盐？……他还没想完，老辛很轻巧地用刀尖把那块黄油又插走了。

吃完早饭，老舍主张先去睡个觉，然后再说别的。老辛、老方全不赞成，逼着他去收拾东西，好赶九点四十五的火车。老舍没法儿，只好揉眼睛，把零七八碎的都放在小箱子里，而且把昨天买的三个苹果——

本来是一个人一个——全偷偷地放在自己的袋子里，预备到没人的地方自家享受。

东西收拾好，会了旅馆的账，三个人跑到车站，买了票，上了车；真巧，刚上了车，车就开了。车一开，老舍手按着袋子里的苹果，又闭上眼了，老辛、老方点着了烟卷儿，开始辩论：老辛本着外交家的眼光，说昨天不该住在巴兹，应该一气儿由伦敦到布里斯托，然后由布里斯托回到巴兹来；这么办，至少也省几个先令，而且叫人家看着有旅行的经验。老方呢，哼儿哈儿地支应着老辛，不错眼珠儿地看着手表，计算火车的速度。

火车到了布里斯托，两个人把老舍推醒，就手儿把老舍袋子里的苹果全掏出去。老辛拿去两个大的，把那个小的赏给老方；老方顿时站在站台上想起牛顿看苹果的故事来了。

出了车站，老辛打算先找好旅店，把东西放下，然后再去逛；老方主张先到大学里去看一位化学教授，然后再找旅馆。两个人全有充分的理由，谁也不肯让谁。老辛越说先去找旅馆好，老方越说非先去见化学教授不可。越说越说不到一块儿，越说越不贴题，结果，老辛把老方叫作“科学牛”，老方骂老辛是“外交狗”，骂完还是没办法，两个人一齐向老舍说：“你说！该怎么办？说！”

老舍打了个哈欠，揉了揉眼睛，擦了擦鼻子，有气无力地说：“附近就有旅馆，拍拍脑袋算一个，找着哪个就算哪个。找着了旅馆，放下东西，老方就赶紧去看大学教授。看完大学教授赶快回来，咱们就一块儿去逛。老方没回来以前，老辛可以到街上转个圈子。我呢，来个小盹儿，你们看怎么样？”

老辛、老方全笑了，老辛取消了老方的“科学牛”，老方也撤回了“外交狗”，并且一齐夸奖老舍真聪明，差不多有成“睡仙”的希望。

一拐过火车站，老方的眼睛快（因为戴着眼镜），看见一户人家的门上挂着：“有屋子出租。”他没等和别人商量，一直走上前去。他还没走到那家的门口，一位没头发、没牙的老太婆从窗子缝里把鼻子伸出多远，向他说：“对不起！”

老方火儿啦！还没过去问她，怎么就拒绝呀！黄脸人就这么不值钱吗！老方向来不大爱生气的，也轻易不谈国事的；被老太婆这么一气，他可真恼啦！差不多非过去打她两个嘴巴才解气！老辛笑着过来了：

“老方打算省钱不行呀！人家老太婆不肯要你这黄脸鬼！还是听我的去找旅馆！”

老方没言语，看了老辛一眼，跟着老辛去找旅馆。老舍在后面随着，一步一个哈欠，恨不能躺在街上就睡！

找着了旅馆，价钱贵一点，可是收中国人就算不错。老辛放下小箱就出去了，老方雇了一辆汽车去上大学，老舍躺在屋里就睡。

老辛、老方都回来了，把老舍推醒了，商议到哪里去玩。老辛打算先到海岸去，老方想先到查德去看古洞里的玉笋钟乳和别的与科学有关的东西。老舍没主意，还是一劲儿说困。

“你看，”老辛说，“先到海岸去洗个澡，然后回来逛布里斯托附近的地方，逛完吃饭，吃完睡——”

“对！”老舍听见这个“睡”字高兴多了。

“明天再到查德去不好么？”老辛接着说，眼睛一闭一闭地看着老方。

“海岸上有什么可看的！”老方发了言，“一片沙子，一片水，一群姑娘露着腿逗弄人，还有什么？”

“古洞有什么可看，”老辛提出抗议，“一片石头，一群人在黑洞里鬼头鬼脑地乱撞！”

“洞里的石笋最小的还要四千年才能结成，你懂得什么——”

老辛没等老方说完，就插嘴：“海岸上的姑娘最老的也不过二十五岁，你懂得什么——”

“古洞里可以看地层的——”

“海岸上可以吸新鲜空气——”

“古洞里可以——”

“海岸上可以——”

两个人越说越乱，谁也不听谁的，谁也听不见谁的。嚷了一阵，两个全向着老舍来了：“你说，听你的！别再耽误工夫！”

老舍一看老辛的眼睛，心里说：要是不赞成上海岸，他非把我活埋了不可！又一看老方的神气：哼，不跟着他上古洞，今儿个晚上非叫他给解剖了不可！他揉了揉眼睛说：“你们所争执的不过是时间先后的问题——”

“外交家所要争的就是‘先后’！”老辛说。

“时间与空间——”

老舍没等老方把时间与空间的定义说出来，赶紧说：

“这么着，先到外面去看一看，有到海岸去的车呢，便先上海岸；有到查德的车呢，便先到古洞去。我没一定的主张，而且去不去不要紧；你们要是分头去也好，我一个人在这里睡一觉，比什么都平安！”

“你出来就为睡觉吗？”老辛问。

“睡多了于身体有害！”老方说。

“到底怎么办？”老舍问。

“出去看有车没有吧！”老辛拿定了主意。

“是火车还是汽车？”老方问。

“不拘。”老舍回答。

三个人先到了火车站，到海岸的车刚开走了，还有两次车，可都是下午四点以后的。于是又跑到汽车站，到查德的汽车票全卖完了，有一家还有几张票，一看是三个中国人，成心不卖给他们。

“怎么办？”老方问。

老辛没言语。

“回去睡觉哇！”老舍笑了。

1929 年 3 月

秋外套

//

黎烈文

回国后已经过了两个秋天了。那两个秋天都模模糊糊，如烟如梦，自己也不知道是怎么过去的；直到今年秋天，这才得着一点闲时闲情，偶然逛逛公园。

在上海所有的公园里面，谁都知道兆丰公园是最好的。除掉缺欠艺术品（如美丽的铜或石的雕刻）的点缀外，其他花木池沼的布置，和我见过的欧洲有名的公园比较起来，都没有丝毫愧色。我有时带着一本书走进园子，在树下听听虫鸣，在池边看看鸭泳，是可以把每天见闻所及的许多可憎可恶之事，暂时忘掉的。

这天因为贪看暮霭，不觉回家得迟了。独自坐在荷池旁，悠悠然从深沉的默想里醒转来时，四围早已一个游人都没有，昏暗中只见微风吹动低垂的柳枝，像幽灵似的摇摆着，远远近近，一片虫声，听来非常惨戚。我虽喜欢清静，但这样冷寂得颇有鬼趣的境地，却也无意流连。忍着使人微栗的凉风，循着装有路灯的小径走出公园时，我顿时忆起那件搁在箱里的秋外套，和几年前在外国遇到的一个同样荒凉得使人害怕的夜晚。

那时我和冰之都住在巴黎。我们正像一切热恋着的青年男女一样，力求与人相远。某天，我们忽然想起要搬到巴黎附近的小城去住。于是在一个正和今天一般晴朗的秋天，我们毫没准备地由里昂车站乘着火车往墨兰（Melun）。

这小城是曾经有两位中国朋友住过都觉得满意的，离巴黎既近，生活也很便宜。但不幸得很，我们那天在许多大街小巷里瞎跑了半天，却什么也没找到，只在离塞莱河（Seine）岸不远的一家小饭店里吃了一顿可口的午餐。现在回想起来，那样鲜嫩的烤鸡，我大概一生也不会再吃到的了。

饭后，玩了一些地方，我们的游兴好像还没有尽，冰之便提议索性到更远的地方去看看。我们坐着火车随便在一个小站下了车。这里简直完全是原野。车站前后左右都是收割了的麦田。只在离车站约莫半个基罗米突的一座小丘上有个小小的村庄。我们到那村庄上走了一圈，饱嗅了一阵牛马粪溺的臭味。后来一个好奇的老太婆邀我们到她家里去歇脚，和我们问长问短，殷勤地拿出一盆自己园里出产的酸梨款客。当她知道我们在找房子时，便慨然愿意把她的住宅的一半租给我们。她指给我们看的两间房子虽也还干净，并且有着一些古色古香的家具，但我们一想到点的是油灯，吃的是井水，便把一切诗情画意都打消了。我们决定赶快回巴黎。

走回那位置在田野正中的小站时，天已快黑了，而开往巴黎的火车，却要晚上九点钟才会经过那儿。这天那小车站除掉我们两个黄脸男女外，再没有第二个候车的乘客。站上职员因为经济的缘故，不到火车快来时，是决不肯把月台上的电灯开亮的，读者诸君试去想象罢，我们这时简直等于遗失在荒野里面了。四周一点人声都没有，只有一轮明月不时露出云端向我们狡猾地笑着。麦田里各种秋蛩的清唱，和远处此起彼应的犬吠，送入耳朵里格外使人不安。尤其是冰之，她简直像孩子似的害怕起来了。我记起有位法国诗人说过，人在夜晚和暴风雨的时候常常感到自然的威压。这话是很有道理的。为什么夜晚会使人感到威压呢？想来大概因为黑暗的缘故。人原是憎恶黑暗，追求光明的！

这天冰之穿着一套浅灰哔叽的秋服，因为离开巴黎时，天气很暖，不曾带得有大衣。现在空着肚子给田野间的寒风一吹，便冷得微微战栗起来。但幸好我的手臂上带着有那件晴雨不离身的薄呢秋外套。当时连忙给她披在身上。两人靠紧身子坐在没有遮盖的月台上的长椅里，怀着焦躁与不安的心思，等待火车到来。

当晚十一点钟转回巴黎时，冰之便喊着头痛，并且身上微微发着寒热了。陪她在饭店里吃了一盆滚烫的 Soupe[①]，然后把她送回寓所，叫她立刻蒙着被窝睡下。因为怕她盖的东西不够，我临到跑回自己的旅馆时，又把我的秋外套搭在她的脚上。虽然她说外面很凉，再三要我穿在自己身上，但我却强着她盖上了。

过了两天，从她那边把外套拿回时，并没觉得什么异样。因为那一晌天气很好，外套虽常常带在身边，但却不曾穿过，我料不到外套上有

① 法语“汤”的意思。

了什么新鲜物事。

两星期后的一个早上。我独自在卢森堡公园作那每天例行的散步时，忽然觉得身边有一种时无时有的幽雅的花香。向周围一看，虽然到处有着红红绿绿的洋菊，但那都是没有芳香的，更没有我所闻到的那种清妙的气味。这样兰花似的淡淡的香气，究竟是从什么地方飘来的呢？真是怪事。这香味是到处可以闻到的，站在上议院前面的 Bassin 旁可以闻到，坐在乔治桑（George Sand）的雕像旁也可以闻到，甚至走出了公园还可以闻到，跑进了大学图书馆也仍旧闻到。这简直把我弄得糊涂了，我疑心我的鼻子出了毛病，我以为自己疯了。我这一整天都没得到安宁。晚边下了课，跑到冰之那里去看她，把这事讲给她听了，她起初只微笑着，什么话也不说。到后来才狡猾地瞧着我身上的秋外套扑哧一声说道："你怎么到今天才闻到呢！"

天！我糊涂到这时才领会那香味是从自己的外套上发出来的！我记起了我的外套曾在她那里放过一晚，一定是她给我洒上了一点香水。我赶快把外套脱下来闻闻看，我终于在衣领的夹里上找到了那幽妙的香味的来源。并且出乎意外的是：我那外套的夹里上有许多脱了线的地方都已修整完好。我这时的喜悦和感激是没有言语可以形容的，我觉得自己从那时起百倍地爱着那香水的主人。

据冰之说，那小瓶香水是只花了一个马克从德国买来的。实在也并不是什么高贵的香水。但气味可真清妙到了极点。并且说来是没有人肯信的，在以后的四五年里，每个秋天我把那外套从箱里取出时，起初虽只闻到樟脑的恶臭，但等到樟脑的气味一散去，淡淡的兰花似的香水的清芬又流入了我的鼻管，它简直像是永不会有消散的一天。

现在，一切愉快的时光虽已和那香水的主人一同去得遥远，但那少女的一点柔情，却悠久地记在我的心上，每次穿上那外套，嗅着外套上的飘渺的香味，我便仿佛觉得冰之坐在我的身边。

而现在又到了须要再穿上那秋外套的时候了……

叶笛

//

缪崇群

我没有听过芦笙是一种什么音调，却曾读过关于吹芦笙的故事；不过内容也不大记得清楚了，好像与纤纤玉手打钢琴，或是大珠小珠落玉盘的那般雅乐无关，而是一种充满了田野气，落落大方的原始的呼号。我想属于所谓“天籁”范畴之内的，应该包括着芦笙和吹芦笙这一类的故事。自然，更好的如山歌，打夯，拉纤，力夫们那种吭唷曲……

这里的牛，在颈上所系的那种铁铃铛的丁冬声响，也似乎是自然在奏着牧歌，叙说着牧歌里的故事。我爱好牧歌，所以我也爱好石屏如同是在牧歌里的一个地方。这里没有芦笙，我却常常听到吹叶子的——我叫它叶笛，我想大致和芦笙也很相近罢。

《云南通志》里有一段关于石屏的记载说：“少年子弟，暮夜游行巷闾间，吹芦笙或吹树叶子，声韵之中，皆寄情言，用相呼召。”

引证本可到此为止，为使我的牧歌故事生根，那下面原有的两句，也应该补足：“嫁娶之夕，私夫悉来相送；既嫁有犯，男子格杀勿论。”

照原文上看来，原始的爱，似乎已经钉上私占的铁记了，不，谁能说爱不也是从一种血淋淋的斗争中得来的？男子杀掉一个要求爱的妻子，或是自己被遗嫉而杀于他人之手，这是罪过吗？牧歌也是饱含着悲剧的成分的。

来在这么一个地方我竟不会吹叶子——并不是希冀着杀谁或被谁杀死，或寄什么情言——甚至于怎样把叶子吹响，我也不甚体会，真是抱憾极了！仿佛把一片绿绿的树叶子夹在手缝和唇间边吹边唱着，于是呜呜地似鸣似诉地道出一只歌，一首诗，不，传出他的情言。

这种声音会把人带进芦笙的故事里去，所以我才把它叫做叶笛。

每次听见年青的人们吹起树叶子，我便知道不是课毕便是假日了。那声响给我带来了松闲和愉快。我探首窗外，望见树叶和树叶间隙的蓝天，睁着无数无数的蓝色的眼。我好像已经把心身整个安顿在一个歌谣的世界里。原始的呼号，在招徕着原始的爱抚。

为爱情被杀的，谁敢断定他的心灵已经死亡？爱，不是已经渗透了每一片树叶子，使它们绿油油的发着生，生，生的微光吗？它不说话，它却贴紧着无数个男子们的嘴唇，悠悠地吟诵了它的欲求和失望的历程。

有一次在一个热闹的集会里，“吹叶子”也占了一个精彩的节目。当演讲，唱歌，舞蹈……之后，那两个平时我看着极沉默的学生，起来表演吹叶子了。不像吹，不像唱，也不像歌和诉……那颤颤的音调，正好像微波轻轻击着寂寂无人迹的花香草长的岸缘似的。也好像为我打开了一重门，我又望见了门外的青春了。

在这里我本是“先生”，可是我不曾即兴地对他们说教着一堂人生的课程：

青春时代的一切，不管是欢愉还是苦闷，那都是生命中的一种绝响，不再重复也不能重复了。男性的爱，可以使每一片树叶子发着响声，女人们——花么？一阵风间，一眨眼时，已经飘零满地了。

野店

//

李广田

太阳下山了，又是一日之程，步行人，也觉得有点疲劳了。

你走进一个荒僻的小村落——这村落对你很生疏，然而又好像很熟悉，因为你走过许多这样的小村落了。看看有些人家的大门已经闭起，有些也许还在半掩，有几个人正迈着沉重的脚步回家，后面跟随着狗或牛羊。有的女人正站在门口张望，或用了柔缓的声音在招呼谁来晚餐。也许，又听到几处闭门声响了，“如果能到哪家的门里去息下呀”，这时候你会这样想吧。但走不多远，你便会发现一座小店待在路旁，或十字路口，虽然明早还须赶路，而当晚你总能作得好梦了。“荒村雨露眠宜早，野店风霜起要迟”，这样的对联，会发现在一座宽大而破陋的店门上，有意无意地，总会叫旅人感到心暖吧。在这儿你会受到殷勤的招待，你会遇到一对很朴野、很温良的店主夫妇，他们的颜色和语气，会使你发生回到了老家的感觉。但有时，你也会遇着一个刁狡的村少，他会告诉你到前面的村镇还有多远，而实在并不那么远；他也会向你讨多少脚驴钱，而实在也并不值那么多。然而，他的刁狡，你也许并未看出刁狡得讨厌，他们也只是有点拙笨罢了。什么又不是拙笨的呢。一个青生铁的洗脸盆，像一口锅，那会是用过几世的了；一把黑泥的宜兴茶壶，尽够一个人喝半天，也许有人会说是非常古雅呢。饭菜呢，则只在分量上打算。“总得够吃，千里有缘的，无论如何，总不能亏心哪。”店主人会对了每个客人这样说。

在这样地方，你是很少感到寂寞的。因为既已疲劳了，你需要休息，不然，也总有些伙伴谈天儿。“四海之内皆兄弟呀。”你会听到有人这样大声笑着，喊，“啊，你不是从山北的下洼来的吗？那也就算是邻舍人了。”常听到这样的招呼。从山里来卖山果的，渡了河来卖鱼的，推车的、挑担子的、卖皮鞭的、卖泥人的、拿破绳子换洋火的……也许还有一个老学究先生，现在却做着走方郎中了，这些人，都会偶然地成为一家了。他们总能说慷慨义气话，总是那样亲切而温厚地相照应。他们都很重视这些机缘，总以为这也有神的意思，说不定是为了将来的什么大患难，或什么大前程，而才先有了这样一夕呢。如果是在冬天，便会有大方的店主人抱了松枝或干柴来给煨火，这只算主人的款待，并不另取火钱。在和平与温暖中，于是一伙陌路人都来烘火而话家常了。

直到现在，虽然交通是比较便利了，但像这样的僻野地方，依然少有人知道所谓报纸新闻之类的东西。但这些地方也并非全无新闻，那就专靠这些挑担推车的人们了。他们走过了多少地方，他们同许多异地人相遇，一到了这样场合，便都争先恐后地倾吐他们所见所闻的一切。某个村子里出了什么人命盗案了，或是某个县城里正在哄传着一件什么阴谋的谣言，以及各地的货物行情等，他们都很熟悉。这类新闻，一经在这小店里谈论之后，一到天明，也就会传遍了全村，也许又有许多街头人在那里议论纷纭，借题发挥起来呢。说是新闻，其实也并不全新，也许已是多少年前的故事了，传说过多少次，忘了，又提起来了，鬼怪的、狐仙的、吊颈女人的，马贩子的艳遇、尼姑的犯规……都重在这里开演了。有的人又要唱一支山歌，唱一阵南腔北调了。他们有时也谈些国家大事，譬如战争灾异之类，然而这也只是些故事，像讲《封神演义》那样子讲讲罢了。火熄了，店主人早已去了，有些人也已经打了合铺，睡了，也许还有两个人正谈得很密切。譬如有两个比较年轻的人，这时候他们之中的一个也许会告诉，说是因为在故乡曾犯了什么不可饶恕的大罪过，他逃出来了，逃了这么远，几百里，几千里还不知道，而且也逃出了这许多年了。“我呢……”另一个也许说，“——我是为了要追寻一个潜逃了的老婆，为了她，我便作了这小小生意了。”他们也许会谈了很久，谈了整夜，而且竟订下了很好的交情。“鸡声茅店月，人迹板桥霜”，窗上发白，街上已经有人在走动着了，水筒的声音，辘轳的声音，仿佛是很远，很远，已经又到了赶路的时候了。

呼唤声、呵欠声、马蹄声……这时候忙乱的又是店主人。他又要向每个客人打招呼，问每个客人：盘费可还足吗？不曾丢掉了什么东西吗？如不是急于赶路，真应当用了早餐再走呢，等等。于是一伙路人，又各自拾起了各人的路，各向不同的方向跋涉去了。“几时再见呢？”“谁知道？一切都没准呢！”有人这样说。也许还有人多谈几句，也许还听到几声叹息，也许说：“我们这些浪荡货，一夕相聚又散了。散了，永不再见了，话谈得真投心，真投心呢！”

真是的，在这些场合中，纵然一个老江湖，也不能不有些惘然之情吧。更有趣的是在这样野店的土墙上，偶尔你也会读到用小刀或瓦砾写下来的句子，如某县某村某人在此一宿之类。有时，也会读到些诗样的韵语，虽然都鄙俚不堪，而这些陌路人在一个偶然的机遇里，陌路的相遇又相知，他们一时高兴了，忘情一切了，或是想起一切了，便会毫不计较地把真情流露了出来，于是你就会感到一种特别的人间味。就如古人所歌咏的：

君乘车，我戴笠，
他日相逢下车揖；
君担簦，我跨马，
他日相逢为君下。

——这样的歌子，大概也是在这样的情形下产生的吧。

1936 年

雪的回忆

穆木天

一

雨雪霏霏，令我怀忆起我的故乡来。居在上海，每年固然都冒过几次严寒，可是，总觉得像是没有冬天似的。至少，在江南，冬天是令人不感兴会的。

雪地冰天，没出过山海关的人，总不会尝过那种风味罢。一片皑白，山上，原野上，树木上，房屋上，都是雪。你想象一下好啦，在铅灰色的天空之下，皑白的地面，是如何地一望无边呀。一望是洁白的，是平滑的。

雪！雪夜！雪所笼罩着的平原，雪在上边飞飘着的大野，广漠地，寂静地，在展开着。在雪中，散布着稀稀的人家，好像人们都是鼾睡在自己的安乐窝里。

从冬到春，雪是永远不化的。下了一层又一层，冻了一层又一层。

大地冻成琉璃板，人在上边可以滑冰。如果往高山瞅去，你可以看见满目都是洁白的盐，松松地在那儿盖着。

一片无边的是雪的世界。在山上，在原野上，在房屋上，在树木上，都是盖着皑白的雪层，是银的宇宙，是铅的宇宙。

儿时，我叹美着这种雪的世界。现在这种雪的世界，又在我的想象中重现出来了。

过去的一幕一幕，荡漾地，在我的眼前渡了过去。

雨雪霏霏，令我怀忆起我的故乡来。

二

雪！下了好几天的雪，居然停住了。

据人说，在先年，雪还要大，狍子都可以跑到人家的院子里来。又据说，某人张三，当下大雪时，在大门口，亲手捉住了两匹狍子。人们总是讲先年，说先年几个大钱能买多少猪肉，而在下雪的时候，人们多半是要讲先年的雪的故事的。

说这话，是我六岁的时候，也许是七八岁都不定。那时，我是最喜欢听人家讲故事的。特别是坐在热炕头上，听人讲古，是非常有味道的。

人们总是讲先年，说先年冷得多，可是不知道是什么道理。现在想过来，怕是人烟稀少的缘故。我们家里大概是道光年间移过去的。在那时候，我们是“占山户”。那是老祖母时时以为自豪的。你想一想，方圆一二十里，只有一家人家，那该是如何地冷凄呀。现在，人烟是渐渐地稠密了。

东北的冰天雪地中并不如内地人所想象的那样冷。在雨雪霏霏的时节，人们是一样地在外边工作。小孩子们是顶好打雪仗的。

这一天，雪花渐渐地停止了。空中是一片铅灰。地上是一片银白。狗在院里卧着，鸡在院里聚着。族中的一个哥哥，给我们做工，弯着腰，在院里，用笤帚扫雪，扫到车里，预备往外推。小院子里是寂静静的。下了好久的雪，居然停住了。

我看着人扫雪，在院子里，一个人孤独地流连着。抓了抓雪，瞅着，望着院里的大树。寂静的空气支配着。忽然，角门响了一声。东北屯的大哥又来了。

我是最欢喜东北屯的大哥的。他说话是玄天玄地的，两个大眼珠子，咕噜咕噜地动着，很是给我以激刺的。他能打单家雀，而且是“打飞”。他所打的那一手好枪，真不亚于百步穿杨的养由基。真是“百发百中”。他能领我到野外里跑。尤其是，他用沙枪打了好些家雀，晚上，可以煎给我们吃。他一进门，声音就震动了整个的小院落。

在数分钟之后，我们就到了街南的田地里了。是东北屯大哥，在同祖母和母亲说了几句话之后，拿着沙枪，带我出去的。他带我到近处各个大树的所在，打了好些家雀子，带了回来，虽然是冒着寒冷，可是，我是非常地兴高采烈的。

吃着煎家雀，东北屯大哥，大吹大擂地，给我们讲雪的故事：哪里雪是如何地大，在哪里他打死了多少兔子，哪里雪给人家封住了门，在哪里他打死了多少野鸡。雪的故事，是最令我怀起憧憬的。

到了夜间，东北屯大哥走了，后街的伯父又来了。祖母在吃消夜酒。祖母絮絮叨叨地讲过来讲过去。随后，她叫后街的伯父说唱了一段“二度梅”。

依稀的月光，从镜帘缝里，透射到屋子里。蒙蒙的雪，又在下着。静夜里，又起了微微的冷风。

三

雪！蒙蒙的雪，下着。院里又铺上了一层棉絮。

我又大了两岁了。这一年冬天，雪是不怎么大。地冻了之后，像是只下着小的雪。

这一个冬天，我们的院子里，好像比往常热闹得多了。我们是住在里边的小院里。外边是一个大的院子。现在，马嘶声，人的往来声，车声，唱歌声，打油的锤声，在外边的院子里交响着。颓废的破大院，顿时，呈出了新兴的气象。

父亲是忙忙碌碌的，从站上跑到家里，从家又跑到站上。一车一车的黄豆，每天，被运进来又被运出去。据说父亲在站上是做“老客”。

一个先生，是麻脸的，教我读书。可是，有时，他也去帮父亲去打大豆的麻包。

外院里，是好几辆车在卸载装载，马在无精打采地，倦怠地站着。身上披着一片一片的雪花。人，往来如梭地，工作着。

我也挤在人堆里。看着他们怎么过斗，怎么过秤，怎样装，怎么扛。

雪霏霏地下着。麻脸先生，划着苏州码子，记着豆包的分量。他的黑马褂上披着白，像是肿了似的。

雪霏霏地下着。秃尾巴狗在院里跑着，飞快地，在雪里轻轻地留下了爪印。

外院的东院是仓子，是马厩，是油房。人往来地运豆子。鸽子，咕噜咕噜地叫着，啄着豆子吃。

像是家道兴隆似的，各个人都在忙着。

晚上，工作完了，父亲同麻脸先生总是谈着行情，商量着“作存”好还是“作空”好。

麻脸先生会爻易经卦，据说，他的数理哲学是很灵的。父亲会算论语卦，有一次算到“长一身有半”，于是“作存”，果然赚了。

我呢，我夜里总是跑到油房里去。那里，是又暖烘，又热闹。

马拉着油碾子，转着。豆子被压扁，从碾盘上落到下边槽子里。出了一种香的油气，马的眼睛是蒙着的，说是不蒙着，它们就不干活儿。

同着碾子的人打了招呼，进了去。顺着窄路，走到里边的房子里，则又是一个世界了。

油匠们欢天喜地地，笑谈着。他们一边在工作着，一边在讲着淫猥的故事的。

我是欢喜他们的，他们也欢喜我。我上了高高的垫着厚板的炕上，坐着，躺着，看着他们在做工，一只手操起了大油匠刘金城所爱看的《小八义》。

我看着他们怎样蒸豆批，怎么打包，怎么上榨，怎么锤打。那是非常地有趣味的。扬着锤子梆梆地打着，当时，令我想到呼延庆打擂。而等待着油倾盆如注地淌下来，随后，打开洋草的包皮，新鲜的豆饼出了榨，我是感到无限满足的。有时，我是抓一块碎豆饼吃的。

卸了油垛，油匠们又是讲起张家姑娘长和李家媳妇短来了。他们垂涎三尺地讲着生殖器，有时，那也令我感到无限的满足的。

听够了，我则看我的《小八义》。我是崇拜猴子阮英的。

很晚的才回到房中睡觉。父亲没有问我。据说第二天要起早上站去，早就睡了。

翌日，早晨，天还是黑洞洞的时候，就听见车声咕咚咕咚地从院里响了出去，起来时，听说父亲已经走了。外边小雪在下着。

蒙蒙的雪下着。院里又铺上了一层棉絮。

四

厚厚的雪，下了几场，大地上好像披了丧衣。

隔江望去，远山，近树，平原，草舍，江南的农业试验场，都是盖着皑白的雪。

一带的松花江，成了白雪的平原。江上，盖着“水院子”。时时，在雪里跑着狗爬犁，飞一般地快。

狗爬犁，马爬犁，跑过来，跑过去。御者，披着羊皮大衣，缩着脖，在上边，坐着。

江心里，时时有人来打水。夏天渡江用的“小威虎”（小船），系在岸边上。

夏天的排木没有了。不知道是哪里去了。

风吹着，冰冷地。太阳从雪上反映出银星儿来。人慢慢地工作着。

这是圣诞节前后。我因事回到久别了的故乡省会，看见了这种美丽的雪景。

有人说，吉林省城是“小江南”，可是那种美丽的雪景，是在大江南人所梦想不到的。

在火车中，遥望着皑白的雪的大野，是如何地令人陶醉呀！在马车里，听着车轮和马蹄践轧在雪上的声音，是如何地令人欢慰呀！

雪！洁白的雪！晶莹的雪！吱吱作响的雪！我的灵魂好像是要和它融合在一起了。

在这雪后新晴的午后，几个朋友，同我，站在江滨上，遥望着江南岸。

也许赏雪是对于有闲者的恩物罢。望着，望着，入了神，于是，大家决定了去玩一玩。

于是，从岸上下去，到江面上。

西望了望小白山，北望了望北山，再望了望江南的平川，我们就决定了沿着江流向东方走去。

人多走路是有趣的，特别是走在皎洁绵软的雪上。

在江北岸，是“满铁”公所与天主堂，雄赳赳地，屹立着，俯瞰着蜿蜒的大江。天主堂的尖塔，突入于萧瑟暗淡的天空中，傲然在君临着一切。

田亩上盖着雪，在江南岸。村外，树林中，有几个小孩子，聚在一起，玩着，闹着。

拉车的拉车，担柴的担柴，打水的打水，老百姓在冰雪中，忙忙碌碌地，工作着。

我们跑着，笑着，玩着。虽然都是快到三十岁的人，但是，到了大自然里，却都像变成小孩子。

远远地望去，龙潭山在江东屹立着。繁密的松柏，披上了珍珠衫子。松柏的叶子，显得异常青翠。

玩着，闹着，打着雪仗，我们，在江心里，不知不觉地，快要到在旧日的火药厂的遗址了。望着岸上的废墟，心里，不由得，落下凭吊的泪来。

顺着砖瓦堆积的小路，攀了上去，我们几个人，在积雪中，徘徊着。废墙还是在无力地支持着。那里，已成了野兔城狐的住所了。

我们呼喊，从废墟里，震动出来了回声，同我们相唱和着。回声止处，山川显得越发地寂寥。我呢，不觉要泫然泪下了。

我呆对着残垣上的积雪，沉默着。心中感着无限的哀愁。

江北岸，军械场的烟囱，无力地吐着烟，似在唏嘘，似在讽刺，似在凭吊，似在骄傲，一缕一缕的烟，飘渺地，消散在天空里。也许那是运命的象征罢！

大地是越发地广大了，雪的丧衣，无边无际地，披在大地的上面。

五

雪下了又停，停了又下。这一座古城，像是包围在雪的沉默中了。

这是我离开吉林城的那个冬季。因为当时感到那也许是一个永别，所以，那一年的雪，在我以为，是最值得怀恋的。

从卧室听着外边往来的车，咯吱咯吱地，压踏在雪上，是如何令人愁恼呀！在黎明，在暗夜，我，不眠地，倾听着风雪交加中的响动，是如何地孤独寂寥呀！

我曾在雪后步过那座古城的街上，可是满目凄凉，市面萧条得很。我也曾在晴日踏着雪，访过那些城外的村落，可是，田夫野老都是说一年比一年困苦了。多看社会，是越多会感到凄凉的。

在北山上建了白白的水塔。在松花江上架上了钢铁的江桥。可是，北山麓上，仍然是小的草房在杂沓着，在江桥边上，依然是山东哥们在卖花生米。农村社会没落了。好些商店，也是一个挨着一个地关上了门。

夜间，不寝时，听着外边的声籁，我总是翻来覆去地，想着。吉敦、吉海接轨的问题，农村破产的情状，"南满"铁路陆续地在开会议的消息，是不绝地在我脑子里萦回着。

有时，关灯独坐，望着街道上的灯光照在白雪上，颜色惨白的，四外，死一般地，寂静着，感到是会有"死"要降到这座古城上边似的。

在被雪所包围着的沉默中，无为地，生活着，心中是极度地空虚的。有时，如雪落在城上似的，泪是落在我的心上了。

虽然，过着蛰居者的生活，但是，广大的自然美也是时时引诱着我，而且强烈地引诱着。

雪下了又停，停了又下。沉默的古城，是又越发地显得空旷了。

雪停了，又是一个广大无边的白色的宇宙。

我们，三四个人，在围炉杂谈之后，决定了到江南野外里跑一跑。

走到江边，下去，四外眺望一下，江山如旧。野旷天低，四外的群山，显得越发地小了。小白山显得越发地玲珑可爱。

南望去，远山一带，静静地伏在积雪之中，村落、人家、田野、树木，若互不相识地，遥遥地，相对着。

在一切的处所，都像死的一般的，山川、草木、人畜，在相对无言。沉默的古城，好像到了死的前夜。

我们，三四个人，到了雪色天光之下，群山拥抱的大野里了。

天低着，四外，是空廓，寂寥。

白色、铅色的线与面，构成了整个的水墨画一般的宇宙。

赶柴车的，走着。拾粪的孩子，走着。农夫们，时时，在过路。但都是漠不相关似的。

我们，三四个人，在田间的道上，巡回地，走着。有时，脚步声引出来几声狗吠。但，我们走开，狗吠也随着止住了。

对于神的敬礼，好像也没有以先那样虔诚了。小土地庙已倾圮不堪了。

有时，树上露着青绿的冬青。鸟雀相聚着，聒叫着。待我们走近，立住，鸟儿，就一下子，全飞了起来。

江桥如长蛇似的跨在江上，像我们的血一天一天地被它吸去。

江北岸的“满铁”公所，好像越发高傲地在俯瞰松花江。它那种姿态，令人感到，是战胜者在示威。

天主堂的钟声哀婉地震响着。是招人赴晚祷呢？还是古城将死的吊钟呢？声音，是凄怆而轻脆的。

我们，三四个人，在田野中，走着。暮色渐渐地走近来。我们，被苍茫的夜幕笼罩住了。

在苍茫的夜色里，我是越发地感到凄凉了。那种凄凉的暮色在我脑子里深深地印上了最后的雪的印象。

雪下了又停，停了又下。包在雪中的古城，吐出来死的唏嘘了。

六

雨雪霏霏，令我怀忆起我的故乡来。现在，故乡里，还是依然地下着大雪罢。可是，我呢，则是飘零到大江南，也许会永远没有回到故乡的希望了罢。

和我同样地流离到各处的人，真不知有多少哟。可是，他们同我同样，也怕会永久看不见故乡的美丽的雪景了罢。

在故乡呢，大概山川还是依然存在罢！永远没有家中的消息，亲友故旧是不是还存着呢，那也是不得而知了。特别地，对着雪景，我怀忆起来白发苍苍的老祖母的面影来。

有人从东北来，告诉我东北的农村的荒废。在那广大的原野里，真是“千村万落生荆杞，禾生陇亩无东西”了！

据说：有时土匪绑票子只绑十枝烟卷儿，在到处，人们都是过着变态的生活。

在故乡的大野里，在白雪的围抱中，我看见了到处是死亡，到处都是饥饿。

在白雪上，洒着鲜红的血，是义勇军的，是老百姓的。

据说，故乡的情形完全变样了。现在呈出了令人想象不到的变态的景象来了。

是死亡，是饥饿，是帝国的践踏，是义勇军的抵抗，是在白雪上流着猩红的血。在雪的大野中，是另一个世界了。

我想象不出了。我只是茫然地想象着那种猩红的血，洒在洁白的雪上，在山上，在平原上，在河滨上，洒在一切的上边。

雨雪霏霏，令我回忆起我的故乡来。

卖豆腐的哨子

茅盾

早上醒来的时候，听得卖豆腐的哨子在窗外呜呜地吹。

每次这哨子声引起了我不少的怅惘。

并不是它那低叹暗泣似的声调在诱发我的漂泊者的乡愁；不是呢，像我这样的Outcast[①]，没有了故乡，也没有了祖国，所谓“乡愁”之类的优雅的情绪，轻易不会兜上我的心头。

也不是它那类乎军笳然而已颇小规模的悲壮的颤音，使我联想到另一方面的烟云似的过去；也不是呢，过去的，只留下淡淡的一道痕，早已为现实的严肃和未来的闪光所掩煞所销毁。

所以我这怅惘是难言的。然而每次我听到这呜呜的声音，我总抑不住胸间那股回荡起伏的怅惘的滋味。

昨夜我在夜市上，也感到同样酸辣的滋味。

每次我到夜市，看见那些用一张席片挡住了潮湿的泥土，就这么着

① 被逐的，被遗弃的。

货物和人一同挤在上面，冒着寒风在嚷嚷然叫卖的衣衫褴褛的小贩子，我总是感得了说不出的怅惘的心情。说是在怜悯他们么？我知道怜悯是亵渎的。那末，说是在同情于他们罢？我又觉得太轻。我心底里钦佩他们那种求生存的忠实的手段和态度，然而，亦未始不以为那是太拙笨。我从他们那雄辩似的“夸卖”声中感得了他们的心的哀诉。我仿佛看见他们吁出的热气在天空中凝集为一片灰色的云。

可是他们没有呜呜的哨子。没有这像是闷在瓮中，像是透过了重压而挣扎出来的地下的声音，作为他们的生活的象征。

呜呜的声音震破了冻凝的空气在我窗前过去了。我倾耳静听，我似乎已经从这单调的呜呜中读出了无数文字。

我猛然推开幛子，遥望屋后的天空。我看见了些什么呢？我只看见满天白茫茫的愁雾。

1929 年 2 月

杨梅烧酒

郁达夫

病了半年，足迹不曾出病房一步，新近起床，自然想上什么地方去走走。照新的说法，是去转换转换空气；照旧的说来，也好去祓除祓除邪孽的不祥；总之久蛰思动，大约也是人之常情，更何况这气候，这一个火热的土王用事的气候，实在在逼人不得不向海天空阔的地方去躲避一回。所以我首先想到的，是日本的温泉地带，北戴河、威海卫、青岛、牯岭等避暑的处所。但是衣衫褴褛、稀粥不全的近半年来的经济状况，又不许我有这一种模仿普罗大家的阔绰的行为。寻思的结果，终觉得还是到杭州去好些；究竟是到杭州去的路费来得省一点，此外我并且还有一位旧友在那里住着，此去也好去看他一看，在灯昏酒满的街头，也可以去和他叙一叙七八年不见的旧离情。

像这样决心以后的第二天午后，我已经在湖上的一家小饭馆里和这位多年不见的老朋友在吃应时的杨梅烧酒了。

屋外头是同在赤道直下的地点似的伏里的阳光，湖面上满泛着微温的泥水和从这些泥水里蒸发出来的略带腥臭的汽层儿。大道上车夫也很少，来往的行人更是不多。饭馆的灰尘积得很厚的许多桌子中间，也只坐有我们这两位点菜要先问一问价钱的顾客。

他——我这一位旧友——和我已经有七八年不见了。说起来实在话也很长，总之，他是我在东京大学里念书时候的一位预科的级友。毕业之后，两人东奔西走，各不往来，各不晓得各的住址，已经隔绝了七八年了。直到最近，似乎有一位不良少年，在假了我的名氏向各处募款，说："某某病倒在上海了，现在被收留在上海的一个慈善团体的 ×× 病院里。四海的仁人君子，诸大善士，无论和某某相识或不相识的，都希望惠赐若干，以救某某的死生的危急。"我这一位旧友，不知从什么地方，也听到了这一个消息，在一个月前，居然也从他的血汗的收入里割出了两块钱来，郑重其事地汇寄到了上海的 ×× 病院。在这 ×× 病院内，我本来是有一位医士认识的，所以两礼拜前，他的那两元义捐和一封很简略的信终于由那一位医士转到了我的手里。接到了他这封信，并且另外更发现了有几处有我署名的未完稿件发表的事情之后，向远近四处去一打听，我才原原本本地晓得了那一位不良少年所作的在前面已经说过的把戏。而这一出实在也是滑稽得很的小悲剧，现在却终于成了我们两个旧友的再见的基因。

他穿的是肩头上有补缀的一件夏布长衫，进饭馆之后，这件长衫却被两个纽扣吊起，挂上壁上去了。所以他和我，都只剩了一件汗衫，一条短裤的野蛮形状。当然他的那件汗衫比我的来得黑，而且背脊里已经有两个小孔了，而我的一件哩，却正是在上海动身以前刚花了五毫银币新买的国货。

他的相貌，非但同七八年前没有丝毫的改变，就是同在东京初进大学预科的那一年，也还是一个样儿。嘴底下的一簇绕腮胡，还是同十几年前一样，似乎是刚剃过了三两天的样子，长得正有一二分厚，远看过去，他的下巴像一个倒挂在那里的黑漆小木鱼。说也奇怪，我和他同学了四五年，及回国之后又不见了七八年的中间，他的这一簇绕腮胡，总从没有过长得较短一点或较长一点的时节。仿佛是他娘生他下地来的时候，这胡须就那么地生在那里，以后直到他死的时候，也不会发生变化似的。他的两只似乎是哭了一阵之后的肿眼，也仍旧是同学生时代一样，只是朦胧地在看着鼻尖，淡含着一味莫名其妙的笑影。额角仍旧是那么宽，颧骨仍旧是高得很，颧骨下的脸颊部仍旧是深深地陷入，窝里总有一个小酒杯好摆的样子。他的年纪，也仍旧是同学生时代一样，看起来，从二十五岁起到五十二岁止的中间，无论哪一个年龄都可以看的。

当我从火车站下来，上离车站不远的一个暑期英算补习学校——这学校也真是倒霉，简直是像上海的专吃二房东饭的人家的两间阁楼——里去看他的时候，他正在那里上课。一间黑漆漆的矮屋里，坐着八九个十四五岁的呆笨的小孩，眼睛呆呆地在注视着黑板。他老先生背转了身，伸长了时时在起痉挛的手，尽在黑板上写数学的公式和演题，屋子里声息全无，只充满着滴滴答答的他的粉笔的响声。因此他那一个圆背和那件有一大块被汗湿透的夏布长衫，就很惹起了我的注意。我在楼下向房东问他的名字的时候，他在楼上一定是听见的，同时在这样静寂的授课中间，我的一步一步走上楼去的脚步声，他总也不会不听到的。当我上楼之后，他的学生全部向我注视的一层眼光，就可以证明，但是向来神经就似乎有点麻木的他，竟动也不动一动，仍在继续着写他的公式，所以我只好静静地在后一排学生的一个空位里坐落。他把公式演题在黑板上写满了，又从头至尾地看了一遍，看有没有写错，又朝黑板空咳了两三声，又把粉笔放下，将身上的粉末打了一打干净，才慢慢地旋转身来。这时候他的额上嘴上，已经盛满了一颗颗的大汗。他的红肿的两眼，大约总也已满被汗水封没了罢，他竟没有看到我而若无其事地又讲了一阵，才宣告算学课毕，教学生们走向另一间矮屋里去听讲英文。楼上起了动摇，学生们争先恐后地奔往隔壁的那间矮屋里去了，我才徐徐地立起身来，走近了他，把手伸出向他的黏湿的肩头上拍了一拍。“噢，你是几时来的？”终于他也表示出了一种惊异的表情，举起了他那两只朦胧的老在注视鼻尖的眼睛。左手捏住了我的手，右手他就在袋里摸出了一块黑而且湿的手帕来揩他头上的汗。“因为教书教得太起劲了，所以你的上来，我竟没有听到。这天气可真了不得。你的病好了么？”

他接连着说出了许多前后不接的问我的话，这是他的兴奋状态的表示，也还是学生时代的那一种样子。我略答了他一下，就问他以后有没有课了。他说：

“今天因为甲班的学生，已经毕业了，所以只剩了这一班乙班，我的数学教完，今天是没有课了。下一个钟头的英文，是由校长自己教的。”

“那么我们上湖滨去走走，你说可以不可以？”“可以，可以，马上就去。”于是乎我们就到了湖滨，就上了这一家大约是第四五流的小小的饭馆。在饭馆里坐下，点好了几盘价廉可口的小菜，杨梅烧酒也喝了几口之后，我们才开始细细地谈起别后的天来。"你近来的生活怎么样？"开始头一句，他就问起了我的职业。"职业虽则没有，穷虽则也穷到可观的地步，但是吃饭穿衣的几件事情，总也勉强地在这里支持过去。你呢？""我么？像你所看见的一样，倒也还好。这暑期学校里教一个月书，倒也还有十六块大洋的进款。""那么暑期学校完了就怎么办哩？"

"也就在那里的完全小学校里教书，好在先生只有我和校长两个，十六块钱一个月是不会没有的。听说你在做书，进款大约总还好罢？""好是不会好的，但十六块或六十块里外的钱是每月弄得到的。"

"说你是病倒在上海的养老院里的这一件事情，虽然是人家的假冒，但是这假冒者何以偏又要来使用像你我这样的人的名义哩？"

"这大约是因为这位假冒者受了一点教育的害毒的缘故。大约因为他也是和你我一样的有了一点智识而没有正当的地方去用。"

"嗳，嗳，说起智识的正当的用处，我到现在也正在这里想。我的应用化学的智识，回国以后虽则还没有用到过一天，但是，但是，我想这一次总可以成功的。"

谈到了这里，他的颜面转换了方向，不再向我看了，而转眼看向了外边的太阳光里。

"嗳，这一回我想总可以成功的。"

他简直是忘记了我，似乎在一个人独语的样子。

"初步机械二千元，工厂建筑一千五百元，一千元买石英等材料和石炭，一千元人夫广告[①]，嗳，广告却不可以不登，总计五千五百元。

---

① 指的是用于人工和广告宣传的费用。

五千五百元的资本。以后就可以烧制出品，算它只出一百块的制品一天，那么一三得三，一个月三千块。一年么三万六千块。打一个八折，三八两万四，三六一千八，总也还有两万五千八百块。以六千块还资本，以六千块做扩建费，把一万块钱来造它一所住宅，嗳，住宅当然公司里的人是都可以来住的。那么，那么，只教一年，一年之后，就可以了……”

我只听他计算得起劲，但简直不晓得他在那里计算些什么，所以又轻轻地问他：

“你在计算的是什么？是明朝的演题么？”

“不，不，我说的是玻璃工厂，一年之后，本利偿清，又可以拿出一万块钱来造一所共同的住宅，吓，你说多么占利啊，嗳，这一所住宅，造好之后，你还可以来住哩，来住着写书，并且顺便也可以替我们做点广告之类，好不好？干杯，干杯，干了它这一杯烧酒。”

莫名其妙，他把酒杯擎起来了，我也只得和他一道，把一杯杨梅已经吃了剩下来的烧酒干了。他干下了那半杯烧酒，紧闭着嘴，又把眼睛闭上，陶然地静止了一分钟，随后又张开了那双红肿的眼睛。大声叫着茶房说：

“堂倌！再来两杯！”

两杯新的杨梅烧酒来后，他紧闭着眼，背靠着后面的板壁，一只手拿着手帕，一次一次的揩拭面部的汗珠，一只手尽是一个一个地拿着杨梅在往嘴里送。嚼着靠着，眼睛闭着，他一面还尽在哼哼地说着：

“嗳，嗳，造一间住宅，在湖滨造一间新式的住宅。玻璃，玻璃么，用本厂的玻璃，要斯断格拉斯。一万块钱，一万块大洋。”

这样地哼了一阵，吃杨梅吃了一阵了，他又忽而把酒杯举起，睁开眼叫我说：

“喂，老同学，朋友，再干一杯！”

我没有法子，所以只好又举起杯来和他干了一半，但看看他的那杯高玻璃杯的杨梅烧酒，却是杨梅与酒都已吃完了。喝完酒后，一面又闭上眼睛，向后面的板壁靠着，一面他又高叫着堂倌说：

“堂倌！再来两杯！”

堂倌果然又拿了两杯盛得满满的杨梅与酒来，摆在我们的面前。他又同从前一样地闭上眼睛，靠着板壁，在一个杨梅，一个杨梅地往嘴里送。我这时候也有点喝得醺醺地醉了，所以什么也不去管它，只是沉默着在桌上将两手叉住了头打瞌睡，但是在还没有完全睡熟的耳旁，只听见同蜜蜂叫似的他在哼着说：

“啊，真痛快，痛快，一万块钱！一所湖滨的住宅！一个老同学，一位朋友，从远地方来，喝酒，喝酒，喝酒！”

我因为被他这样的在那里叫着，所以终于睡不舒服。但是这伏天的两杯杨梅烧酒，和半日的火车旅行，已经弄得我倦极了，所以很想马上去就近寻一个旅馆来睡一下。这时候正好他又睁开眼来叫我干第三杯烧酒了，我也顺便清醒了一下，睁大了双眼，和他真真地干了一杯。等这一杯似甘非甘的烧酒落肚，我却也有点支持不住了，所以就教堂倌过来算账。他看见了堂倌过来，我在付账了，就同发了疯似的突然站起，一双手叉住了我那只捏着纸币的右手，一只左手尽在裤腰左近的皮袋里乱摸。等堂倌将我的纸币拿去，把找头的铜元角子拿来摆在桌上的时候，他脸上一青，红肿的眼睛一吊，顺手就把桌上的铜元抓起，锵丁丁地掷上了我的面部。扑搭地一响，我的右眼上面的太阳穴里就凉阴阴地起了一种刺激的感觉，接着就有点痛起来了。这时候我也被酒精激刺着发了作，呆视住他，大声地喝了一声：

“喂，你发了疯了么，你在干什么？”

他那一张本来是畸形的面上，弄得满面青青，涨溢着一层杀气。

“操你的，我要打倒你们这些资本家，打倒你们这些不劳而食的畜生！来，我们来比比腕力看。要你来付钱，你算在卖富么？”

他眉毛一竖，牙齿咬得紧紧，捏起两个拳头，狠命地就扑上了我的身边。我也觉得气极了，不管三七二十一就和他扭打了起来。

白丹，丁当，扑落扑落的桌椅杯盘都倒翻在地上了，我和他两个就也滚跌到了店门的外头。两个人打到了如何的地步，我简直不晓得了，只听见四面哗哗哗哗的赶聚了许多闲人车夫巡警拢来。

等我睡醒了一觉，渴想着水喝，支着鳞伤遍体的身体在第二分署的木栅栏里醒转来的时候，短短的夏夜，已经是天将放亮的午夜三四点钟的时刻了。

我睁开了两眼，向四面看了一周，又向栅栏外刚走过去的一位值夜的巡警问了一个明白，才朦胧地记起了白天的情节。我又问我的那位朋友呢，巡警说，他早已酒醒，两点钟之前回到城站的学校里去了。我就求他去向巡长回禀一声，马上放我回去。他去了一刻之后，就把我的长衫草帽并钱包拿还了我。我一面把衣服穿上，出去去解了一个小解，一面就请他去倒一碗水来给我止渴。等我将五元纸币私下塞在他的手里，带上草帽，由第二分署的大门口走出来的时候，天已经完全亮了。被晓风一吹，头脑清醒了一点，我却想起了昨天午后的事情全部，同时在心坎里竟同触了电似的起了一层淡淡的忧郁的微波。

“啊啊，大约这就是人生罢！”

我一边慢慢地向前走着，一边不知不觉地从嘴里却念出了这样的一句独白来。

1930 年 7 月

泰戈尔在我家做客

//

陆小曼

谁都想不到今年泰戈尔先生的八十大庆倒由我来提笔庆祝。人事的变迁太幻妙得怕人了。若是今天有了志摩，一定是他第一个高兴。只要看十年前老头儿七十岁的那一年，他在几个月前就坐立不安思念着怎样去庆祝，怎样才能使老头满意，所以他一定要亲自到印度去，而同时环境又使他不能离开上海，直急得搔头抓耳连笔都懒得动；一直到去的问题解决了，才慢慢地安静下来，后来费了几个月的工夫，才从欧洲一直转到印度，见到老头的本人，才算了足心愿。归后他还说："这次总算称了我的心，等他八十岁的时候，请老人家到上海来才好玩呢！"谁知一个青年人倒先走在老人的前头去了。

本来我同泰戈尔是很生疏的，他第一次来中国的时候，我还未曾遇见志摩；虽然后来志摩同我认识之后，第一次出国的时候，就同我说此去见着泰戈尔一定要介绍给你，还叫我送一张照片给他，可是我脑子里一点感想也没有。一直到去了见着老人之后，寄来一张字条，是老人的亲笔；当然除了夸赞几句别无他话，而在志摩信里所说的话，却使我对这位老人发生了奇怪的感想。他说老人家见了我们的相片之后，就将我的为人、脾气、性情都说了一个清清楚楚，好像已见着我的人一样；志摩对于这一点尤其使他佩钦得五体投地，恨不能立刻叫我去见他老人家。同时他还叫志摩告诉我，一二年后，他一定要亲自来我家，希望能够看见我，叫我早一点预备。自从那时起，我心里才觉得老人家真是一个奇人，身为文学家而同时又会看相！也许印度人都会一点幻术吧。

我同志摩结婚后不久，他老人家忽然来了一个电报，说一个月后就要来上海，并且预备在我家下榻。好！这一下可忙坏了我们了，两个人不知道怎么办才对。房子又小，穷书生的家里当然没有富丽堂皇的家具，东看看也不合意，西看看也不称心，简单的楼上楼下也寻不出一间可以给他住的屋子。回绝他，又怕伤了他的美意；接受他，又没有地方安排。一个礼拜过去还是一样都没有预备，只是两个人相对发愁。正在这个时候，电报又来了，第二天的下午船就到上海。这一下可真抓了瞎了，一共三间半屋子，又怕他带的人多，不够住，一时搬家也来不及，结果只好硬着头皮去接了再说。

一到码头，船已经到了。我们只见码头上站满了人，五颜六色的人头，在阳光下耀得我眼睛都觉得发花！我奇怪得直叫起来："怎么今天这儿尽是印度阿三呀！他们来开会么？"志摩说："你真糊涂，这不是来接老人家的么？"我这才明白过来，心里不由得暗中发笑，志摩怎么喜欢同印度人交朋友。我心里一向钦佩之心到这时候竟有一点儿不舒服起来，因为我平时最怕看见的是马路上的红头阿三，今天偏要叫我看见这许多的奇形怪状的人，绿沉沉的眼珠子，一个个对着我们两个人直看，看得我躲在志摩的身边连动也不敢动。那时除了害怕，别的一切都忘怀了，连来做什么的都有点糊涂。一直到挤进了人丛，来到船板上，我才喘过一口气来，好像大梦初醒似的，经过船主的招呼，才知道老人家的房间。

志摩是高兴得连跑带跳地一直往前走，简直连身后的我都忘了似的，一直往一间小屋子就钻，我也只好悄悄地跟在后边；一直走进一间小房间，我才看见他正在同一个满头白发老人握手亲近，我才知道那一定就是他一生最崇拜的老诗人。我留心地上下细看，同时心里感着一阵奇特的意味，第一感觉的，就是怎么这个印度人生得一点也不可怕？满脸一点也不带有普通印度人所有的凶恶的目光，脸色也不觉得奇黑，说话的音调更带有一种不可言喻的美，低低的好似出谷的黄莺，在那儿婉转娇啼，笑迷迷地对着我直看。我那时站在那儿好像失掉了知觉，连志摩在旁边给我介绍的话都不听见，也不上前，也不退后，只是直着眼对他看；连志摩在家中教好我的话都忘记说，还是老头儿看出我反常的情形，慢慢地握着我的手细声低气地向我说话。

在船里我们就谈了半天，老头儿对我格外亲近，他一点也没有骄人的气态，我告诉他我家里实在小得不能见人，他反说他愈小愈喜欢，不然他们同胞有的是高厅大厦请他去住，他反要到我家里去吗？这一下倒使我不能再存丝毫客气的心，只能遵命陪他回到我们的破家。他一看很满意，我们特别为他预备的一间小印度房间他反不要，倒要我们让他睡我们两人睡的破床。他看上了我们那顶有红帐子的床，他说他爱它的异乡风味。他的起居也同我们一样，并没欧美人特别好洁的样子，什么都很随便。只是早晨起得特别早，五时一定起身了，害得我也不得安睡。他一住一个星期，倒叫我见识不少，每次印度同胞请吃饭，他一定要带我们同去，从未吃过的印度饭，也算吃过几次了，印度的阔人家里也去过了，真有许多不同的地方。同时还要在老头儿休息的时候，陪他带来的书记去玩；那时情况真是说不出的愉快，志摩是更乐得忘其所以，一天到夜跟着老头子转。虽然住的时间不长，可是我们三人的感情因此而更加亲热了。

这个时候志摩才答应他到八十岁的那年一定亲去祝寿。谁知道志摩就在去的第二年遭难。老头子这时候听到这种霹雳似的恶信，一定不知怎样痛惜的吧。本来也难怪志摩对他老人家特别的敬爱，他对志摩的亲挚也是异乎平常，不用说别的，一年到头的信是不断的。只可惜那许多难以得着的信，都叫我在志摩故后全部遗失了，现在想起来也还痛惜！因为自得噩耗后，我是一直在迷雾中过日子，一切身外之物连问都不问，不然今天我倒可以拿出不少的纪念品来，现在所存的，就是附印在这里泰戈尔为我们两人所作的一首小诗和那幅名贵的自画像而已。

1940 年 8 月

忆卢沟桥

//

许地山

记得离北平以前，最后到卢沟桥，是在二十二年底春天。

我与同事刘兆蕙先生在一个清早由广安门顺着大道步行，经过大井村，已是十点多钟。参拜了义井庵底千手观音，就在大悲阁外小憩。那菩萨像有三丈多高，是金铜铸成底，体相还好，不过屋宇倾颓，香烟零落，也许是因为求愿底人们发生了求财赔本求子丧妻底事情罢。这次底出游本是为访求另一尊铜佛而来底。我听见从宛平城来底人告诉我那城附近有所古庙塌了，其中许多金铜佛像，年代都是很古的。为知识上的兴趣，不得不去采访一下。大井村底千手观音是有著录底，所以也顺便去看看。

出大井村，在官道上，巍然立着一座牌坊，是乾隆四十年建底。坊东面额书“经环同轨”，西面是“荡平归极”。建坊底原意不得而知，将来能够用来做凯旋门那就最合宜不过了。

春天底燕郊，若没有大风，就很可以使人流连。树干上或土墙边蜗牛在画着银色底涎路。它们慢慢移动，像不知道它们底小介壳以外还有什么宇宙似的。柳塘边底雏鸭披着淡黄色底氄毛，映着嫩绿的新叶；游泳时，微波随蹼翻起，泛成一弯一弯动着底曲纹，这都是生趣底示现。走乏了，且在路边底墓园少住一回。刘先生站在一座很美丽的窣堵坡上，要我给他拍照。在榆树荫覆之下，我们没感到路上太阳底酷烈。寂静的墓园里，虽没有什么名花，野卉倒也长得顶得意的。忙碌的蜜蜂。两只小腿粘着些少花粉，还在采集着。蚂蚁为争一条烂残的蚱蜢腿，在枯藤底根本上争斗着。落网底小蝶，一片翅膀已失掉效用，还在挣扎着。这也是生趣底示现，不过意味有点不同罢了。

闲谈着，已见日丽中天。前面宛平城也在域之内了。宛平城在卢沟桥北，建于明崇祯十年，名叫“拱北城”，周围不及二里，只有两个城门，北门是顺治门，南门是永昌门。清改拱北为拱极，永昌门为威严门。南门外便是卢沟桥。拱北城本来不是县城，前几年因为北平改市，县衙才移到那里去，所以规模极其简陋。从前它是个卫城，有武官常驻镇守着，一直到现在，还是一个很重要的军事地点。我们随着骆驼队进了顺治门，在前面不远，便见了永昌门。大街一条，两边多是荒地。

我们到预定的地点去探访，果见一个庞大的铜佛头和些铜像残体横陈在县立学校里底地上。拱北城内原有观音庵与兴隆寺，兴隆寺内还有许多已无可考底广慈寺底遗物，那些铜像究竟是属于哪寺底也无从知道。我们摩挲了一回，才到卢沟桥头底一家饭店午膳。

自从宛平县署移到拱北城，卢沟桥便成为县城底繁要街市。桥北底商店民居很多，还保存着从前中原数省入京孔道底规模。桥上底碑亭虽然朽坏，还矗立着。自从历年底内战，卢沟桥更成为戎马往来底要冲，加上长辛店战役底印象，使附近的居民都知道近代战争底大概情形，连小孩也知道飞机、大炮、机关枪都是做什么用底。到处墙上虽然有标语贴着底痕迹。而在色与量上可不能与卖药底广告相比。推开窗户，看着永定河底浊水穿过疏林，向东南流去，想起陈高底诗："卢沟桥西车马多，山头白日照清波。毡卢亦有江南妇，愁听金人出塞歌。"清波不见，浑水成潮，是记述与事实底相差，抑昔日与今时底不同，就不得而知了。但想象当日桥下雅集亭底风景，以及金人所掠江南妇女，经过此地底情形，感慨便不能不触发了。

从卢沟桥上经过底可悲、可恨、可歌、可泣的事迹，岂止被金人所掠底江南妇女那一件？可惜桥栏上蹲着底石狮子个个只会张牙咧眦结舌无言，以致许多可以稍留印迹底史实，若不随蹄尘飞散，也教轮辐压碎了。我又想着天下最有功德的是桥梁。它把天然的阻隔连络起来，它从这岸度引人们到那岸。

在桥上走过底是好是歹，于它本来无关，何况在上面走底不过是长途中底一小段，它哪能知道何者是可悲可恨可泣呢？它不必记历史，反而是历史记着它。卢沟桥本名广利桥，是金大定二十七年始建，至明昌二年修成底。它拥有世界的声名是因为曾入马哥博罗底记述。马哥博罗记作"普利桑干"，而欧洲大都称它做"马哥博罗桥"，倒失掉记者赞叹桑干河上一道大桥底原意了。中国人是擅于修造石桥底，在建筑上只有桥与塔可以保留得较为长久。中国底大石桥每能使人叹为鬼役神工，卢沟桥底伟大与那有名的泉州洛阳桥和漳州虎渡桥有点不同。论工程，它没有这两道桥底宏伟，然而在史迹上，它是多次系着民族安危。纵使你把桥拆掉，卢沟桥底神影是永不会被中国人忘记底。这个在“七七”事件发生以后，更使人觉得是如此。当时我只想着日军许会从古北口入北平，由北平越过这道名桥侵入中原，决想不到火头就会在我那时所站底地方发出来。

在饭店里，随便吃些烧饼，就出来，在桥上张望。铁路桥在远处平行地架着。驮煤底骆驼队随着铃铛底音节整齐地在桥上迈步。小商人与农民在雕栏下作交易上很有礼貌的计较。妇女们在桥下浣衣，乐融融地交谈。人们虽不理会国势底严重，可是从军队里宣传员口里也知道强敌已在门口。我们本不为做间谍去底，因为在桥上向路人多问了些话，便教警官注意起来，我们也自好笑。我是为当事官吏底注意而高兴，觉得他们时刻在提防着，警备着。过了桥，便望见实拓山，苍翠的山色，指示着日斜多了几度，在砾原上流连片时，暂觉晚风拂衣，若不回转，就得住店了。“卢沟晓月”是有名的。为领略这美景，到店里住一宿，本来也值得，不过我对于晓风残月一类的景物素来不大喜爱。我爱月在黑夜里所显底光明。

晓月只有垂死的光，想来是很凄凉的。还是回家罢。

我们不从原路去，就在拱北城外分道。刘先生沿着旧河床，向北回海甸去。我捡了几块石头，向着八里庄那条路走。

进到阜成门，望见北海底白塔已经成为一个剪影贴在洒银底暗蓝纸上。

1939 年 7 月

谈读书

朱光潜

书是读不尽的，就读尽也是无用，许多书都没有一读的价值。多读一本没有价值的书，便丧失可读一本有价值的书的时间和精力，所以须慎加选择。你自己自然不会选择，须就教于批评家和专门学者。我不能告诉你必读的书，我能告诉你不必读的书。我所指的不必读的书，是谈书的书，是不值得读第二遍的书，走进一个图书馆，你尽管看见千卷万卷的纸本子，其中真正能够称为“书”的恐怕还难上十卷百卷。你应该读的只是这十卷百卷的书。在这些书中间你不但可以得到较真确的知识，而且可以于无形中吸收大学者治学的精神和方法。这些书才能撼动你的心灵，激动你的思考。其他像《文学大纲》《科学大纲》以及杂志报章上的书评，实在都不能供你受用。你与其读千卷万卷的诗集，不如读一部《国风》或《古诗十九首》，你与其读千卷万卷谈希腊哲学的书籍，不如读一部柏拉图的《理想国》。

你也许要问我像我们中学生究竟应该读些什么书呢？这个问题可是

不易回答。你大约还记得北京《京报副刊》曾征求“青年必读十种”，结果有些人所举的十种尽是几何代数，有些人所举的十种尽是《史记》《汉书》。本来这种征求的本意，求以一个人的标准做一切人的标准，好像我只欢喜吃面，你就不能吃米，完全是一种错误见解。各人的天资、兴趣、环境、职业不同，你怎么能定出万应灵丹似的十种书，供天下无数青年读之都感觉同样趣味，发生同样效力？

我特地去调查了几个英国公共图书馆。他们的青年读品部最流行的书可以分为四类：（1）冒险小说和游记；（2）神话和寓言；（3）生物故事；（4）名人传记和爱国小说。其中的代表书籍是凡尔纳的《八十日环游世界记》和《海底二万里》，笛福的《鲁滨孙漂流记》，大仲马的《三剑侠》，霍爽（霍桑）的《奇书》和《丹谷闲话》，金斯莱的《希腊英雄传》，法布尔的《鸟兽故事》，安徒生的《童话》，骚塞的《纳尔逊传》，房龙的《人类故事》之类。这些书在外国虽然流行，给中国青年读，却不甚相宜。中国学生们大半是少年老成，在中学时代就欢喜煞有介事地谈一点学理。他们——你和我自然都在内——不仅欢喜谈谈文学，还要研究社会问题，甚至于哲学问题。这既是一种自然倾向，也就不能漠视，我个人的见解也不妨提起和你商量商量。十五六岁以后的教育宜重发达理解，十五六岁以前的教育宜重发达想象。所以初中的学生们宜多读想象的文字，高中的学生才应该读含有学理的文字。

谈到这里，我还没有答复应读何种书的问题。老实说，我没有能力答复，我自己便没曾读过几本“青年必读书”，老早就读些壮年必读书。比方中国书里，我最欢喜《国风》《庄子》《楚辞》《史记》《古诗源》《文选》中的《书笺》《世说新语》《陶渊明集》《李太白集》《花间集》《张惠言词选》《红楼梦》等等。在外国书里，我最欢喜济慈、雪莱、柯尔律治、白朗宁诸人的诗集，索福克勒斯的七悲剧，莎士比亚的《哈姆雷特》《李尔王》和《奥塞罗》，歌德的《浮士德》，易卜生的戏剧集，屠格涅夫的《处女地》和《父与子》，陀斯妥耶夫斯基的《罪与罚》，福楼拜的《包法利夫人》，莫泊桑的小说集，小泉八云关于日本的著作等等。如果我应北京《京报副刊》的征求，也许都把这古董洋货捧上，凑成“青年必读书十种”。但是我知道这是荒谬绝伦。所以我现在不敢答复你应读何书的问题。你应该请教你所知的专门学者，请他们各就自己所学范围以内指定三两种青年可读的书。

你如果请一个人替你面面俱到的设想，比方他是学文学的人，他也许明知青年必读书应含有社会问题科学常识等等，而自己又没甚把握，姑且就他所知的一两种拉来凑数，你就像问道于盲了。

同时，你要知道读书好比探险，也不能全靠别人指导，自己也须费些工夫去搜求。我从来没有听见有人按照别人替他定的“青年必读书十种”，或“世界名著百种”读下去，便成就一个学者。别人只能介绍，抉择还要靠你自己。

读书方法，我不能多说，只有两点须在此约略提起：第一，凡值得读的书至少须读两遍。第一遍须快读，着眼在醒豁全篇大旨与特色。第二遍须慢读，须以批评态度衡量书的内容。第二，读过一本书，须笔记纲要精彩和你自己的意见。记笔记不但可以帮助你记忆，而且可以逼得你仔细。各人天资习惯不同，你用哪种方法收效较大，我用哪种方法收效较大，不是一概而论的。你自己终究会找出你自己的方法，别人绝不能给你一个方法，使你可以依法炮制。

十几年前我曾经写过一篇短文谈读书，这问题实在是谈不尽，而且这些年来我的见解也有些变迁，现在再就这问题谈一回，趁便把上次谈学问有未尽的话略加补充。

学问不只是读书，而读书究竟是学问的一个重要途径。因为学问不仅是个人的事而是全人类的事，每科学问到了现在的阶段，是全人类分途努力日积月累所得到的成就，而这成就还没有被淹没，就全靠有书籍记载流传下来。书籍是过去人类的精神遗产的宝库，也可以说是人类文化学术前进轨迹上的记程碑。我们就现阶段的文化学术求前进，必定根据过去人类已得的成就做出发点。如果抹杀过去人类已得的成就，我们说不定要把出发点移回到几百年前甚至几千年前，纵然能前进，也还是开倒车落伍。读书是要清算过去人类成就的总账，把几千年的人类思想经验在短促的几十年内重温一遍，把过去无数亿万人辛苦获来的知识教训集中到读者一个人身上去受用。有了这种准备，一个人总能在学问途程上做万里长征，去发现新的世界。

历史愈前进，人类的精神遗产愈丰富，书籍愈浩繁，而读书也就愈不易。书籍固然可贵，却也是一种累赘，可以变成研究学问的障碍。它至少有两大流弊。首先，书多易使读者不专精。我国古代学者因书籍难得，皓首穷年才能治一经，书虽读得少，读一部却是一部，口诵心惟，咀嚼得烂熟，透入身心，变成一种精神的原动力，一生受用不尽。现在书籍易得，一个青年学者就可夸口曾过目万卷，“过目”的虽多，“留心”

的却少。譬如饮食，不消化的东西积得愈多，愈易酿成肠胃病，许多浮浅虚骄的习气都由耳食肤受所养成。其次，书多易使读者迷失方向。任何一种学问的书籍现在都可装满一图书馆，其中真正绝对不可不读的基本著作往往不过数十部甚至于数部。许多初学者贪多而不务得，在无足轻重的书籍上浪费时间与精力，就不免把基本要籍耽搁了；比如学哲学者尽管看过无数种的哲学史和哲学概论，却没有看过一种柏拉图的《对话集》，学经济学者尽管读过无数种的教科书，却没有看过亚当·斯密的《原富》。做学问如作战，须攻坚挫锐，占住要塞。目标太多了，掩埋了坚锐所在，只东打一拳，西踢一脚，就成了“消耗战”。

读书并不在多，最重要的是选得精，读得彻底。与其读十部无关轻重的书，不如以读十部书的时间和精力去读一部真正值得读的书；与其十部书都只能泛览一遍，不如取一部书精读十遍。“好书不厌百回读，熟读深思子自知”，这两句诗值得每个读书人悬为座右铭。读书原为自己受用，多读不能算是荣誉，少读也不能算是羞耻。少读如果彻底，必能养成深思熟虑的习惯，涵泳优游，以至于变化气质；多读而不求甚解，则如驰骋十里洋场，虽珍奇满目，徒惹得心花意乱，空手而归。世间许多人读书只为装点门面，如暴发户炫耀家私，以多为贵。这在治学方面是自欺欺人，在做人方面是趣味低劣。

读的书当分种类，一种是为获得现世界公民所必需的常识，一种是为做专门学问。为获常识起见，目前一般中学和大学初年级的课程，如果认真学习，也就很够用。所谓认真学习，熟读讲义课本并不济事，每科必须精选要籍三五种来仔细玩索一番。常识课程总共不过十数种，每种选读要籍三五种，总计应读的书也不过五十部，这不能算是过奢的要求。一般读书人所读过的书大半不止此数，他们不能得实益，是因为他们没有选择，而阅读时又只潦草滑过。

常识不但是现世界公民所必需，就是专门学者也不能缺少它。近代科学分野严密，治一科学问者多固步自封，以专门为借口，对其他相关学问毫不过问。这对于分工研究或许是必要，而对于淹通深造却是牺牲。宇宙本为有机体，其中事理彼此息息相关，牵其一即动其余，所以研究事理的种种学问在表面上虽可分别，在实际上却不能割开。世间绝没有一科孤立绝缘的学问。比如政治学须牵涉到历史、经济、法律、哲学、心理学，以至于外交、军事等，如果一个人对于这些相关学问未曾问津，入手就要专门习政治学，愈前进必愈感困难，如老鼠钻牛角，愈钻愈窄，寻不着出路。其他学问也大抵如此，不能通就不能专，不能博就不能约。先博学而后守约，这是治任何学问所必守的程序。我们只看学术史，凡是在某一科学问上有大成就的人，都必定于许多他科学问有深广的基础。目前我国一般青年学子动辄喜言专门，以至于许多专门学者对于极基本的学科毫无常识，这种风气也许是在国外大学做博士论文的先生们所酿成的。它影响到我们的大学课程，许多学系所设的科目“专”到不近情理，在外国大学研究院里也不一定有。这好像逼吃奶的小孩去嚼肉骨，岂不是误人子弟？

有些人读书，全凭自己的兴趣。今天遇到一部有趣的书就把预拟做的事丢开，用全副精力去读它；明天遇到另一部有趣的书，仍是如此办，虽然这两书在性质上毫不相关。一年之中可以时而习天文，时而研究蜜蜂，时而读莎士比亚。在旁人认为重要而自己不感兴味的书都一概置之不理，这种读法有如打游击，亦如蜜蜂采蜜。它的好处在使读书成为乐事，对于一时兴到的著作可以深入，久而久之，可以养成一种不平凡的思路与胸襟。它的坏处在使读者泛滥而无所归宿，缺乏专门研究所必需的“经院式”的系统训练，产生畸形的发展，对于某一方面知识过于重视，对于另一方面知识可以很蒙昧。我的朋友中有专门读冷僻书籍，对于正经正史从未过问的，他在文学上虽有造就，但不能算是专门学者。如果一个人有时间与精力允许他过享乐主义的生活，不把读当作工作而只当作消遣，这种蜜蜂采蜜式的读书法原亦未尝不可采用。但是一个人如果抱有成就一种学问的志愿，他就不能不有预定计划与系统。对于他，读书不仅是追求兴趣，尤其是一种训练、一种准备。有些有趣的书他须得牺牲，也有些初看很干燥的书他必须咬定牙关去硬啃，啃久了他自然还可以啃出滋味来。

读书必须有一个中心去维持兴趣，或是科目或是问题。以科目为中心时，就要精选那一科要籍，一部一部地从头读到尾，以求对于该科得到一个概括的了解，做进一步高深研究的准备。读文学作品以作家为中心，读史学作品以时代为中心，也属于这一类。以问题为中心时，心中先须有一个待研究的问题，然后采关于这问题的书籍去读，用意在搜集材料和诸家对于这个问题的意见，以供自己权衡去取，推求结论。重要的书仍须全看，其余的这里看一章、那里看一节，得到所要搜集的材料就可以丢手。这是一般做研究工作者所常用的方法，对于初学不相宜。不过初学者以科目为中心时，仍可约略采取以问题为中心的微意。一书做几遍看，每一遍只着重某一方面。苏东坡与王郎书曾谈到这个方法：

少年为学者，每一书皆作数次读之。当如入海百货皆有，人之精力不能并收尽取，但得其所欲求者耳。故愿学者每一次作一意求之，如欲求古今兴亡治乱圣贤作用，且只作此意求之，勿生余念；又别作一次求事迹文物之类，亦如之。他皆仿此。若学成，八面受敌，与慕涉猎者不可同日而语。

朱子尝劝他的门人采用这个方法。它是精读的一个要诀，可以养成仔细分析的习惯。举看小说为例，第一次但求故事结构，第二次但注意人物描写，第三次但求人物与故事的穿插，以至于对话、辞藻、社会背景、人生态度等等都可如此逐次研求。

读书要有中心，有中心才易有系统组织。比如看史书，假定注意的中心是教育与政治的关系，则全书中所有关于这问题的史实都被这中心联系起来，自成一个系统。以后读其他书籍如经子专集之类，自然也常遇着关于政教关系的事实与理论，它们也自然归到从前看史书时所形成的那个系统了。一个人心里可以同时有许多系统中心，如一部字典有许多“部首”，每得一条新知识，就会依物以类聚的原则，汇归到它的性质相近的系统里去，就如拈新字帖进字典里去，是人旁的字都归到人部，是水旁的字都归到水部。大凡零星片断的知识，不但易忘，而且无用。每次所得的新知识必须与旧有的知识联络贯串，这就是说，必须围绕一个中心归聚到一个系统里去，才会生根，才会开花结果。

记忆力有它的限度，要把读过的书所形成的知识系统、原本枝叶都放在脑里储藏起，在事实上往往不可能。如果不能储藏，过目即忘，则读亦等于不读。我们必须于脑以外另辟储藏室，把脑所储藏不尽的都移到那里去。这种储藏室在从前是笔记，在现代是卡片。记笔记和做卡片有如植物学家采集标本，须分门别类订成目录，采得一件就归入某一门某一类，时间过久了，采集的东西虽极多，却各有班位，条理井然。这是一个极合乎科学的办法，它不但可以节省脑力、储有用的材料、供将来的需要，还可以增强思想的条理化与系统化。预备做研究工作的人对于记笔记做卡片的训练，宜于早下功夫。

第四章

收集人间好风景

扬州的夏日

//

朱自清

扬州从隋炀帝以来，是诗人文士所称道的地方；称道得多了，称道得久了，一般人便也随声附和起来。直到现在，你若向人提起扬州这个名字，他会点头或摇头说：好地方！好地方！特别是没去过扬州而念过些唐诗的人，在他心里，扬州真像蜃楼海市一般美丽；他若念过《扬州画舫录》一类书，那更了不得了。但在一个久住扬州像我的人，他却没有那么多美丽的幻想，他的憎恶也许掩住了他的爱好；他也许离开了三四年并不去想它。若是想呢——你说他想什么？女人；不错，这似乎也有名，但怕不是现在的女人吧？——他也只会想着扬州的夏日，虽然与女人仍然不无关系的。

北方和南方一个大不同，在我看，就是北方无水而南方有。诚然，北方今年大雨，永定河，大清河甚至决了堤防，但这并不能算是有水；北平的三海和颐和园虽然有点儿水，但太平衍了，一览而尽，船又那么笨头笨脑的。有水的仍然是南方。扬州的夏日，好处大半便在水上——有人称为瘦西湖，这个名字真是太瘦了，假西湖之名以行，雅得这样俗，老实说，我是不喜欢的。下船的地方便是护城河，蔓延开去，曲曲折折，直到平山堂——这是你们熟悉的名字——有七八里河道，还有许多杈杈丫丫的支流。这条河其实也没有顶大的好处，只是曲折而有些幽静，和别处不同。

沿河最著名的风景是小金山、法海寺、五亭桥；最远的便是平山堂了。金山你们是知道的，小金山却在水中央。在那里望水最好，看月自然也不错——可是我还不曾有过那样福气。下河的人十之九是到这儿的，人不免太多些。法海寺有一个塔，和北海的一样，据说是乾隆皇帝下江南，盐商们连夜督促匠人造成的。法海寺著名的自然是这个塔；但还有一桩，你们猜不着，是红烧猪头。夏天吃红烧猪头，在理论上也许不甚相宜；可是在实际上，挥汗吃着，倒也不坏的。五亭桥如名字所示，是五个亭子的桥。桥是拱形，中一亭最高，两边四亭，参差相称；最宜远看，或看影子，也好。桥洞颇多，乘小船穿来穿去，另有风味。平山堂在蜀冈上。登堂可见江南诸山淡淡的轮廓；“山色有无中”一句话，我看是恰到好处，并不算错。这里游人较少，闲坐在堂上，可以永日。沿路光景，也以闲寂胜。从天宁门或北门下船。蜿蜒的城墙，在水里倒映着苍黝的影子，小船悠然地撑过去，岸上的喧扰像没有似的。

船有三种。大船专供宴游之用，可以挟妓或打牌。小时候常跟了父亲去，在船里听着谋得利洋行的唱片。现在这样乘船的大概少了吧？其次是小划子，真像一瓣西瓜，由一个男人或女人用竹篙撑着。乘的人多了，便可雇两只，前后用小凳子跨着：这也可算得方舟了。后来又有一种洋划，比大船小，比小划子大，上支布篷，可以遮日遮雨。洋划渐渐地多，大船渐渐地少，然而小划子总是有人要的。这不独因为价钱最贱，也因为它的伶俐。一个人坐在船中，让一个人站在船尾上用竹篙一下一下地撑着，简直是一首唐诗，或一幅山水画。而有些好事的少年，愿意自己撑船，也非小划子不行。小划子虽然便宜，却也有些分别。譬如说，你们也可想到的，女人撑船总要贵些；姑娘撑的自然更要贵啰。这些撑船的女子，便是有人说过的瘦西湖上的船娘。船娘们的故事大概不少，但我不很知道。据说以乱头粗服，风趣天然为胜；中年而有风趣，也仍然算好。可是起初原是逢场作戏，或尚不伤廉惠；以后居然有了价格，便觉意味索然了。

北门外一带，叫作下街，茶馆最多，往往一面临河。船行过时，茶客与乘客可以随便招呼说话。船上人若高兴时，也可以向茶馆中要一壶茶，或一两种小笼点心，在河中喝着，吃着，谈着。回来时再将茶壶和所谓小笼，连价款一并交给茶馆中人。撑船的都与茶馆相熟，他们不怕你白吃。扬州的小笼点心实在不错：我离开扬州，也走过七八处大大小小的地方，还没有吃过那样好的点心；这其实是值得惦记的。茶馆的地方大致总好，名字也颇有好的。如香影廊、绿杨村、红叶山庄，都是到现在还记得的。绿杨村的幌子，挂在绿杨树上，随风飘展，使人想起“绿杨城郭是扬州”的名句。里面还有小池、丛竹、茅亭，景物最幽。这一带的茶馆布置都历落有致，迥非上海、北平方方正正的茶楼可比。

下河总是下午。傍晚回来，在暮霭朦胧中上了岸，将大褂折好搭在腕上，一手微微摇着扇子；这样进了北门或天宁门走回家中。这时候可以念“又得浮生半日闲”那一句诗了。

1929 年 12 月

重庆一瞥

朱自清

重庆的大，我这两年才知道。从前只知重庆是一个岛，而岛似乎总大不到那儿去的。两年前听得一个朋友谈起，才知道不然。他一向也没有把重庆放在心上。但抗战前二年走进夔门一看，重庆简直跟上海差不多；那时他确实吃了一惊。我去年七月到重庆时，这一惊倒是幸而免了。却是，住了一礼拜，跑的地方不算少，并且带了地图在手里，而离开的时候，重庆在我心上还是一座丈八金身，摸不着头脑。重庆到底好大，我现在还是说不出。

从前许多人，连一些四川人在内，都说重庆热闹，俗气，我一向信为定论。然而不尽然。热闹，不错，这两年更其是的；俗气，可并不然。我在南岸一座山头上住了几天。朋友家有一个小廊子，和重庆市面对面儿。清早江上雾蒙蒙的，雾中隐约着重庆市的影子。重庆市南北够狭的，东西却够长的，展开来像一幅扇面上淡墨轻描的山水画。雾渐渐消了，轮廓渐渐显了，扇上面着了颜色，但也只淡淡儿的，而且阴天晴天差不了多少似的。一般所说的俗陋的洋房，隔了一衣带水却出落得这般素雅，谁知道！再说在市内，傍晚的时候我跟朋友在枣子岚垭、观音岩一带散步，电灯亮了，上上下下，一片一片的是星的海，光的海。一盏灯一个眼睛，传递着密语，像旁边没有一个人。没有人，还那儿来的俗气?

从昆明来，一路上想，重庆经过那么多回轰炸，景象该很惨罢。报上虽不说起，可是想得到的。可是，想不到的！我坐轿子，坐洋车，坐公共汽车，看了不少的街，炸痕是有的，瓦砾场是有的，可是，我不得不吃惊了，整个的重庆市还是堂皇伟丽的！街上还是川流不息的车子和步行人，挤着挨着，一个垂头丧气的也没有。有一早上坐在黄家垭口那家宽敞的豆乳店里，街上开过几辆炮车。店里的人都起身看，沿街也聚着不少的人。这些人的眼里都充满了安慰和希望。只要有安慰和希望，怎么轰炸重庆市的景象也不会惨的，我恍然大悟了。——只看去年秋天那回大轰炸以后，曾几何时，我们的陪都不是又建设起来了吗！

1941 年

匆离额济纳

范长江

骑骆驼作沙漠长征，在我尚为第一次。我们在北平和平绥线一带所看到的骆驼，体格总不很大，驼峰小而倒仆的多，这五只骆驼，因为被喀尔喀人终年休养着，精神焕发，体格壮美，其中三四有出乎寻常的高度，人骑在驼峰间，只剩了一个头部比驼峰略高一筹，骆驼肚子肥大得可怕，从脊梁到肚底，我们这般骑士们的腿长只够它五分之二。新长的秋毛，是那样的鲜嫩，那样的舒展。

驼主兼向导的这两位蒙古喇嘛，一个叫道尔济，一个叫苏牧羊，同胞兄弟俩。道尔济是聋子，真正负担向导工作的是苏牧羊。翻译是久留蒙古的汉人老杜。老杜从前拉骆驼惯走外蒙古，酒泉到绥远一路也很熟，蒙古话说得很漂亮。关于走拉善左带的东西，如吃的面粉、羊肉、盐、醋、绿豆、大米等，做饭的锅、铁叉、铜勺、睡觉用的帐幕、铁锤、补织用的针线、各人的行李，特别是饮水，我们预备了四五日的饮料，举凡生活所需，或有关的用品，全须带上。他们是老师家，我托福不必自己操心。

他们知道我是初行戈壁，选择了那匹比较矮而年轻的骆驼，给我作骑驼，顾虑大驼不好驾驭，恐怕跌我下来。实在骑驼比骑马平稳安适得多。

用汽车行戈壁，并不感觉戈壁的十分广阔，骑上骆驼，就感到缩地之无术了。由白音泰来东南过东河，额济纳肥美的森林水草区，慢慢留在我们的后面，骆驼舒缓平稳的脚步，前后摇荡着骑人的上身。驼背上不必要很完全的骑鞍，有相当垫隔的工具就行，驼不要缰，牵着连在它鼻上的单索，就可以对它指挥如意。

你要想骆驼自己加速它的行进速度，最好让它们并排着前进，平行局势下，谁也不肯让谁，它想赶过它的同伴，而它的同伴却没有一个愿意落后，你快我更快，它们各不相下，我们赶路的人，却占了便宜了。生存是竞争的，为了竞争，各方面不能不全力奋进，否则将成落伍者和失败者，一个民族在最纷乱的时候，各种势力并存的时候，往往是最进步的时期，而大一统天下之后，内外无扰，则又往往堕落下来，丝毫没有进展，这完全看竞争因素是否存在来判断。

戈壁中无鲜明的道路，只是望着山头走，走过一个山头，又望着另外山头，作为前进的指针。

连续通过两大戈壁滩，骑得乏了，下驼休息。下面是干燥的沙地，寸草不存，四望遥远的天边，有时有山，有时我们的视线，消灭在阴灰的地天相接的气氛里。人是这样的四个，骆驼是这五匹。两个蒙古人和我语言不通，他们三个相互间谈得起劲，我自己除了偶尔和翻译谈几句而外，没有方法可以表达我的思想和感情。我这时才感到戈壁之辽阔，及其给予旅人之空虚。

一片戈壁盆地的中心，沙地上存留着灰白色的细泥沉淀块，整个来说，这些沉淀泥块，已经破碎了。远远看去，还保存着蜂巢式的平面。假如回到若干万万年以前，戈壁正是碧蓝海底的平沙，我们如果坐在探海器里，沉坠到汪洋的中心，那时可能遇到许多鲨鱼、乌贼、珊瑚之类，隔着玻璃我们可以和许多水栖动物见面。可惜我迟生了若干万万年，沧海已成荒漠，风沙而外，所余的只有极少的古海征候了。

途次，常遇成堆的白骨，狼藉戈壁中，盖为过去横渡沙漠而牺牲之骆驼，骆驼本生于沙漠，其所恃以生者，以其能食各种杂草，有水囊可以蓄水，有驼峰可以耐饥，故能纵横大漠，独傲群兽。待其一定时期经过之后，一代之生命即告结束，黄沙广漠，即为此漠上英雄白骨之陈列所。过去若干代如此，今后若干代亦莫不如此，此盖为骆驼生存史之本质。然而我们所骑未死骆驼，对于彼等先代之白骨，仍时现惊避之行动。是盖有惧于“死”。生物必不能不死。而生物皆不欲死，此生物之所以特奇也。

午后走过了一个十数里的大沙窝区，黄昏后又走进另一沙窝，我有点不愿意走，一方面是骑驼骑得饿了，一方面是恐怕走进沙窝，夜间走不出来。但是老杜告诉我，苏牧羊的意思是再过了这片沙窝才住下，过了沙窝有草可以喂骆驼，沙里没有办法。我当然只好听话。天是慢慢由太阳的世界，走入月亮的世界，朦胧的月光射在紧密的沙浪上，半明半暗的浪头，无禁地绵连着，起伏着，四望都是茫茫。五匹骆驼在苏牧羊领导之下，转来转去，浮沉在沙浪之中，飘荡，飘荡，到嫦娥小姐都有休息的意思了，我们仍没有发现沙海的边沿。看苏牧羊东张西望的神气无疑的是迷路了！既然丧失了方向，也只好暂时找地住了下来。沙里无水无草，因为沙是松的，帐幕也立不起来，草率的烧些茶吃，我们就露天睡在沙上了。

仰面看到明月和星光，她们陪着我们，她们的态度非常温和活泼，似乎有几分嘲笑人类，笑人类的活动太迟缓，太小气，太自私，太白费气力，因为她们想来，人类正当的生活期，应该是集中所有的力量，克服自然界，增加全人类的享受，现在还停滞在民族压迫民族，阶级压迫阶级，事业压迫事业，个人倾轧个人的时期，人类的进步太慢了，墨索里尼和希忒拉现尚拼命提倡压迫弱小民族，说是“传播文化”，这完全是开人类历史的倒车，在她们看来，是更加可笑了。

我们这一小队人驼，实无异大海中的孤舟，假如我们今夜就消灭在沙漠里，等于大西洋上沉没了一只帆船，不会引起世人的注意。这种遭遇，常常令许多有志的人灰心。他们努力的苦心，总希望世人的了解和同情，如果一番热忱放在冰窟里，往往令人伤心丧气，然而，真正从事艰难事业的人，又应该有更深的了解。人与人间之彻底了悟，因生活环境之不同，与修养之有别，纵然平心静气，障碍已多，何况利害不齐，观点各异。故明名将俞大猷说：“真丈夫处世，唯自信而已，又何穷通得失之足动于其心哉！”这实在是紧要的秘诀，我们认定事情做去，旁人是否能了解我们的苦心，大可不管。

白昼本来很热，而夜间却盖了很厚的羊皮才勉够温暖。蒙古人出门睡觉方法简单，一条羊毛毡子垫在地上，白天穿的大羊皮外衣盖在上面，头脚都缩在皮袍里，无论多么冷，他们都如此睡法。所以蒙古骑兵的行军，因为少带行李，可以异常迅速，成吉思汗时代之能横行欧亚，蒙古军之生活简单，行动便利，当为重要原因。

太阳刚从地平线的东方放出红光，我们已经骑上骆驼随沙梁而起伏，骑驼有如骑龙，因为它的头颈有几分像龙，走路的风度，又复安详落大。驼上四望，风景索然，于是转而运用思想，往往能把一个问题想得很远很深，没有什么另外的刺激，可使我的思想混乱。我这时才明白了“淡泊明志，宁静致远”的精义。淡泊指生活，宁静指环境，即生活之物欲不能过高，始能建立高尚之志趣。同时自己心内心外，都要保持安宁与清静，才能集中精力，致力于精深远大之事功。

因为是清晨，看准了方向，约两小时走出沙窝。飓风区海浪式的沙窝，上上下下，象征人生之崎岖，崎岖中正有人生最精彩的节目，一入戈壁，宛如人入顺境，平顺生涯，又无大可称述了。

细想我们这一小队的构成，其中包含重要的政治原理，我为了生活上某部分工作需要，须由额济纳走阿拉善，然而我自己没有走沙漠的经验和准备，所以以一定代价，雇蒙古人之有此经验和准备者，来作我达成这一任务上的指导。以他们的经验，在茫茫的戈壁中，引导我前进。在技术领导上，我当然服从。但是有两点，我是不能不注意的：第一，他们是否忠忠实实地在走路；第二，我自己应有一个根本的方向，从大处看他们走得对不对。所以如果他们在半途停顿，另外作他们自己的打算，我们应该加以干涉，如果走的方向，觉得不对，应该提出质问……也许因为地势、气候等关系，要走一段反乎平常方向的道路，也许一时有错误，我们不能干涉太严，不过我们最后的制裁权是不能放弃的。

……

言论自由，在复杂的国家情形下，是让各方面的人民表示其各自意见的最好方法，许多新闻纸的本身，自然难免各有其背景，然而它的背景，即代表一种社会意见。

沿途间有青嫩的红柳，骆驼对于这种东西，非常爱吃，最初我是任它去吃的，所以它只要看到前面远处有红柳，即以轻快而平顺的步调，向前迈进。后来因为要赶路，不让它随处吃草，它就怒鸣，甚至于以不走相抵抗。这事使我发生重大的感触。就是骆驼完全是为了它自己的生存而活动，它并不想驮客驮货，人们把它们制服来作交通工具，在它们原是一种不得已，它们并不对于运送和它们不相干的客货，感到兴趣。利害不同，观点自异。我们希望赶路，它们希望永远优游于水草之间。利害既然不同，如果没有强力强迫着，大家是无法合作的。

1935 年

春风满洛城

//
郑振铎

去年三月二十六日午夜，我从西安到了洛阳。这个城市也是很古老的，又是很年轻的。工厂林立在桃红柳绿的春天的田野里。还有更多的工厂在动土，在建筑。但古老的埋藏在地下的都市也都陆续地被翻掘出来。从周代的王城，汉代的东都，直到诗人白居易、历史学家司马光他们的遗迹，全都值得我们的向往和注意。这个古城的东郊，是白马寺的所在地，那是相传为汉明帝时代，白马驮经，从印度把佛教经典初次输入中国时建立起来的第一个佛教寺院。今天，山门的两座穹形门洞，其上嵌着不少块汉代的石刻（是取当地出土的汉代石刻而加以利用的，据说明朝人所为），其四周墙角，也多半使用汉砖、汉石砌成。可以说是世界上十分阔绰的一个寺院了。寺内古松苍翠，至少已有三五百年的寿命。大殿里的几尊古佛、菩萨的塑像，古雅美丽，当是元代或明初之物，甚至可能是辽、金的遗制。再往东走，乃是李密城，即金村遗址所在地，在那里曾出土了七十多块古空心墓砖，五十年前曾经震撼了一世耳目。

那扑扑地向天惊飞的鸿雁，那且嗅且搜索地、威猛而稳慎地前进捕捉什么的猎狗，那执杖前行的老人，那手执竹简而趋的学者，那相遇而揖的两个行人，都将两千多年前的艺术家的现实主义的表现力，活泼泼地重现于我们的眼前。这全部墓砖，现在陈列于加拿大的博物院里。但我们是永远地不会忘记它们的。还有好些绝精绝美的战国时代的金银镶嵌（即金银错）的铜器，特别是那面人兽相搏的古铜镜，成为世界上任何博物院的骄傲。可惜，包括那面古镜在内，绝大多数都不在国内。

除了帝国主义者们长久地在洛阳掠夺出土古物之外，一九四九年后的几年之内，才开始做着科学的考古发掘工作。这是一个“无牛眠之地”的几千年的古墓葬、古遗址的累积地。单是一九五三年到一九五五年，就发现了六千多座墓葬，其中有一千七百三十八座已经加以发掘。古遗址也已发现了两处。所得的古文物，从仰韶时期的彩陶，龙山时期的黑陶，到汉代的大量遗物，成为临时博物馆，周公庙里的辉煌的陈列品，吸引了许多游人的注意与赞叹。

我走在大道上，春风吹拂着，太阳晒得很暖和，就看见工人们在使用“洛阳铲”钻探古墓。就在那大道上，发现了一个汉代的砖墓和一个较小的土墓，我都跳下去考察一番。在农民们打井挖渠的时候，也出现了不少石墓。在新开辟的金矿公路上，有一个大汉墓，中有壁画，还保存得不坏。我也去看过。在新鲜的春天的气息里，嗅得到古代的泥土的香味。但随地有古墓的事实却引起了从事建设工作的担心。有一个干部宿舍，把两个床陷落到地下的古墓中去了，幸未伤人。新建的水塔，倾斜得很厉害。压路机掉落到七米多深的大墓里去。有此种种经验教训，建设部门才知道非清理好地下的古墓葬，便不能在地上进行建设，因之，也便加强了和考古部门、文化部门的合作，因此，便处处出现了“洛阳铲”的钻探队。这是完全必要的。不清理好地下的，便不能建设好地上的。这道理已经是建设部门所“家喻户晓”的了。但有不相信这道理，一意孤行，鲁莽从事的，没有不出乱子。最深刻的教训，就是那些地方工业系统的“打包厂”“砖瓦厂”“纺纱厂”，等等。

在周公庙看到的好东西多极了，也精彩极了，往往是前所未见的。像一面出土于唐墓的嵌螺钿的平托镜，那镜背上的图画，精丽工致的程度，令人心动魄荡。可以说是一幅“夜宴图”。月在天空，树上有凤凰，有鹦鹉，树下有池，池上有一对鸳鸯，相逐而行。还有两位老者，席地而坐，一弹阮咸，一持杯欲饮，一双丫鬟侍立于后。这面古镜远比日本正仓院所藏的同类的唐代物为精美。

二十八日，到龙门去。这是值得在那里停留十月、八月，或一年、两年的时光，应该写出几本乃至几十本的专书来的一个伟大的古代艺术宝库。这里只能简单地说一下。龙门的佛像多被帝国主义者们盗去。但存在于各洞里的大小佛像，仍有两万尊以上。西山区以潜溪洞、新洞、宾阳三洞、双窑南北洞、万佛洞、老龙洞、莲花洞、破窟、奉先寺、药方洞及古阳洞为最著。宾阳洞被剜斫下去，盗运出国的两方著名的浮雕，即北魏时代的皇帝礼佛图和皇后礼佛图，斧凿的遗痕犹在，令人见之，悲愤不已！那些保存下来的石雕刻，表现了从北魏到唐代的各时期的雕刻家们最精心雕斫出来的伟大的精美的艺术品，成为中国美术史上最辉煌的若干篇页。我站在若干大佛像、小佛像的前面，细细地欣赏着，只感到时间太短促了。有人在搭木架，以石膏传摹若干代表作下来。但愿有一个时候，在北京和其他地方也能看到这些最好的中国雕刻的石膏复制的代表作品。

经过一座横跨于伊水上的草桥（这草桥到了水大时就被冲断，东西山的交通也就中断了），到了东山区。以擂鼓台、四方千佛洞为最著。十多尊的罗汉像，神情活泼极了，在国内许多泥塑木雕的罗汉像里，这里所有的，是最古老的，也是最庄严美妙的。东山区的石洞，中多空无所有，破坏最甚。有几个石灰窑，在万佛沟里烧石灰。幸及早予以制止，免于全毁。

东山的高处是香山寺，现已改为某干部疗养院。徒然破坏了这个重要的名胜古迹，而绝对解决不了疗养院的房屋问题。且山高招风，交通时断，实也不适宜于做疗养地。在山上走了一段路，到了诗人白居易的墓地。墓顶还有纸钱在飘扬。清明才过，白氏子孙住在山下者，刚来上过坟（听说他们年年都上山上坟）。黄澄澄的将落的夕阳，照在黄澄澄的墓土上，站在那里，不禁涌起了一缕凄楚的情思。

二十九日，去访问东汉时代的太学遗址。这座太学，在其最盛时代，曾经有六万多学生在那里上学。到今天为止，恐怕世界上还没有比它规模更宏伟的一座大学。但这遗址，知道的人却不多。我们渡洛河，过枣园，沿途打听，将近两小时，才到达朱圪塔村。一路上时见地面有烟雾似的尘气上升，飞扫而过。有人说，这就是庄子所谓“野马也，尘埃也”的“野马”。一位李老者引导我们到遗址去。显著地可看出是一大片较高的地面。许多农民正在辛勤地打井，我问他们：“有发现石经的碎片吗？”他们说：“近半年来已不大出了。”他们人人都知道“石经”，发现有一两个字的碎块就可以卖钱。过去男男女女，老老少少，在农闲的时候就去挖地寻“经”。民国十八年（一九二九年）时，在黄氏墓地上出土过晋咸宁四年（二七八年）的“皇帝重临辟雍碑”。李老者领我们到这坟地上去看。他说，还有石经的碑座散在各村呢。我们在朱圪塔村见到一座，在大郊村见到三座。这些碑座底宽二尺三寸四，长三尺六寸，厚一尺九分。有中缝，深三寸，宽五寸又二分之一。此当是汉三体石经的碑座，应予以保护保管。“辟雍碑”也在大郊村，侧卧于地。我找了村长来，要好好地保护这座碑，并建筑一座草屋于碑上。

下午，到倒塌掉的砖瓦厂去查勘。在这个砖瓦厂的范围里，周、汉、宋墓密布，一受大批的砖瓦的巨大重量的压力，即纷纷下陷，以至停工不用。大洞深陷的大周墓和弄塌的窑穴，互相交错着。见之触目惊心。这是“古”与“今”同受其祸的盲目地动土的活生生的大榜样。

入邙山，登其峰，见处处白纸乱飞，皆是清明时节，子孙们来上坟的余迹。坟上套坟，不知有几许历代的名人杰士，美女才子，埋身于此。有大冢隆起于远处，有如一个大平台，乃是一座汉帝的陵墓。邙山西起潼关，东到郑州，南北阔达四十里，直到黄河边上。山上均是大大小小的古今墓葬。北邙山在洛阳之北，乃是百年来有名的出土陶俑和其他古器物的所在地。大部分精美的古代艺术品都已出国。发掘之惨，旷古未闻。一九四九年后，此风才泯绝。

洛阳市的建设规划，即如何在这个古老的城市里进行新的大规模的建设，不破坏或少破坏古墓葬和古代遗址，并如何好好地保护它们，使在崭新的林立的工厂当中，保存着特出的非保存不可的古墓葬和古代遗址的问题，正在研究讨论中。正与西安市相同，“新”和“老”，“古”和“今”，在洛阳市也一定会结合得十分好的。

龙门石窟，必须坚决地大力地加以保护。有三个大问题，必须尽快地予以解决。一、龙门煤厂，在西山区石窟附近开采，必须立即制止。绝对地要防护龙门石窟的安全和完整。这事，市委会已经注意到，并筹划到了。二、龙门石窟的洞前大车路，要予以改道。否则，各洞里常会有人在内住憩，很难防止其破坏或污损。这条改道的大车路，也已在计划中。又，河水常常要漫涨到这条大车路和下层的石洞里去，为害甚大。应该趁此修路的时机，于河边加筑石坝。三、各洞窟之间，应该开凿道路互相通联。山上并要建筑石墙，以堵住山洪、雨水的流下；奉先寺尤须急速修整，以防大佛像的继续风裂。这些，都需要有关部门共同加紧进行的。东、西山区仅靠草桥交通，也是很不方便的。已毁了的桥梁，应该早日修复。

趵突泉的欣赏

老舍

千佛山、大明湖和趵突泉，是济南的三大名胜。现在单讲趵突泉。

在西门外的桥上，便看见一溪活水，清浅，鲜洁，由南向北地流着。这就是由趵突泉流出来的。设若没有这泉，济南定会丢失了一半的美。但是泉的所在地并不是我们理想中的一个美景。这又是个中国人的征服自然的办法，那就是说，凡是自然的恩赐交到中国人手里就会把它弄得丑陋不堪。这块地方已经成了个市场。南门外是一片喊声，几阵臭气，从卖大碗面条与肉包子的棚子里出来。进了门有个小院，差不多是四方的。这里，“一毛钱四块！”和“两毛钱一双！”的喊声，与外面的“吃来”连成一片。一座假山，奇丑；穿过山洞，接连不断的棚子与地摊，东洋布，东洋磁，东洋玩具，东洋……加劲地表示着中国人怎样热烈的“不”抵制劣货。这里很不易走过去，乡下人一群跟着一群地来，把路塞住。他们没有例外的全买一件东西还三次价，走开又回来摸索四五次。小脚妇女更了不得，你往左躲，她往左扭；你往右躲，她往右扭，反正不许你痛快地过去。

到了池边，北岸上一座神殿，南西东三面全是唱鼓书的茶棚，唱的多半是梨花大鼓，一声“哟”要拉长几分钟，猛听颇像产科医院的病室。除了茶棚还是日货摊子，说点别的吧！

泉太好了。泉池差不多见方，三个泉口偏西，北边便是条小溪流向西门去。看那三个大泉，一年四季，昼夜不停，老那么翻滚。你立定呆呆地看三分钟，你便觉出自然的伟大，使你不敢再正眼去看。永远那么纯洁，永远那么活泼，永远那么鲜明，冒，冒，冒，永不疲乏，永不退缩，只是自然有这样的力量！冬天更好，泉上起了一片热气，白而轻软，在深绿的长的水藻上飘荡着，使你不由地想起一种似乎神秘的境界。

池边还有小泉呢：有的像大鱼吐水，极轻快地上来一串小泡；有的像一串明珠，走到中途又歪下去，真像一串珍珠在水里斜放着；有的半天才上来一个泡，大，扁一点，慢慢地，有姿态地，摇动上来；碎了；看，又来了一个！有的好几串小碎珠一齐挤上来，像一朵攒整齐的珠花，雪白。有的……这比那大泉还更有味。

新近为增加河水的水量，又下了六根铁管，做成六个泉眼，水流得也很旺，但是我还是爱那原来的三个。

看完了泉，再往北走，经过一些货摊，便出了北门。

前年冬天一把大火把泉池南边的棚子都烧了。有机会改造了！造成一个公园，各处安着喷水管！东边作个游泳池！有许多人这样的盼望。可是，席棚又搭好了，渐次改成了木板棚；乡下人只知道趵突泉，把摊子移到“商场”去（就离趵突泉几步）买卖就受损失了；于是“商场”四大皆空，还叫趵突泉作日货销售场；也许有道理。

1932 年 8 月

五祖寺

废名

现在我住的地方离五祖寺不过五里路，在我来到这里的第二天我已经约了两位朋友到五祖寺游玩过了。大人们做事真容易，高兴到哪里去就到哪里去！我说这话是同情于一个小孩子，便是我自己做小孩子的时候。真的，我以一个大人来游五祖寺，大约有三次，每回在我一步登高之际，不觉而回首望远，总很有一个骄傲，仿佛是自主做事的快乐，小孩子所欣羡不来的了。这个快乐的情形，在我做教师的时候也相似感到，比如有时告假便告假，只要自己开口说一句话，记得做小学生的时候总觉得告假是一件很不容易的事了。总之我以一个大人总常常同情于小孩子，尤其是我自己做小孩子的时候——因之也常常觉得成人的不幸，凡事应该知道临深履薄的戒惧了，自己做主是很不容易的。因之我又常常羡慕我自己做小孩时的心境，那真是可以赞美的，在一般的世界里，自己那么地繁荣自己那么地廉贞了。五祖寺是我小时候所想去的地方，在大人从四祖，五祖带了喇叭，木鱼给我们的时候，幼稚的心灵，四祖寺，五祖寺真是心向往之，五祖寺又更是那么地有名，天气晴朗站在城上可以望得见那个庙那个山了。从县城到五祖山脚下有二十五里，从山脚下到庙里有五里。这么远的距离，那时我，一个小孩子，自己知道到五祖寺去玩是不可能的了。然而有一回做梦一般的真个走到五祖寺的山脚下来了，大人们带我到五祖寺来进香，而五祖寺在我竟是过门不入。这个，也不使我觉得奇怪，为什么不带我到山上去呢？也不觉得怅惘。只是我一个小孩子在一天门的茶铺里等候着，尚被系坐在车子上未解放下来，心里确是有点孤寂了。最后望见外祖母、母亲、姊姊从那个山路上下来了，又回到我们这个茶铺所在的人间街上来了（我真仿佛他们好容易是从天上下来），甚是喜悦。我，一个小孩子，似乎记得始终没有说一句话。到现在那件过门不入的事情，似乎还是没有话可说，即是说没有质问大人们为什么不带我上山去的意思，过门不入也是一个圆满，其圆满真仿佛是一个人间的圆满，就在这里为止也一点没有缺欠。所以我先前说我在茶铺里坐在车上望着大人们从山上下来好像从天上下来，是一个实在的感觉。那时我满了六岁，已经上学了，所以寄放在一天门的缘故，大约是到五祖寺来进香小孩子们普遍的情形，因为山上的路车子不能上去，只好在山脚下茶铺里等着。或者是我个人特别的情形亦未可知，因为我记得那时我是大病初愈，还不能好好地走路，外祖母之来五祖寺进香乃是为我求福了，不能好好走路的小孩子便不能跟大人一路到山上去，故寄放在一天门。不论为什么缘故，其实没有关系，因为我已经说明了，那时我一个小孩子便没有质问的意思，叫我在这里等着就在这里等着了。这个忍耐之德，是我的好处。最可赞美的，他忍耐着他不觉苦恼，忍耐又给了他许多涵养，因为我，一个小孩子，每每在这里自己游戏了，到长大之后也就在这里生了许多记忆。现在我总觉得到五祖寺进香是一个奇迹，仿佛昼与夜似的完全，一天门以上乃是我的夜之神秘了。这个夜真是给了我一个很好的记忆。后来我在济南千佛山游玩，走到一个小庙之前白墙上横写着一天门三个字，我很觉得新鲜，“一天门？”真的，我这时乃看见一天门三个字这么个写法，儿时听惯了这个名字，没想到这个名字应该怎么写了。原来这里也有一天门，我以为一天门只在我们家乡五祖寺了。然而一天门总还在五祖寺，以后我总仿佛“一天门”三个字写在一个悬空的地方，这个地方便是我记忆里的一天门了。我记忆里的一天门其实什么也不记得，真仿佛是一个夜了。今年我自从来到亭前之后，打一天门经过了好几回，一天门的街道是个什么样子我曾留心看过，但这个一天门也还是与我那个一天门全不相干，我自己好笑了。写到这里，我想起了二天门。今年四月里，我在多云山一个亲戚家里住，一天约了几个人到五祖寺游玩，走进一天门，觉得不像，也就算了，但由一天门上山的那个路我仿佛记得是如此，因此我很喜欢地上着这个路，一直走到二天门，石径之间一个小白屋，上面写“二天门”，大约因为一天门没有写着一天门的缘故，故我，一个大人，对于这个二天门很表示着友爱了，见了这个数目字很感着有趣，仿佛是第一回明白一个“一”字又一个“二”字那么好玩。我记得小时读“一去二三里，烟村四五家，楼台六七座，八九十枝花”，起初只是唱着和着罢了，有一天忽然觉着这里头有一二三四五六七八九十，十个字，乃拾得一个很大的喜悦，不过那个喜悦甚是繁华，虽然只是喜欢那几个数目字，实在是仿佛喜欢一天的星，一春的花；这回喜欢“二天门”，乃是喜欢数目字而已，至多不过旧雨重逢的样子，没有另外的儿童世界了。后来我在二天门休息了不小的工夫，那里等于一个凉亭，半山之上，对于上山的人好像简单一把扇子那么可爱。

那么儿时的五祖寺其实乃与五祖寺毫不相干，然而我喜欢写五祖寺这个题目。我喜欢这个题目的缘故，恐怕还因为五祖寺的归途。到现在我也总是记得五祖寺的归途，其实并没有记住什么，仿佛记得天气，记得路上有许多桥，记得沙子的路。一个小孩子，坐在车上，我记得他同大人们没有说话，他那么沉默着，喜欢过着木桥，这个木桥后来乃像一个影子的桥，它那么的没有缺点，永远在一个路上。稍大读《西厢记》，喜欢“四围山色中，一鞭残照里”两句，也便是唤起了五祖寺归途的记忆，不过小孩子的“残照”乃是朝阳的憧憬罢了。因此那时也懂得读书的快乐。我真要写当时的情景其实写不出，我的这个好题目乃等于交一份白卷了。

附记

民国二十八年秋季我在黄梅县小学教国语，那时交通隔绝，没有教科书，深感教材困难，同时社会上还是《古文观止》有势力，我个人简直奈他不何。于是我想自己写些文章给小孩们看，总题目为《父亲做小孩子的时候》，这是我的诚意，也是我的战略，因为这些文章我是叫我自己的小孩子看的，你能禁止我不写白话文给我自己的小孩子看吗？孰知小学国语教师只做了一个学期，功课又太忙，写了一篇文章就没写了，而且我知道这篇文章是失败的，因为小学生看不懂。后来我在县初中教英语，有许多学生又另外从我学国文，这时旧的初中教科书渐渐发现了，我乃注意到中学教科书里头有好些文章可以给学生读，比我自己来写要事半功倍得多，于是我这里借一种，那里借一种，差不多终日为他们找教科书选文章。我选文章时的心情，当得起大公无私，觉得自己的文章当初不该那样写，除了《桥》里头有数篇可取外，没有一篇敢保荐给自己的小孩子看，这不是自己的一个大失败吗？做了这么的一个文学家能不惶恐吗？而别人的文章确是有好的，我只可惜他们都太写少了，如今这些少数的文章应该是怎样的可贵呵，从我一个做教师与做父亲的眼光看来。现在我还想将《父亲做小孩子的时候》继续写下去，文章未必能如自己所理想的，我理想的是要小孩子喜欢读，容易读，内容则一定不差，有当作家训的意思。《五祖寺》这一篇是二十八年写的，希望以后写得好些，不要显得“庄严”相。

1946 年 11 月

佛国巡礼

//

倪贻德

经过了一夜的海行，在晨光稀微中，在烟雨蒙蒙里，普陀山像海市蜃楼一般地出现在我们眼前了。这真像童话中的奇迹一般，在浊浪滔滔的大海中，有这样一处世外的桃源仙境。我们好像从尘世中来，将要到达西方极乐土地似的。就是立在岸上来招呼游客的许多土人，远望过去，也好像是西方的接引使者，来引渡众生的样子。我倚在船栏上，任风雨吹打在我的身上，心里好像已经忘情于一切，只沉浸在空灵虚无的幻想里。

位在浙江的海面上，舟山群岛中最优秀的一个岛屿的普陀，是佛门的圣地，是夏季避暑的场所，这是世人所熟知的了。我常常听到许多游了普陀回来的朋友说，那地方的岩石是如何奇险，海潮的声音是如何的悲壮，寺院的建筑是如何的庄严，整个的氛围气是如何的清静而高旷。听了这样的话，使我时常起往游普陀的遐想。

但我的想去普陀，一方面也是想去描写一些海景的缘故。海，海是一个那样神秘的东西，它是广无法际，深不可测，它有着无限的威力，它的变幻又是如何的不可捉摸。描写海，是能表现出一种力量的美，和明快而空远的感觉的。在西洋画上，描写海的画家，也有很多很多。而写实主义者的柯尔培（Courbet），他所描写的海景，尤有特色。那题为《浪》的一画，是大海中有三艘帆船的风景，前景描写着怒涛的碎片，空中满卷着黑云，画面上具有重厚的写实感，浪的动，海的深，都十分地表现出实在感来。又如《骤雨》的一画，前景右面是岩石，左面是波涛，而上面大部分是天空，黑云之中，降下猛烈的骤雨，表现出一种急烈的冲动。现代画家之中，像佛拉芒克所画的海景的悲剧的情景，马谛斯和裘绯等所画的平静海岸上的清快味，都具有特殊的作风。看了那样的画，每使我激动起描写海景的兴趣。

普陀是避暑的胜地，所以一般人都是在夏季往游的。夏的普陀，住满了数千数万的避暑客，形成一种欢腾热闹的场面。然而正因为这样，普陀本来所特有的静寂的情调，反被打破了。游普陀，我想应当从一种平静的心境，趁游人稀少的时节，作孤寂的行脚，或是躺在苍翠的松林下，静听海潮的悲鸣；或是坐着海岸的危岩上，闲看白云的飞荡。这样，才能充分地享受到这南海佛国的清趣吧。春天，海上吹着和风，碧空白云片片，除了少数香客之外，游人是绝迹的。那么，我们正可乘这时候，去作一次写生的行旅。

宗教常常利用了艺术来作宣传，而艺术也往往因了宗教而发达，这在西洋是如此，在东方也何独不然？中国以前的许多雄伟壮丽的建筑，除了宫殿之外，差不多完全因了佛教而光大起来的。名山胜景的地方，那一处没有丛林古刹点缀在那里，为山河生色。尤其这普陀，可说完全被佛教的势力所占领了，寺院的建筑，布满在山前山后，形成了极庄严的伟观，如果没有那些佛门子弟的经营，普陀到现在恐怕还是一个荒岛吧。当我走上南天门下面的层层的石级的时候，心里这样的感到。

我们随着向导，走过许多曲折的夹树的山径，便到了我们预定旅居的报本堂。这儿是找不到一家旅馆的，寺院，就兼营着旅馆的事业。但那寺院的建筑和设备，并不比较上海的许多大旅社为低劣。反之，更显得宽敞而安乐。这报本堂，是普济寺后面的专为香客旅居的寺院的内堂，在普陀，听说这是最高贵的住处。庭前花木的荫深，屋内陈饰的华贵，即使是富人的别墅，亦无以过之。从我所住的楼上望出去，白茫茫的一片海水，寂寂地躺在中午的阳光下。海岸上有一带疏疏的松林，松涛浪涛的声音，合为一片，间以一声二声的梵钟，不时轻轻地送到我们的耳里，使人万念俱消，静如止水。半个月来在上海时所受的精神上的痛苦，好像完全忘了的样子。我觉得像这样的环境，对于像我那样厌倦了都市生活的人，怕是最适宜的吧。我很欢慰在那里有十多天小住的幸福。

怀了一种好奇的心境，我们把行装安排好之后，就想去看一看海的伟观了。走出寺门，经过一个小小的市集，再转一个湾，一片橙黄色的海滩，就展开在我的眼前，那便是所谓十里沙滩了。海水缓缓地打到滩上来，又退了出去，沙滩被冲成那样的平滑而松软，人经过那地方，留着步步的脚印。我们一面走，一面在沙中拾着美丽的贝壳，有时又向着海的彼方狂叫起来，好像是回复到儿童时代的情景。这地方，听说便是夏季的海水浴场，到了盛暑的时候，有无数的青年男女，到这里来浴在海波里，享受青春的幸福的。

但这里海水的色彩都呈现一种黄赭色，实在是美中不足的地方。所谓碧海蓝天，海水应当是碧色才更能引人入胜吧。这使我想起香港的情景，你若是从香港仔向南望下去，那一湾海波，澄清碧绿，像水晶一般的透明，白色的风帆，愉快地行驶过的时候，那种清凉的色彩，明快的感觉，会使你充分地感到一种南国的抒情味。而在这普陀的海岸，却只看到滔滔的浊浪，连接天际，和岛上的岩石，海中的舟楫，都没有明快的对比。表现在画面上，很容易引起沉闷的感觉。

然而普陀的岩石，毕竟是可爱的，这里的海边，不像吴淞口岸那样的只见浅草平原，却是随处都有奇险玲珑的崖岩，把海岸线形成高低曲折的奇兀姿态。海潮浸入的时候，波涛冲在岩石上，激起雪白的浪花，再从石缝里流泻出去。而在这中间，发出梵钟似的洪音，因此有潮音洞、梵音洞那样的名称。我常常欢喜坐在这样的岩石上，凝视着白沫的飞扬，静听着潮音的澎湃，任浪花把衣襟沾湿，自己好像忘情于一切的样子。

这样的天空海阔的景色，对于游览不消说是能唤起高旷放逸的心怀的。但绘在画面上，不免有些空虚单调。我画了一二幅之后，就觉得有点心厌了。老是那橙黄色的海水，白色的浪花，赭色的崖石，青的天空，此外，就空无所有了。这样的地方，我想最好是在盛夏暴雨袭来时候，描写那种黑云飞卷，怒浪激冲的恐怖的情调，确能表现出一种强力的悲壮的美。但在这春风和煦的时候，除了这平静的原始的情趣之外，便什么也没有了。

比较具有人间情味的，只有南天门的一角，因为这是和大陆交通的唯一的码头，乌篷的渔船，都聚集在那里，有的扬帆远去，出没天际。

有时也可以看得见一二艘巨大的商轮和军舰，远远地停泊在海中。码头上，有许多做苦力的土人，卖食物的小贩，这就增加了不少的生气。站在稍高的地方望下去，南天门的雄姿，坚实地盘踞在海涯上，像是以十分自信的千钧的力量，震慑着波涛的泛滥的样子。

但普陀的山景，比较海景更能引起我的兴趣。普陀原是突出于海中的群山之一，到处都起伏着峰峦岗陵，其中佛顶山要算是第一高峰，登临其上，可以俯览全岛的形势，海阔天空，极目无际。但是我以为山的景色，与其山顶，不如山麓的富于诗意。那儿常可以看见疏疏落落的茅居草舍，依山而筑，农家的男女，操作在高原的田亩间，竹篱柴门的前面，常闻犬吠鸡啼的声音，令人想起陶渊明的诗句来，尤其是在日落黄昏，暮烟疏雨的时候，山脚下笼罩着一层苍茫的烟幕，缕缕白色的炊烟，缭绕在茅舍的烟突上，一种松枝燃烧的香味，弥漫在山野的四周，从我们所住的寺院的楼上望下去，就有这样的一幅山居图。

层峦叠翠的风景，在中国画的表现手法上，有着很大的成功，但在西洋画上，只要有适当的技巧去处置它，更能获得美满的效果。这样的画材，在普陀是常可以发现出来。最好是在早晨，或新雨之后，空气中包含着浓厚的湿意，山腰间的白雾还没有退尽。在暗淡之中有几处分外的鲜明，在模糊之中有几处分外的清晰，那树，那山，那疏落的家屋，都若隐若现地出没在烟雾之中。这样的情景，正是我理想中所追求的Motive，想不到在这岛上随处都可以获得。

在这周围不到十里的岛上，大大小小的寺院却有数百处之多，可说是全国佛教的中心点了。这许多寺院里面，规模最大而僧徒最众的，除了我们所在的普济寺之外，便是法雨寺了。法雨寺依山傍海，四围环绕苍翠的松林，寺前横隔清碧的溪流，那处境的幽邃，佛殿的雄伟，更较其他的禅院为优胜。我想，这里大约一定有道高德厚的高僧住着在吧。我又羡慕那些僧众，他们可说是享尽人间的清福了。而同时我又生了一种怀疑，他们这些佛门头陀，都是不事生产的，那末又怎样能享到如此悠闲的生活呢？

有一位比较富有经验的朋友，听了我这样的话笑着对我说：你太傻了，你不看见这周围的山田，不都是他们寺院的产业么？然而他们还有更丰富的收入呢。因为这里是观音的灵场，佛教的圣地，所以四方的善男信女，一年之中，到这里来，耗费了数千数百的血汗的金钱，广建水陆道场，以希望超度他们的祖先，祈求自身的幸福者，不知道有多多少少。尤其是那些上海的资本家，那些杀人放火的强盗，他们干了许多奸淫劫掠的勾当，积下了丰富的资产。然而又畏惧死后地狱中的苦难，希望来生幸福的持续，所以当他们放下屠刀，就一变而为菩萨心肠，不惜以巨量的金钱，供献给佛门中，以求获得无量的功德。因此，这里的寺僧，他们的逢迎富豪，献媚女性的丑态，和市侩没有两样；而他们的生活的优裕，物质的享乐，不下于富商豪绅。谁说佛门尽是清静土呢？

然而这只限于方丈住持之类。大多数的和尚，到底还是苦的。在普陀，寂静的山道间，所能够遇到的，尽是那些秃顶缁衣的方外之人。这真是古怪，做和尚大约都生就了和尚的面相的吧。他们都有一种与常人不同的变了形的颜面，就像我们平时在庙里所看到的罗汉那样的狰狞而滑稽的脸相。他们大都是行脚僧，四海漂泊，到处为家，久经了风霜的那种憔悴的神态，褴褛破旧的百补袈裟，这里面也许有坚毅卓绝的苦行头陀，然而大多数还是因了穷愁末路而逃入空门，以谋一饭之饱的吧？我想。

看了这样的情形，每使我想起一种人生的孤寂感来。他们永远享不到家庭的和乐，儿女的情爱，他们永远只能流放在这天涯海角的孤岛上。我很怕自己也许有一天也走到这样的人生末路上来。普陀，我是再也住不下去了。当我初来的时候，对于这世外桃源有无限的怀慕，而不到旬日，我已感到这孤岛上的枯燥而荒凉了。这里，太缺少人间味了。沉寂的空气层层包围了我，使我的呼吸也要窒息似的。我好像被放逐在荒岛上，永远不能回到人间去的样子。那百无聊赖的讽诵经忏的声音，那令人万念俱灰的梵钟的清音，在黑暗的深夜里，我听了直要哭了出来。这时，即使看到了一条妇人的裤子，听到了几声小孩子的哭声，也能感到莫大的欢慰吧。

这儿虽然也有人家，也有市集，然而因为佛教的势力过于庞大，他们也都成为佛门的附属者了。他们因佛教而生活，为佛教而服务，他们自身也都佛教化了。而尤其使我感到痛苦的，便是吃不到一点鱼肉的荤腥。每天青菜豆腐，淡茶粗饭，我的几天不知肉味的肠胃，感到极度的恐慌了。

我于是想起了上海。上海，我虽然有时对它起了厌倦。但现在想起来，实在是可爱的。想起了那都会中心点的车轮的交织，夜市中的红绿灯光的辉映，那男人们为生活而紧张的神情，那女人为卖弄风情而摆动屁股的浪态，那长街上喧腾的人气，那菜市中诱人食欲的香味……想起了这些，使我十分地感到都市的亲切味来。

啊，上海实在是可爱的，我要回去。

1933 年

桃园杂记

李广田

我的故乡在黄河与清河两流之间。县名济东，济南府属。土质为白沙壤，宜五谷与棉及落花生等。无山，多树，凡道旁田畔间均广植榆柳。县西境方数十里一带，则胜产桃。间有杏，不过于桃树行里添插些隙空而已。世之人只知有“肥桃”而不知尚有“济东桃”，这应当说是见闻不广的过失，不然，就是先入为主为名声所蔽了。我这样说话，并非卖瓜者不说瓜苦，一味替家乡土产鼓吹，意在使自家人多卖些铜钱过日子，实在是因为年头不好，连家乡的桃树也遭了末运，现在是一年年地逐渐稀少了下去，恰如我多年不回家乡，回去时向人打听幼年时候的伙伴，得到的回答却是某人夭亡某人走失之类，平素从不关心，到此也难免有些黯然了。

故乡的桃李，是有着很好的景色的。计算时间，从三月花开时起，至八月拔园时止，差不多占去了半年日子。所谓拔园，就是把最后的桃子也都摘掉。最多也只剩着一种既不美观也少甘美的秋桃，这时候园里的篱笆也已除去，表示已不必再昼夜看守了。最好的时候大概还是春天吧，遍野红花，又恰好有绿柳相衬，早晚烟霞中，罩一片锦绣画图，一些用低矮土屋所组成的小村庄，这时候是恰如其分地显得好看了。到得夏天，有的桃实已届成熟，走在桃园路边，也许于茂密的秀长桃叶间，看见有刚刚点了一滴红唇的桃子，桃的香气，是无论走在什么地方都可以闻到的，尤其当早夜，或雨后。说起雨后，这使我想起布谷，这时候种谷的日子已过，是锄谷的时候了，布谷改声，鸣如“荒谷早锄”，我的故乡人却呼作“光光多锄”。这种鸟以午夜至清晨之间为叫得最勤，再就是雨霁天晴的时候了。叫的时候又仿佛另有一个作吱吱鸣声在远方呼应，说这是雌雄和唱，也许是真实的事情。这种鸟也好像并无一定的宿处，只常见它们往来于桃树柳树间，忽地飞起，又且飞且鸣罢了。我永不能忘记的，是这时候的雨后天气，天空也许半阴半晴，有片片灰云在头上移动，禾田上冒着轻轻水气，桃树柳树上还带着如烟的湿雾，停了工作的农人又继续着，看守桃园的也不再躲在园屋里。——这时候的每个桃园都已建起了一座临时的小屋，有的用土作为墙壁而以树枝之类作为顶篷，有的则只用芦席作成。守园人则多半是老人或年轻姑娘。他们看桃园，同时又做着种种事情，如织麻或纺线之类。落雨的时候则躲在那座小屋内，雨晴之后则出来各处走走，到别家园里找人闲话。孩子们呢，这时候都穿了最简单衣服在泥道上跑来跑去，唱着歌子，和“光光多锄”互相答应，被问的自然是鸟，回答的言语是这样的：

光光多锄，

你在哪里？

我在山后。

你吃什么？

白菜炒肉。

给我点吃？

不够不够。

在大城市里，是不常听到这种鸟声的，但偶一听到，我就立刻被带到了故乡的桃园去，而且这极简单却又最能表现出孩子的快乐的歌唱，也同时很清脆地响在我的耳里。我不听到这种唱答已经有七八年之久了。

今次偶然回到家乡，是多少年唯一的能看到桃花的一次，然而使我惊讶的，却是桃花已不再那末多了，有许多桃园都已变成了平坦的农田，这原因我不大明白，问乡里人，则只说这里的土地都已衰老，不能再生新的桃树了。当自己年幼时候，记得桃的种类是颇多的。有各种奇奇怪怪名目，现在仅存的也不过三五种罢了。有些种类是我从未见过的，有些名目也已经被我忘却。大体说来，则应当分做秋桃与接桃两种，秋桃之中没有多大异同，接桃则又可分出许多不同的名色。

秋桃是桃核直接生长起来的桃树，开花最早，而果实成熟则最晚，有的等到秋末大凉时才能上市，这时候其他桃子都已净树，人们都在惋惜着今年不曾再有好的桃子可吃了，于是这种小而多毛且颇有点酸苦味道的秋桃也成了稀罕东西。接桃则是由生长过两三年的秋桃所接成的。有的是“根接”，把秋桃树干齐地锯掉，以接桃树的嫩枝插在被锯的树根上，再用土培覆起来，生出的幼芽就是接桃了。又有所谓“筐接”，方法和“根接”相同，不过保留了树干，而只锯掉树头罢了，因须用一个盛土的小筐以保护插了新枝的树干顶端，故曰“筐接”。这种方法是不大容易成功的，假如成功，则可以较速地得到新的果实。另有一种叫做“枝接”，是颇有趣的一种接法：把秋桃枝梢的外皮剥除，再以接桃枝端上拧下来的哨子套在被剥的枝上，用树皮之类把接合处严密捆缚就行了，但必须保留桃子上的原有的芽码，不然，是不会有新的幼芽出生的。因此，一棵秋桃上可以接出许多种接桃，当桃子成熟时，就有各色各样的桃实了。也有人把柳树接作桃树的，据说所生桃实大可如人首，但吃起来则毫无滋味，说者谓如嚼木梨。

按熟的先后为序，据我所知道的，接桃中有下列几种：

“落丝”：当新的蚕丝上市时，落丝桃也就上市了。形椭圆，嘴尖长，味甘微酸。因为在同辈中是最先来到的一种，又因为产量较少之故，价值较高也是当然的了。

“麦匹子”：这是和小麦同时成熟的一种。形圆，色紫，味甚酸，非至全个果实已经熟透而内外皆呈紫色时，酸味是依然如故的。

“大易生”：此为接桃中最易生长而味最甘美的一种，能够和“肥桃”媲美的也就是这一种了。熟时实大而白，只染一个红嘴和一条红线，未熟时甘脆如梨，而清爽适口则为梨所不及，熟透则皮薄多浆，味微如蜜。皮薄是其优点，也是劣点，不能耐久，不能致远，我想也就是因为这个了。

“红易生”：一名“一串绫”，实小，熟时遍体作绛色，产量甚丰，缘枝累累如贯珠，名“一串绫”，乃言如一串红绫绕枝，肉少而味薄，为接桃中之下品。

“大芙蓉”：形浑圆，色全白，故一名“大白桃”，夏末成熟，味甘而淡，又有“小芙蓉”，与此为同种，果实较小，亦曰“小白桃”。

“胭脂雪”：此为接桃中最美观的一种，红如胭脂，白如雪，红白相匀，说者所谓如美人颜，味不如“大易生”，而皮厚经久。此为桃类中价值最高者。

“铁巴子”：叶细小，故亦称“小叶子”，“铁巴子”谓不易摇落，即生摘亦须稍费力气，实小，味甘，现已绝种。另有“齐嘴红”一种，以状得名，不多见。

有一种所谓“磨枝”的，并非桃的另一种类，乃是紧靠着桃枝结果，因之被桃枝磨上了疤痕的桃子，奇怪处是这种桃子特别甘美，为担桃挑的桃贩所不取，但我们园里人则特意在枝叶间探寻“磨枝”来自己享用。为什么这种桃子会特别甘美呢？到现在也还不能明白。另有所谓“桃王”的，我想这大概只是一种传说罢了。据云“桃王”是一种特大的桃子，生在最繁密的枝叶间，长青不老，为一园之王，当然，一个桃园里也就只能有这么一个了。有“桃王”的桃园是幸福的，因为园里的桃子会格外丰美，甚至可以取之不竭。但假如有人把这“桃王”给摘掉了，则全园的桃子也将陨落净尽。这是奇迹，幼年时候每每费尽了功夫去发现“桃王”，但从未发现过一次，也不曾听说谁家桃园里发现过。

桃是我们家乡的重要土产，有些人家是借了桃园来辅助一家生活之所需的。这宗土产的推销有两种方法：一是靠了外乡小贩的运贩，他们每到桃季便肩了挑子在各处桃园里来往；另一种方法，就是靠着流过地方的那两条河水了。当“大易生”和“胭脂雪”成熟的时候，附近两河的码头上是停泊了许多帆船的，从水路再转上铁路，我们的桃子是被送到其他城市人民的口上去了。我很担心，今后的桃园会更变得冷落，恐怕不会再有那末多吆吆喝喝的肩挑贩，河上的白帆也将更见得稀疏了吧。

1935 年 4 月

北戴河海滨的幻想

//

徐志摩

他们都到海边去了。我为左眼发炎不曾去。我独坐在前廊，偎坐在一张安适的大椅内，袒着胸怀，赤着脚，一头的散发，不时有风来撩拂。清晨的晴爽，不曾消醒我初起时睡态；但梦思却半被晓风吹断。我阖紧眼帘内视，只见一斑斑消残的颜色，一似晚霞的余赭，留恋地胶附在天边。廊前的马樱、紫荆、藤萝、青翠的叶与鲜红的花，都将他们的妙影映印在水汀上，幻出幽媚的情态无数；我的臂上与胸前，亦满缀了绿荫的斜纹。从树荫的间隙平望，正见海湾：海波亦似被晨曦唤醒，黄蓝相间的波光，在欣然地舞蹈。滩边不时见白涛涌起，迸射着雪样的水花。浴线内点点的小舟与浴客，水禽似的浮着；幼童的欢叫，与水波拍岸声，与潜涛呜咽声，相间的起伏，竞报一滩的生趣与乐意。但我独坐的廊前，却只是静静的，静静的无甚声响。妩媚的马樱，只是幽幽的微辗着，蝇虫也敛翅不飞。只有远近树里的秋蝉，在纺纱似的缍引他们不尽的长吟。

在这不尽的长吟中，我独坐在冥想。难得是寂寞的环境，难得是静定的意境；寂寞中有不可言传的和谐，静默中有无限的创造。我的心灵，比如海滨，生平初度的怒潮，已经渐次消翳，只剩有疏松的海砂中偶尔的回响，更有残缺的贝壳，反映星月的辉芒。此时摸索潮余的斑痕，追想当时汹涌的情景，是梦或是真，再亦不须辨问，只此眉梢的轻皱、唇边的微哂，已足解释无穷奥绪，深深地蕴伏在灵魂的微纤之中。

青年永远趋向反叛，爱好冒险；永远如初度航海者，幻想黄金机缘于浩渺的烟波之外；想割断系岸的缆绳，扯起风帆，欣欣地投入无垠的怀抱。他厌恶的是平安，自喜的是放纵与豪迈。无颜色的生涯，是他目中的荆棘；绝海与汹涌，是他爱取自由的途径。他爱折玫瑰：为她的色香，亦为她冷酷的刺毒。他爱搏狂澜：为他的庄严与伟大，亦为他吞噬一切的天才，最是激发他探险与好奇的动机。他崇拜冲动：不可测，不可节，不可预逆，起，动，消歇皆在无形中，狂飙似的倏忽与猛烈与神秘。他崇拜斗争：从斗争中求剧烈的生命之意义，从斗争中求绝对的实在，在血染的战阵中，呼叫胜利之狂欢或歌败丧的哀曲。

幻象消灭是人生里命定的悲剧；青年的幻灭，更是悲剧中的悲剧，夜一般的沉黑，死一般的凶恶。纯粹的、猖狂的热情之火，不同阿拉伯的神灯，只能放射一时的异彩，不能永久的朗照；转瞬间，或许，便已敛熄了最后的焰舌，只留存有限的余烬与残灰，在未灭的余温里自伤与自慰。

流水之光、星之光、露珠之光、电之光，在青年的妙目中闪耀，我们不能不惊讶造化者艺术之神奇，然可怖的黑影，倦与衰与饱餍的黑影，同时亦紧紧地跟着时日进行，仿佛是烦恼、痛苦、失败，或庸俗的尾曳，亦在转瞬间，彗星似的扫灭了我们最自傲的神辉——流水涸，明星没，露珠散灭，电闪不再！

在这艳丽的日辉中，只见愉悦与欢舞与生趣，希望，闪烁的希望，在荡漾，在无穷的碧空中，在绿叶的光泽里，在虫鸟的歌吟中，在青草的摇曳中——夏之荣华，春之成功。春光与希望，是长驻的；自然与人生，是调谐的。

在远处有福的山谷内，莲馨花在坡前微笑，稚羊在乱石间跳跃，牧童们，有的吹着芦笛，有的平卧在草地上，仰看交幻的浮游的白云，放射下的青影在初黄的稻田中缥缈地移过。在远处安乐的村中，有妙龄的村姑，在流涧边照映她自制的春裙；口衔烟斗的农夫三四，在预度秋收的丰盈，老妇人们坐在家门外阳光中取暖，她们的周围有不少的儿童，手擎着黄白的钱花在环舞与欢呼。

在远——远处的人间，有无限的平安与快乐、无限的春光……

在此暂时可以忘却无数的落蕊与残红；亦可以忘却花荫中掉下的枯叶，私语地预告三秋的情意；亦可以忘却苦恼的僵瘪的人间，阳光与雨露的殷勤，不能再恢复他们腮颊上生命的微笑；亦可以忘却纷争的互杀的人间，阳光与雨露的仁慈，不能感化他们凶恶的兽性；亦可以忘却庸俗的卑琐的人间，行云与朝露的丰姿，不能引逗他们刹那间的凝视；亦可以忘却自觉的失望的人间，绚烂的春时与媚草，只能反激他们悲伤的意绪。

我亦可以暂时忘却我自身的种种；忘却我童年期清风白水似的天真；忘却我少年期种种虚荣的希冀；忘却我渐次的生命的觉悟；忘却我热烈

的理想的寻求；忘却我心灵中乐观与悲观的斗争；忘却我攀登文艺高峰的艰辛；忘却刹那的启示与彻悟之神奇；忘却我生命潮流之骤转；忘却我陷落在危险的旋涡中之幸与不幸；忘却我追忆不完全的梦境；忘却我大海底里埋首的秘密；忘却曾经刳割我灵魂的利刃，炮烙我灵魂的烈焰，摧毁我灵魂的狂飙与暴雨；忘却我的深刻的怨与艾；忘却我的冀与愿；忘却我的恩泽与惠感；忘却我的过去与现在……

过去的实在，渐渐地膨胀，渐渐地模糊，渐渐地不可辨认；现在的实在，渐渐地收缩，逼成了意识的一线，细极狭极的一线，又裂成了无数不相连续的黑点……黑点亦渐次地隐翳，幻术似的灭了，灭了，一个可怕的黑暗的空虚……

1923 年

第五章

世界很大，请勇敢前行

威尼斯

//

朱自清

威尼斯（Venice）是一个别致地方。出了火车站，你立刻便会觉得：这里没有汽车，要到哪儿，不是搭小火轮，便是雇“刚朵拉”（Gondola）。大运河穿过威尼斯像反写的“S”；这就是大街。另有小河道四百十八条，这些就是小胡同。轮船像公共汽车，在大街上走；“刚朵拉”是一种摇橹的小船，威尼斯所特有，它哪儿都去。威尼斯并非没有桥；三百七十八座，有的是。只要不怕转弯抹角，哪儿都走得到，用不着下河去。可是轮船中人还是很多，“刚朵拉”的买卖也似乎并不坏。

威尼斯是“海中的城”，在意大利半岛的东北角上，是一群小岛，外面一道沙堤隔开亚得利亚海。在圣马克广场的钟楼上看，团花簇锦似的东一块西一块在绿波里荡漾着。远处是水天相接，一片茫茫。这里没有什么煤烟，天空干干净净；在温和的日光中，一切都像透明的。中国人到此，仿佛在江南的水乡；夏初从欧洲北部来的，在这儿还可看见清清楚楚的春天的背影。海水那么绿，那么酽，会带你到梦中去。

威尼斯不单是明媚，在圣马克广场走走就知道。这个广场南面临着一道运河；场中偏东南便是那可以望远的钟楼。威尼斯最热闹的地方是这儿，最华妙庄严的地方也是这儿。除了西边，围着的都是三百年以上的建筑，东边居中是圣马克堂，却有了八九百年——钟楼便在它的右首。再向右是“新衙门”；教堂左首是“老衙门”。这两溜儿楼房的下一层，现在满开了铺子。铺子前面是长廊，一天到晚是来来去去的人。紧接着教堂，直伸向运河去的是公爷府；这个一半属于小广场，另一半便属于运河了。

圣马克堂是广场的主人，建筑在十一世纪，原是卑赞廷式，以直线为主。十四世纪加上戈昔式的装饰，如尖拱门等；十七世纪又参入文艺复兴期的装饰，如栏杆等。所以庄严华妙，兼而有之；这正是威尼斯人的漂亮劲儿。教堂里屋顶与墙壁上满是碎玻璃嵌成的画，大概是真金色的地，蓝色和红色的圣灵像。这些像做得非常肃穆。教堂的地是用大理石铺的，颜色花样种种不同。在那种空阔阴暗的氛围中，你觉得伟丽，也觉得森严。教堂左右那两溜儿楼房，式样各别，并不对称；钟楼高三百二十二英尺，也偏在一边儿。但这两溜房子都是三层，都有许多拱门，恰与教堂的门面与圆顶相称；又都是白石造成，越衬出教堂的金碧辉煌来。教堂右边是向运河去的路，是一个小广场，本来显得空阔些，钟楼恰好填了这个空子。好像我们戏里大将出场，后面一杆旗子总是偏着取势；这方场中的建筑，节奏其实是和谐不过的。十八世纪意大利卡那来陀（Canaletto）一派画家专画威尼斯的建筑，取材于这广场的很多。德国德莱司敦画院中有几张，真好。

公爷府里有好些名人的壁画和屋顶画，丁陶来陀（Tintoretto，十六世纪）的大画《乐园》最著名；但更重要的是它建筑的价值。运河上有了这所房子，增加了不少颜色。这全然是戈昔式；动工在九世纪初，以后屡次遭火，屡次重修，现在的据说还是原来的式样。最好看的是它的西南两面；西面斜对着圣马克广场，南面正在运河上。在运河里看，真像在画中。它也是三层：下两层是尖拱门，一眼看去，无数的柱子。最下层的拱门简单疏阔，是载重的样子；上一层便繁密得多，为装饰之用；最上层却更简单，一根柱子没有，除了疏疏落落的窗和门之外，都是整块的墙面。墙面上用白的与玫瑰红的大理石砌成素朴的方纹，在日光里鲜明得像少女一般。威尼斯人真不愧着色的能手。这所房子从运河中看，好像在水里。下两层是玲珑的架子，上一层才是屋子；这是很巧的结构，加上那艳而雅的颜色，令人有惝恍迷离之感。府后有太息桥；从前一边是监狱，一边是法院，狱囚提讯须过这里，所以得名。拜伦诗中曾咏此，因而便脍炙人口起来，其实也只是近世的东西。

威尼斯的夜曲是很著名的。夜曲本是一种抒情的曲子，夜晚在人家窗下随便唱。可是运河里也有：晚上在圣马克广场的河边上，看见河中有红绿的纸球灯，便是唱夜曲的船。雇了“刚朵拉”摇过去，靠着那个船停下，船在水中间，两边挨次排着“刚朵拉”，在微波里荡着，像是两只翅膀。唱曲的有男有女，围着一张桌子坐，轮到了便站起来唱，旁边有音乐和着。曲词自然是意大利语，意大利的语音据说最纯粹，最清朗。听起来似乎的确斩截些，女人的尤其如此——意大利的歌女是出名的。音乐节奏繁密，声情热烈，想来是最流行的“爵士乐”。在微微摇摆的红绿灯球底下，颤着酽酽的歌喉，运河上一片朦胧的夜也似乎透出玫瑰红的样子。唱完几曲之后，船上有人跨过来，反拿着帽子收钱，多少随意。不愿意听了，还可摇到第二处去。这个略略像当年的秦淮河的光景，但秦淮河却热闹得多。

从圣马克广场向西北去，有两个教堂在艺术上是很重要的。一个是圣罗珂堂，旁边有一所屋子，墙上屋顶上满是画；楼上下大小三间屋，共六十二幅画，是丁陶来陀的手笔。屋里暗极，只有早晨看得清楚。丁陶来陀作画时，因地制宜，大部分只粗粗勾勒，利用阴影，教人看了觉得是几经琢磨似的。《十字架》一幅在楼上小屋内，力量最雄厚。佛拉利堂在圣罗珂近旁，有大画家铁沁（Titian，十六世纪）和近代雕刻家卡奴洼（Canova）的纪念碑。卡奴洼的，灵巧，是自己打的样子；铁沁的，宏壮，是十九世纪中叶才完成的。他的《圣处女升天图》挂在神坛后面，那朱红与亮蓝两种颜色鲜明极了，全幅气韵流动，如风行水上。倍里尼（Giovanni Bellini，十五世纪）的《圣母像》，也是他的精品。他们都还有别的画在这个教堂里。

从圣马克广场沿河直向东去，有一处公园；从一八九五年起，每两年在此地开国际艺术展览会一次。今年是第十八届；加入展览的有意，荷，比，西，丹，法，英，奥，苏俄，美，匈，瑞士，波兰等十三国，意大利的东西自然最多，种类繁极了；未来派立体派的图画雕刻，都可见到，还有别的许多新奇的作品，说不出路数。颜色大概鲜明，教人眼睛发亮；建筑也是新式，简截不啰嗦，痛快之至。苏俄的作品不多，大概是工农生活的表现，兼有沉毅和高兴的调子。他们也用鲜明的颜色，但显然没有很费心思在艺术上，作风老老实实，并不向牛犄角里寻找新奇的玩意儿。

威尼斯的玻璃器皿，刻花皮件，都是名产，以典丽风华胜，绛丝也不错。大理石小雕像，是著名大品的缩本，出于名手的还有味。

1932 年 7 月

巴黎的鳞爪

徐志摩

咳巴黎！到过巴黎的一定不会再稀罕天堂；尝过巴黎的，老实说，连地狱都不想去了。整个的巴黎就像是一床野鸭绒的垫褥，衬得你通体舒泰，硬骨头都给熏酥了的——有时许太热一些。那也不碍事，只要你受得住。赞美是多余的，正如赞美天堂是多余的；咒诅也是多余的，正如咒诅地狱是多余的。巴黎，软绵绵的巴黎，只在你临别的时候轻轻地嘱咐一声“别忘了，再来！”其实连这都是多余的。谁不想再去？谁忘得了？

香草在你的脚下，春风在你的脸上，微笑在你的周遭。不拘束你，不责备你，不督饬你，不窘你，不恼你，不揉你。它搂着你，可不缚住你：是一条温存的臂膀，不是根绳子。它不是不让你跑，但它那招逗的指尖却永远在你的记忆里晃着。多轻盈的步履，罗袜的丝光随时可以沾上你记忆的颜色！

但巴黎却不是单调的喜剧。赛因河的柔波里掩映着罗浮宫的倩影，它也收藏着不少失意人最后的呼吸。流着，温驯的水波；流着，缠绵的恩怨。咖啡馆：和着交颈的软语，开怀的笑声，有踞坐在屋隅里蓬头少年计较自毁的哀思。跳舞场：和着翻飞的乐调，迷醇的酒香，有独自支颐的少妇思量着往迹的怆心。浮动在上一层的许是光明，是欢畅，是快乐，是甜蜜，是和谐；但沉淀在底里阳光照不到的才是人事经验的本质：说重一点是悲哀，说轻一点是惆怅：谁不愿意永远在轻快的流波里漾着，可得留神了你往深处去时的发现！

一天一个从巴黎来的朋友找我闲谈，谈起了劲，茶也没喝，烟也没吸，一直从黄昏谈到天亮，才各自上床去躺了一歇，我一阖眼就回到了巴黎，方才朋友讲的情境惝恍地把我自己也缠了进去；这巴黎的梦真醇人，醇你的心，醇你的意志，醇你的四肢百体，那味儿除是亲尝过的谁能想象！——我醒过来时还是迷糊的忘了我在那儿，刚巧一个小朋友进房来站在我的床前笑吟吟喊我“你做什么梦来了，朋友，为什么两眼潮潮的像哭似的？”我伸手一摸，果然眼里有水，不觉也失笑了——可是朝来的梦，一个诗人说的，同是这悲凉滋味，正不知这泪是为那一个梦流的呢！

下面写下的不成文章，不是小说，不是写实，也不是写梦——在我写的人只当是随口曲，南边人说的“出门不认货”，随你们宽容的读者们怎样看罢。

出门人也不能大小心了，走道总得带些探险的意味。生活的趣味大半就在不预期的发现，要是所有的明天全是今天刻板的化身，那我们活什么来了？正如小孩子上山就得采花，到海边就得捡贝壳，书呆子进图书馆想捞新智慧——出门人到了巴黎就想……你的批评也不能过分严正不是？少年老成——什么话！老成是老年人的特权，也是他们的本分；说来也不是他们甘愿，他们是到了年纪不得不。少年人如何能老成？老成了才是怪哪！

放宽一点说，人生只是个机缘巧合；别瞧日常生活河水似的流得平顺，它那里面多的是潜流，多的是漩涡——轮着的时候谁躲得了给卷了进去！那就是你发愁的时候，是你登仙的时候，是你辨着酸的时候，是你尝着甜的时候。

巴黎也不定比别的地方怎样不同。不同就在那边生活流波里的潜流更猛，漩涡更急，因此你叫给卷进去的机会也就更多。

我赶快得声明我是没有叫巴黎的漩涡给淹了去——虽则也就够险。多半的时候我只是站在赛因河岸边看热闹，下水去的时候也不能说没有，但至多也不过在靠岸清浅处溜着，从没敢往深处跑——这来漩涡的纹螺，势道，力量，可比远在岸上时认清楚多了。

一、九小时的萍水缘

我忘不了她。她是在人生的急流里转着的一张萍叶，我见着了它，掬在手里把玩了一晌，依旧交还给它的命运，任它漂流去——它以前的漂泊我不曾见来，它以后的漂泊，我也见不着，但就这曾经相识匆匆的恩缘——实际上我与她相处不过九小时——已在我的心泥上印下踪迹，我如何能忘，在忆起时如何能不感须臾的惆怅？

那天我坐在那热闹的饭店里瞥眼看着她，她独坐在灯光最暗漆的屋角里，这屋内哪一个男子不带媚态，哪一个女子的胭脂口上不沾笑容，就只她：穿一身淡素衣裳，戴一顶宽边的黑帽，在紧密的睫毛上隐隐闪亮着深思的目光——我几乎疑心她是修道院的女僧偶尔到红尘里随喜来了。我不能不接着注意她，她的别样的支颐的倦态，她的曼长的手指，她的冷漠的神情，有意无意间的叹息，在在都激发我的好奇——虽则我那时左边已经坐下了一个瘦的，右边来了肥的，四条光滑的手臂不住地在我面前晃着酒杯。但更使我奇异的是她不等跳舞开始就匆匆地出去了，好像害怕或是厌恶似的。第一晚这样，第二晚又是这样：独自默默地坐着，到时候又匆匆地离去。到了第三晚她再来的时候我再也忍不住不想法接近她。第一次得着的回音，虽则是“多谢好意，我再不愿交友”的一个拒绝，只是加深了我的同情的好奇。我再不能放过她。巴黎的好处就在处处近人情；爱慕的自由是永远容许的。你见谁爱慕谁想接近谁，决不是犯罪，除非你在经程中泄漏了你的粗气暴气，陋相或是贫相，那不是文明的巴黎人所能容忍的。只要你“识相”，上海人说的，什么可能的机会你都可以利用。对方人理你不理你，当然又是一回事；但只要你的步骤对，文明的巴黎人决不让你难堪。

我不能放过她。第二次我大胆写了个字条付中间人——店主人——交去。我心里直怔怔地怕讨没趣。可是回话来了——她就走了，你跟着去吧。

她果然在饭店门口等着我。你为什么一定要找我说话，先生，像我这再不愿意有朋友的人？她张着大眼睛看我，口唇微微的颤着。我的冒昧是不望恕的，但是我看了你忧郁的神情我足足难受了三天，也不知怎的我就想接近你，和你谈一次话，如其你许我，那就是我的想望，再没有别的意思。真的她那眼内绽出了泪来，我话还没说完。想不到我的心事又叫一个异邦人看透了……她声音都哑了。我们在路灯的灯光下默默地互注了一晌，并着肩沿马路走去，走不到多远她说不能走，我就问了她的允许雇车坐下，直望波龙尼大林园清凉的暑夜里兜去。原来如此，难怪你听了跳舞的音乐像是厌恶似的，但既然不愿意何以每晚还去？

那是我的感情作用；我有些舍不得不去，我在巴黎一天，那是我最初遇见——他的地方，但那时候的我……可是你真的同情我的际遇吗，先生？我快有两个月不开口了，不瞒你说，今晚见了你我再也不能制止，我爽性说给你我的生平的始末吧，只要你不嫌。我们还是回那饭庄去罢。

你不是厌烦跳舞的音乐吗？她初次笑了。多齐整洁白的牙齿，在道上的幽光里亮着！有了你我的生气就回复了不少，我还怕什么音乐？我们俩重进饭庄去选一个基角坐下，喝完了两瓶香槟，从十一时舞影最凌乱时谈起，直到早三时客人散尽侍役打扫屋子时才起身走，我在她的可怜身世的演述中遗忘了一切，当前的歌舞再不能分我丝毫的注意。下面是她的自述：

我是在巴黎生长的。我从小就爱读《天方夜谭》的故事，以及当代描写东方的文学；啊东方，我的童真的梦魂那一刻不在它的玫瑰园中留恋？十四岁那年我的姊姊带我上北京去住，她在那边开一个时式的帽铺，有一天我看见一个小身材的中国人来买帽子，我就觉着奇怪，一来他长得异样的清秀，二来他为什么要来买那样时式的女帽；到了下午一个女太太拿了方才买去的帽子来换了，我姊姊就问她那中国人是谁，她说是她丈夫，说开了头她就讲她当初怎样为爱他触怒了自己的父母，结果断绝了家庭和他结婚，但她一点也不追悔因为她的中国丈夫待她怎样好法，她不信西方人会得像他那样体贴，那样温存。我再也忘不了她说话时满心怡悦的笑容。从此我仰慕东方的私衷又添深了一层颜色。

我再回巴黎的时候已经成长了，我父亲是最宠爱我的，我要什么他就给我什么。我那时就爱跳舞，啊，那些迷醉轻易的时光，巴黎哪一处舞场上不见我的舞影。我的妙龄，我的颜色，我的体态，我的聪慧，尤其是我那媚人的大眼——啊，如今你见的只是悲惨的余生再不留当时的丰韵——制定了我初期的堕落。我说堕落不是？是的，堕落，人生哪处不是堕落，这社会那里容得一个有姿色的女人保全她的清洁？我正快走入险路的时候，我那慈爱的老父早已看出我的倾向，私下安排了一个机会，叫我与一个有爵位的英国人接近。一个十七岁的女子哪有什么主意，在两个月内我就做了新娘。

说起那四年结婚的生活，我也不应得过分的抱怨，但我们欧洲的势利的社会实在是树心里生了蠹，我怕再没有回复健康的希望。我到伦敦去做贵妇人时我还是个天真的孩子，哪有什么机心，哪懂得虚伪的卑鄙的人间的底里，我又是个外国人，到处遭受嫉忌与批评。还有我那叫名的丈夫。他娶我究竟为什么动机我始终不明白，许贪我年轻贪我貌美带回家去广告他自己的手段，因为真的我不曾感着他一息的真情；新婚不到几时他就对我冷淡了，其实他就没有热过，碰巧我是个傻孩子，一天不听着一半句软语，不受些温柔的怜惜，到晚上我就不自制的悲伤。他有的是钱，有的是趋奉谄媚，成天在外打猎作乐，我愁了不来慰我，我病了不来问我，连着三年抑郁的生涯完全消灭了我原来活泼快乐的天机，到第四年实在耽不住了。我与他吵一场回巴黎再见我父亲的时候，他几乎不认识我了，我自此就永别了我的英国丈夫。因为虽则实际的离婚手续在他方面到前年方始办理，他从我走了后也就不再来顾问我——这算是欧洲人夫妻的情分！

我从伦敦回到巴黎，就比久困的雀儿重复飞回了林中，眼内又有了笑，脸上又添了春色，不但身体好多，就连童年时的种种想望又在我心头活了回来。三四年结婚的经验更叫我厌恶西欧，更叫我神往东方。东方，啊浪漫的多情的东方！我心里常常地怀念着。有一晚，那一个运定的晚上，我就在这屋子内见着了他，与今晚一样的歌声，一样的舞影，想起还不就是昨天，多飞快的光阴，就可怜我一个单薄的女子，无端叫运神摆布，在情网里颠连，在经验的苦海里沉沦。朋友，我自分是已经埋葬了的活人，你何苦又来逼着我把往事掘起，我的话是简短的，但我身受的苦恼，朋友，你信我，是不可量的；人望我的眼里看，凭着你的同情你可以在刹那间领会我灵魂的真际！

他是匪利滨人，也不知怎的我初次见面就迷了他。他肤色是深黄的，但他的性情是不可信的温柔；他身材是短的，但他的私语有多叫人魂销的魔力？啊，我到如今还不能怨他；我爱他太深，我爱他太真，我如何能一刻忘他！虽则他到后来也是一样的薄情，一样的冷酷，你不倦么，朋友，等我讲给你听？

我自从认识了他我便倾注给他我满怀的柔情，我想他，那负心的他，也够他的享受，那三个月神仙似的生活！我们差不多每晚在此聚会的。密谈是他与我，欢舞是他与我，人间再有更甜美的经验吗？朋友你知道痴心人赤心爱恋的疯狂吗？因为不仅满足了我私心的想望，我十多年梦魂缭绕的东方理想的实现。有他我什么都有了，此外我更有什么沾恋？因此等到我家里为这事情与我开始交涉的时候，我更不踌躇地与我生身的父母根本决绝。我此时又想起了我垂髫时在北京见着的那个嫁中国人的女子，她与我一样也为了痴情牺牲一切，我只希冀她这时还能保持着她那纯爱的生活，不比我这失运人成天在幻灭的辛辣中回味。

我爱定了他。他是在巴黎求学的，不是贵族，也不是富人，那更使我放心，因为我早年的经验使我迷信真爱情是穷人才能供给的。谁知他骗了我——他家里也是有钱的，那时我在热恋中抛弃了家，牺牲了名誉，跟了这黄脸人离却了巴黎，辞别了欧洲，经过一个月的海程，我就到了我理想的灿烂的东方。啊，我那时的希望与快乐！但才出了红海，他就上了心事，经我再三地逼他才告诉他家里的实情，他父亲是匪利滨最有钱的土著，性情是极严厉的，他怕轻易不能收受她进他们的家庭。我真不愿意把此后可怜的身世烦你的听，朋友，但那才是我痴心人的结果，你耐心听着吧！

东方，东方才是我的烦恼！我这回投进了一个更陌生的社会，呼吸更沉闷的空气；他们自己中间也许有他们温软的人情，但轮着我的却一样还只是猜忌与讥刻，更不容情的刺袭我的孤独的性灵。果然他的家庭不容我进门，把我看作一个“巴黎淌来的可疑妇人”。我为爱他也不知忍受了多少不可忍的侮辱，吞了多少悲泪，但我自慰的是他对我不变的恩情。因为在初到的一时他还是不时来慰我——我独自赁屋住着。但慢慢地也不知是人言浸润还是他原来爱我不深，他竟然表示割绝我的意思。朋友，试想我这孤身女子牺牲了一切为的还不是他的爱，如今连他都离了我，那我更有什么生机？我怎的始终不曾自毁，我至今还不信，因为我那时真的是没有路走了。我又没有钱，他狠心丢了我，我如何能再去缠他，这也许是我白种人的倔强，我不久便揩干了眼泪，出门去自寻活路。我在一个匪美合种人的家里寻得了一个保姆的职务；天幸我生性是耐烦领小孩的——我在伦敦的日子没孩子管就养猫弄狗——救活我的是那三五个活灵的孩子，黑头发短手指的乖乖。在那炎热的岛上我是过了两年没颜色的生活，得了一次凶险的热病，从此我面上再不存青年期的光彩。我的心境正稍稍回复平衡的时候，两件不幸的事情又临着了我：一件是我那他与另一女子的结婚，这消息使我昏厥了过去；一件是被我弃绝的慈父也不知怎的问得了我的踪迹来电说他老病快死要我回去。啊天罚我！等我赶回巴黎的时候正好赶着与老人诀别，忏悔我先前的造孽！

从此我在人间还有什么意趣？我只是个实体的鬼影，活动的尸体；我的心也早就死了，再也不起波浪；在初次失望的时候我想象中还有了辽远的东方，但如今东方只在我的心上下一个鲜明的新伤，我更有什么希冀，更有什么心情？但我每晚还是不自主地要饭店里来小坐，正如死去的鬼魂忘不了他的老家！我这一生的经验本不想再向人前吐露的，谁知又碰着了你，苦苦地追着我，逼我再一度撩拨死尽的火灰，这来你够明白了，为什么我老是这落漠的神情，我猜你也是过路的客人，我深深自幸又接近一次人情的温慰，但我不敢希望什么，我的心是死定了的，时候也不早了，你看方才舞影凌乱的地上现在只剩一片冷淡的灯光，侍役们已经收拾干净，我们也该走了，再会吧，多情的朋友！

二、“先生，你见过艳丽的肉没有？”

我在巴黎时常去看一个朋友，他是一个画家，住在一条老闻着鱼腥的小街底头一所老屋子的顶上一个A字式的尖阁里，光线暗惨得怕人，白天就靠两块日光胰子大小的玻璃窗给装装幌，反正住的人不嫌就得，他是照例不过正午不起身，不近天亮不上床的一位先生，下午他也不居家，起码总得上灯的时候他才脱下了他的外褂露出两条破烂的臂膀埋身在他那艳丽的垃圾窝里开始他的工作。

艳丽的垃圾窝——它本身就是一幅妙画！我说给你听听。贴墙有精窄的一条上面盖着黑毛毡的算是他的床，在这上面就准你规规矩矩地躺着，不说起坐一定扎脑袋，就连翻身也不免冒犯斜着下来永远不退让的屋顶先生的身份！承着顶尖全屋子顶宽舒的部分放着他的书桌——我捏着一把汗叫它书桌，其实还用提吗，上边什么法宝都有，画册子、稿本、黑炭、颜色盘子、烂袜子、领结、软领子、热水瓶子压瘪了的、烧干了的酒精灯、电筒、各色的药瓶、彩油瓶、脏手绢、断头的笔杆、没有盖的墨水瓶子。一柄手枪，那是瞒不过我花七法郎在密歇耳大街路旁旧货摊上换来的，照相镜子、小手镜、断齿的梳子、蜜膏、晚上喝不完的咖啡杯、详梦的小书，还有——还有可疑的小纸盒儿，凡士林一类的油膏……一只破木板箱一头漆着名字，上面蒙着一块灰色布的是他的梳妆台兼书架，一个洋磁面盆半盆的胰子水似乎都叫一部旧版的卢骚集子给饕了去，一顶便帽套在洋瓷长提壶的耳柄上，从袋底里倒出来的小铜钱错落地散着像是土耳其人的符咒，几只稀小的烂苹果围着一条破香蕉像是一群大学教授们围着一个教育次长索薪……壁上看得更斑斓了：这是我顶得意的一张庞那的底稿当废纸买来的；这是我临摹内的裸体，不十分行，我来撩起灯罩你可以看清楚一点，草色太浓了，那膝部画了，这一小幅更名贵，你认是谁，罗丹的！那是我前年最大的运气，也算是错来的，老巴黎就是这点了便宜，挨了半年八个月的饿不要紧，只要有机会捞着真东西，这还不值得！那边一张挤在两幅油画缝里的，你见了没有，也是有来历的，那是我前年趁马克倒霉路过佛兰克福德时夹手抢来的，是真的孟察尔都难说，就差糊了一点，现在你给三千佛郎我都不卖，加倍再加倍都值，你信不信？再看那一长条……在他那手指东点西地卖弄他的家珍的时候，你竟会忘了你站着的地方是不够六尺阔的一间阁楼，倒像跨在你头顶那两爿斜着下来的屋顶也顺着他到艺术谈法术似的隐了去，露出一个爽恺的高天，壁上的疙瘩、壁蟢窠、霉块、钉疤，全化成了哥罗画帧中"飘摇欲化烟"的最美丽林树与轻快的流涧；桌上的破领带及手绢、烂香蕉、臭袜子等等也全变形成戴大阔边稻草帽的牧童们，偎着树打盹的，牵着牛在涧里喝水的，手反衬着脑袋放平在青草地上瞪眼看天的，斜眼溜着那边走进来的娘们手按着音腔吹横笛的——可不是那边来了一群娘们，全是年岁青青的，露着胸膛，散着头发，还有光着白腿的在青草地上跳着来了？……唵！小心扎脑袋，这屋子真别扭，你出什么神来了？想着你的 Bel Ami 对不对？你到巴黎快半个月，该早有落儿了，这年头收成真容易——吮，太容易了！谁说巴黎不是理想的地狱？你吸烟斗吗？这儿有自来火，对不起，屋子里除了床，就是那张弹簧早经追悼过了沙发，你坐坐吧，给你一个垫子，这是全屋子顶温柔的一样东西。

不错，那沙发，这阁楼上要没有那张沙发，主人的风格就落了个极重要的元素。为着它肚子里的弹簧完全没了劲，在主人说是太谦，在我说是简直污蔑了它。因为分明有一部分内簧是不曾死透的，那在正中间，看来倒像是一座分水岭，左右都是往下倾的，我初坐下时不提防它还有弹力，倒叫我骇了一下；靠手的套布可真是全霉了，露着黑黑黄黄不知是什么货色，活像主人衬衫的袖子。我正落了坐，他咬了嘴唇翻一切眼珠微微地笑了。笑什么了你？我笑——你坐上沙发那样儿叫我想起爱菱。爱菱是谁？她呀——她是我第一个模特儿。模特儿？你的？你的破房子还有模特儿，你这穷鬼化得起……别急，究竟是中国初来的，听了模特儿就这样的起劲，看你那脖子都上了红印了！本来不算事，当然，可是我说像你这样的破鸡棚……破鸡棚便怎么样，耶稣生在马号里的，安琪儿们都在马矢里跪着礼拜哪！别忙，好朋友，我讲你听。如其巴黎人有一个好处，他就是不势利！中国人顶糟了，这一点；穷人有穷人的势利，阔人有阔人的势利，半不阑珊的势利——那才是半开化，才是野蛮！你看像我这样子，头发像刺猬，八九天不刮的破胡子，半年不收拾的脏衣服，鞋带扣不上的皮鞋——要在中国，谁不叫我外国叫花子，哪配进北京饭店一类的势利场；可是在巴黎，我就这样儿，随便问那一个衣服顶漂亮脖子搽得顶香的娘们跳舞，十回就有九回成，你信不信？

至于模特儿，那更不成话，哪有在巴黎学美术的，不论多穷，一年里不换十来个眼珠亮亮的来坐样儿？屋子破更算什么？波希民的生活就是这样，按你说模特儿就不该坐坏沙发，你得准备杏黄贡缎绣丹凤朝阳做垫的太师椅请她坐你才安心对不对？再说……别再说了！算我少见世面，算我是乡下老戆，得了；可是说起模特儿，我倒有点好奇，你何妨讲些经验给我长长见识？有真好的没有？我们在美术院里见着的什么维纳斯德米罗，维纳斯梅第妻，还有铁青的，鲁班师的，鲍第千里的，丁稻来笃的，箕奥其安内的裸体实在是太美，太理想，太不可能，太不可思议；反面说，新派的比如雪尼约克的，玛提斯的，塞尚的，高耿的，弗朗刺马克的，又是太丑，太损太不像人，一样的太不可能，太不可思议。人体美，究竟怎么一回事，我们不幸生长在中国女人衣服一直穿到下巴底下，腰身与后部看不出多大分别的世界里，实在是太蒙昧无知，太不开眼。可是再说呢，东方人也许根本就不该叫人开眼的，你看过约翰巴里士那本《沙扬娜拉》没有，他那一段形容一个日本裸体舞女——就是一张脸子粉搽得像棺材里爬起来的颜色，此外耳朵以后下巴以下就比如一节蒸不透的珍珠米！——看了真叫人恶心。你们学美术的才有第一手的经验，我倒是……你倒是真有点羡慕，对不对？不怪你，人总是人。不瞒你说，我学画画原来的动机也就是这点子对人体秘密的好奇。你说我穷相，不错，我真是穷，饭都吃不出，衣都穿不全，可是模特儿——我怎么也省不了。这对人体美的欣赏在我已经成了一种生理的要求，必要的奢侈，不可摆脱的嗜好；我宁可少吃俭穿省下几个佛郎来多雇几个模特儿。你简直可以说我是着了迷，成了病，发了疯，爱说什么就说什么，我都承认——我就不能一天没有一个精光的女人耽在我的面前供养，安慰，喂饱我的“眼淫”。当初罗丹我猜也一定与我一样的狼狈，据说他那房子里老是有剥光了的女人，也不为坐样儿，单看她们日常生活“实际的”，多变化姿态——他是一个牧羊人，成天看着一群剥了毛皮的驯羊！鲁班师那位穷凶极恶的大手笔，说是常难为他太太做模特儿，结果因为他成天不断地画他太太竟许连穿裤子的空儿都难得有！但如果这话是真的鲁班师还是大傻，难怪他那画里的女人都是这剥白猪似的单调，少变化；美的分配在人体上是极神秘的一个现象，我不信有理想的全材，不论男女我想几乎是不可能；上帝拿着一把颜色望地面上撒玫瑰、罗兰、石榴、玉簪、剪秋罗，各样都沾到了一种或几种的彩泽，但决没有一种花包涵所有可能的色调的，那如其有，按理论讲，岂不是又得回复了没颜色的本相？人体美也是这样的，有腰部，有的下部，有的头发，有的手，有的脚踝，那不可理解的骨骼、筋肉、肌理的会合，形成各各不同的线条，色调的变化，皮面的涨度，毛管的分配，天然的姿态，不可制止的表情——也得你不怕麻烦细心体会发现，上帝没有这样便宜你的事情，他决不给你一个具体的绝对美，如果有我们所有艺术的努力就没了意义；巧妙就在你明知这山里有金子，可是在那一点你得自己下功夫去找。啊！说起这艺术家审美的本能，我真要闭着眼感谢上帝——要不是它，岂不是所有人体的美，说窄一点，都变了古长安道上历代帝王的墓窟，全叫一层或几层薄薄的衣服给埋没了！回头我给你看我那张破床底下有一本宝贝，我这十年血汗辛苦的成绩——千把张的人体临摹，而且十分之九是在这间破鸡棚里勾下的，别看低我这张弹簧早经追悼了的沙发，这上面落座过至少一二百个当得起美字的女人！别提专门做模特儿的，巴黎哪一个不知道俺家黄脸什么，那不算稀奇，我自负的是我独到的发现：一半因为看多了缘故，女人肉的引诱在我差不多完全消灭在美的欣赏里面，结果在我这双“淫眼”看来，一丝不挂的女人就同紫霞宫里翻出来的尸首穿得重重密密的摇不动我的性欲，反面说当真穿着得极整齐的女人，不论她在人堆里站着，在路上走着，只要我的眼到，她的衣服的障碍就无形地消灭，正如老练的矿师一瞥就认出矿苗，我这美术本能也是一瞥就认出“美苗”，一百次里错不了一次；每回发现了可能的时候，我就非想法找到她剥光了她叫我看个满意不成，上帝保佑这文明的巴黎，我失望的时候真难得有！我记得有一次在戏院子看着了一个贵妇人，实在没法想（我当然试来），我那难受就不用提了，比发疟疾还难受——她那特长分明是在小腹与……够了够了！我倒叫你说得心痒痒的。人体美！这门学问，这门福气，我们不幸生长在东方，谁有机会研究享受过来？可是我既然到了巴黎，又幸气碰着你，我倒真想叨你的光开开我的眼，你替我想法，要找在你这宏富的经验中比较最贴近理想的一个看看……你又错了！什么，你意思花就许巴黎的花香，人体就许巴黎的美吗？太灭自己的威风了！别信那巴理士什么《沙扬娜拉》的胡说；听我说，正如东方的玫瑰不比西方的玫瑰差什么香味，东方的人体在得到相当的栽培以后，也同样不能比西方的人体差什么美——除了天然的限度，比如骨骼的大小，皮肤的色彩。同时顶要紧的当然要你自己性灵里有审美的活动，你得有眼睛，要不然这宇宙不论它本身多美多神奇在你还是白来的。我在巴黎苦过这十年，就为前途有一个宏愿：我要张大了我这经过训练的“淫眼”到东方去发现人体美——谁说我没有大文章做出来？至于你要借我的光开开眼，那是最容易不过的事情，可是我想想——可惜了！有个马达姆朗酒，原先在巴黎大学当物理讲师的，你看了准忘不了，现在可不在了，到伦敦去了；还有一个马达姆薛托漾，她是远在南边乡下开面包铺子的，她就够打倒你所有的丁稻来笃，所有的铁青，所有的箕奥其安内——尤其是给你这未入流看，长得太美了，她通体就看不出一根骨头的影子，全叫匀匀的肉给隐住的，圆的，润的，有一致节奏的，那妙是一百个哥蒂蔼也形容不全的，尤其是她那腰以下的结构，真是奇迹！你从意大利来该见过西龙尼维纳丝的残像，就那也只能仿佛，你不知道那活的气息的神奇，什么大艺术天才都没法移植到画布上或是石塑上去的（因此我常常自己心里辩论究竟是艺术高出自然还是自然高出艺术，我怕上帝僭先的机会毕竟比凡人多些）；不提别的单就她站在那里你看，从小腹接承上股那两条交汇的弧线起直往下贯到脚着地处止，那肉的浪纹就比是——实在是无可比——你梦里听着的音乐：不可信的轻柔，不可信的匀净，不可信的韵味——说粗一点，那两股相并处的一条线直贯到底，不漏一屑的破绽，你想通过一根发丝或是吹度一丝风息都是绝对不可能的——但同时又决不是肥肉的粘着，那就呆了。真是梦！唉，就可惜多美一个天才，偏叫一个身高六尺三寸长红胡子的面包师给糟蹋了；真的这世上的因缘说来真怪，我很少看见美妇人不嫁给猴子类牛类水马类的丑男人！但这是支话。眼前我招得到的，够资格的也就不少——有了，方才你坐上这沙发的时候叫我想起了爱菱，也许你与她有缘分，我就为你招她去吧，我想应该可以容易招到的。可是上那儿呢？这屋子终究不是欣赏美妇人的理想背景，第一不够开展，第二光线不够——至少为外行人像你一类着想……我有了一个顶好的主意，你远来客我也该独出心裁招待你一次，好在爱菱与我特别的熟，我要她怎么她就怎么；暂且约在后天吧，你上午十二点到我这里来，我们一同到芳丹薄罗的大森林里去，那是我常游的地方，尤其是阿房奇石相近一带，那边有的是天然的地毯，这一时是自然最妖艳的日子，草青得滴得出翠来，树绿得涨得出油来，松鼠满地满树都是，也不很怕人，顶好玩的，我们决计到那一带去秘密野餐吧——至于“开眼”的话，我包你一个百二十分的满足，将来一定是你从欧洲带回家最不易磨灭的一个印象！一切有我布置去，你要是愿意贡献的话，也不用别的，就要你多买大杨梅，再带一瓶橘子酒，一瓶绿酒，我们享半天闲福去。现在我讲得也累了，我得躺一会儿，我拿我床底下那本秘本给你先揣摩揣摩……隔一天我们从芳丹薄罗林子里回巴黎的时候，我仿佛做了一个最荒唐，最艳丽，最秘密的梦。

1927 年 8 月

荷兰

//

朱自清

一个在欧洲没住过夏天的中国人，在初夏的时候，上北国的荷兰去，他简直觉得是新秋的样子。淡淡的天色，寂寂的田野，火车走着，像没人理会一般。天尽头处偶尔看见一架半架风车，动也不动的，像向天揸开的铁手。在瑞士走，有时也是这样一劲儿地静；可是这儿的肃穆，瑞士却没有。瑞士大半是山道，窄狭的，弯曲的，这儿是一片广原，气象自然不同。火车渐渐走近城市，一溜房子看见了。红的黄的颜色，在那灰灰的背景上，越显得鲜明照眼。那尖屋顶原是三角形的底子，但左右两边近底处各折了一折，便多出两个角来；机灵里透着老实，像个小胖子，又像个小老头儿。

荷兰人有名地会盖房子。近代谈建筑，数一数二是荷兰人。快到罗特丹（Rotterdam）的时候，有一家工厂，房屋是新样子。房子分两截，近处一截是一道内曲线，两大排玻璃窗子反射着强弱不同的光。接连着的一截是比较平正些的八层楼，窗子也是横排的。“楼梯间”满用玻璃，外面既好看，上楼又明亮好走，比旧式阴森森的楼梯间，只在墙上开着小窗户的自然好多了。整排不断的横窗户也是现代建筑的特色；靠着钢骨水泥，才能这样办。这家工厂的横窗户有两个式样，窗宽墙窄是一式，墙宽窗窄又是一式。有人说这种墙和窗子像面包夹火腿；但哪是面包哪是火腿却弄不明白。又有人说这种房子仿佛满支在玻璃上，老教人疑心要倒塌似的。可是我只觉得一条条连接不断的横线都有大气力，足以支撑这座大屋子而有余，而且一眼看下去，痛快极了。

海牙和平宫左近，也有不少新式房子，以铺面为多，与工厂又不同。颜色要鲜明些，装饰风也要重些，大致是清秀玲珑的调子。最精致的要数那一座“大厦”，是分租给人家住的。是不规则的几何形。约莫居中是高耸的通明的楼梯间，界划着黑钢的小方格子。一边是长条子，像伸着的一只胳膊；一边是方方的。每层楼都有栏杆，长的那边用蓝色，方的那边用白色，衬着淡黄的窗子。人家说荷兰的新房子就像一只轮船，真不错。这些栏杆正是轮船上的玩意儿，那梯子间就是烟囱了。大厦前还有一个狭长的池子，浅浅的，尽头处一座雕像。池旁种了些花草，散放着一两张椅子。屋子后面没有栏杆，可是水泥墙上简单的几何形的界划，看了也非常爽目。那一带地方很宽阔，又清静，过午时大厦满在太阳光里，左近一些碧绿的树掩映着，教人舍不得走。阿姆斯特丹（Anlsterdam）的新式房子更多。皇宫附近的电报局，样子打得巧，斜对面那家电气公司却一味地简朴；两两相形起来，倒有点意思。别的似乎都赶不上这两所好看。但“新开区”还有整大片的新式建筑，没有得去看，不知如何。

荷兰人又有名地会画画。十七世纪的时候，荷兰脱离了西班牙的羁绊，渐渐地兴盛，小康的人家多起来了。他们衣食既足，自然想着些风雅的玩意儿。那些大幅的神话画宗教画，本来专供装饰宫殿小教堂之用。他们是新国，用不着这些。他们只要小幅头画着本地风光的。人像也好，风俗也好，景物也好，只要“荷兰的”就行。在这些画里，他们亲亲切切地看见自己。要求既多，供给当然跟着。那时画是上市的，和皮鞋与蔬菜一样，价钱也差不多。就中风俗画（Genre picture）最流行。直到现在，一提起荷兰画家，人总容易想起这种画。这种画的取材是极平凡的日常生活；而且限于室内，采的光往往是灰暗的。这种材料的生命在亲切有味或滑稽可喜。一个卖野味的铺子可以成功一幅画，一顿饭也可以成功一幅画。有些滑稽太过，便近乎低级趣味。譬如海牙毛利丘司（Mauritshuis）画院所藏的莫兰那（Molenaer）画的《五觉图》。《嗅觉》一幅，画一妇人捧着小孩，他正在拉矢。《触觉》一幅更奇，画一妇人坐着，一男人探手入她的衣底；妇人便举起一只鞋，要向他的头上打下去。这画院里的名画却真多。陀（Dou）的《年轻的管家妇》，琐琐屑屑地画出来，没有一些地方不熨帖。鲍特（Potter）的《牛》工极了，身上一个蝇子都没有放过，但是活极了，那牛简直要从墙上缓缓地走下来；布局也单纯得好。卫米尔（Vermeel）画他本乡代夫脱（Delft）的风景一幅，充分表现那静肃的味道。他是小风景画家，以善分光影和精于布局著名。风景画取材杂，要安排得停当是不容易的。荷兰画像，哈司（Hals）是大师。但他的好东西都在他故乡哈来姆（Htaorlem），别处见不着。阿姆斯特丹的力克士博物院（Ryks Museum）中有他一幅《俳优》，是一个弹着琵琶的人，神气颇足。这些都是十七世纪的画家。

但是十七世纪荷兰最大的画家是冉伯让（Rembrandt）。他与一般人不同，创造了个性的艺术；将自己的思想感情，自己这个人放进他画里去。他画画不再伺候人，即使画人像，画宗教题目，也还分明地见出自己。十九世纪艺术的浪漫运动只承认表现艺术家的个性的作品有价值，便是他的影响。他领略到精神生活里神秘的地方，又有深厚的情感。最爱用一片黑做背景；但那黑是活的不是死的。黑里渐渐透出黄黄的光，像压着的火焰一般；在这种光里安排着他的人物。像这样的光影的对照是他的绝技；他的神秘与深厚也便从这里见出。这不仅是浮泛的幻想，也是贴切的观察；在他作品里梦和现实混在一块儿。有人说他从北国的烟云里悟出了画理，那也许是真的。他会看到氤氲的底里去。他的画像最能表现人的心理，也便是这个缘故。

毛利丘司里有他的名作《解剖班》《西面在圣殿中》。前一幅写出那站着在说话的大夫从容不迫的样子。一群学生围着解剖台，有些坐着，有些站着；猫着腰的，侧着身子的，直挺挺站着的，应有尽有。他们的头，或俯或仰，或偏或正，没有两个人相同。他们的眼看着尸体，看着说话的大夫，或无所属，但都在凝神听话。写那种专心致志的光景，惟妙惟肖。后一幅写殿宇的庄严，和参加的人的圣洁与和蔼，一种虔敬的空气弥漫在画面上，教人看了会沉静下去。他的另一杰作《夜巡》在力克士博物院里。这里一大群武士，都拿了兵器在守望着敌人。一位爵爷站在前排正中间，向着旁边的弁兵有所吩咐；别的人有的在眺望，有的在指点，有的在低低地谈论，右端一个打鼓的，人和鼓都只露了一半；

他似乎焦急着，只想将槌子敲下去。左端一个人也在忙忙地伸着右手整理他的枪口。他的左胳膊底下钻出一个孩子，露着惊惶的脸。人物的安排，交互地用疏密与明暗；乍看不匀称，细看再匀称没有。这幅画里光的运用最巧妙；那些浓淡浑析的地方，便是全画的精神所在。冉伯让是雷登（Leyden）人，晚年住在阿姆斯特丹。他的房子还在，里面陈列着他的腐刻画与钢笔毛笔画。腐刻画是用药水在铜上刻出画来，他是大匠手；钢笔画毛笔画他也擅长。这里还有他的一座铜像，在用他的名字的广场上。

海牙是荷兰的京城，地方不大，可是清静。走在街上，在淡淡的太阳光里，觉得什么都可以忘记了的样子。城北尤其如此。新的和平宫就在这儿，这所屋是一个人捐了做国际法庭用的。屋不多，里面装饰得很好看。引导人如数家珍地指点着，告诉游客这些装饰品都是世界各国捐赠的。楼上正中一间大会议厅，他们称为日本厅；因为三面墙上都挂着日本的大幅的绛丝，而这儿幅东西是日本用了多少多少人在不多的日子里特地赶做出来给这所和平宫用的。这几幅都是花鸟，颜色鲜明，织得也细致；那日本特有的清丽的画风整个儿表现着。中国送的两对景泰蓝的大壶（古礼器的壶）也安放在这间厅里。厅中间是会议席，每一张椅子背上有一个缎套子，绣着一国的国旗；那国的代表开会时便坐在这里。屋左屋后是花园；亭子、喷水、雕像、花木等等，错综地点缀着，明丽深曲兼而有之。也不十二分大，却老像走不尽的样子。从和平宫向北去，电车在稀疏的树林子里走。满车中绿阴阴的，斑驳的太阳光在车上在地下跳跃着过去。不多一会儿就到海边了。海边热闹得很，玩儿的人来往不绝。长长的一带沙滩上，满放着些藤篓子——实在是些轿式的藤椅子，预备洗完澡坐着晒太阳的。这种藤篓子的顶像一个瓢，又圆又胖，那拙劲儿真好。更衣的小木屋也多。大约天气还冷，沙滩上只看见零零落落的几个人。那北海的海水白白地展开去，没有一点风涛，像个顶听话的孩子。

阿姆斯特丹在海牙东北，是荷兰第一个大城。自然不及海牙清静。可是河道多，差不多有一道街就有一道河，是北国的水乡；所以有“北方威尼斯”之称。桥也有三百四十五座，和威尼斯简直差不多。河道宽阔干净，却比威尼斯好；站在桥上顺着河望过去，往往水木明瑟，引着你一直想见最远最远的地方。阿姆斯特丹东北有一个小岛，叫马铿（Marken）岛，是个小村子。那边的风俗服装古里古怪的，你一脚踏上岸就会觉得回到中世纪去了。乘电车去，一路经过两三个村子。那是个阴天。漠漠的风烟，红黄相间的板屋，正在旋转着让船过去的轿，都教人耳目一新。到了一处，在街当中下了车，由人指点着找着了小汽轮。海上坦荡荡的，远处一架大风车在慢慢地转着。船在斜风细雨里走，渐渐从朦胧里看见马铿岛。这个岛真正“不满眼”，一道堤低低的环绕着。据说岛只高出海面几尺，就仗着这一点儿堤挡住了那茫茫的海水。岛上不过二三十份人家，都是尖顶的板屋；下面一律搭着架子，因为隔水太近了。板屋是红黄黑三色相间着，每所都如此。岛上男人未多见，也许打鱼去了；女人穿着红黄白蓝黑各色相间的衣裳，和他们的屋子相配。总而言之，一到了岛上，虽在黯淡的北海上，眼前却亮起来了？岛上各家都预备着许多纪念品，争着将游客让进去；也有装了一大柳条筐，一手抱着孩子，一手挽着筐子在路上兜售的。自然做这些事的都是些女人。纪念品里有些玩意儿不坏：如小木鞋，像我们的毛窝的样子；如长的竹烟袋儿，烟袋锅的脖子上挂着一双顶小的木鞋，的里瓜拉的；如手绢儿，一角上绒绣着岛上的女人，一架大风车在她们头上。

回来另是一条路，电车经过另一个小村子叫伊丹（Edam）。这儿的干酪四远驰名，但那一座挨着一座跨在一条小河上的高架吊桥更有味。望过去足有二三十座，架子像城门圈一般；走上去便微微摇晃着。河直而窄，两岸不多几层房屋，路上也少有人，所以仿佛只有那一串儿的桥轻轻地在风里摆着。这时候真有些觉得是回到中世纪去了。

1932年11月

柏林

朱自清

柏林的街道宽大，干净，伦敦巴黎都赶不上的；又因为不景气，来往的车辆也显得稀些。在这儿走路，尽可以从容自在地呼吸空气，不用张张望望躲躲闪闪。找路也顶容易，因为街道大概是纵横交切，少有“旁逸斜出”的。最大最阔的一条叫“菩提树下”，柏林大学、国家图书馆、新国家画院、国家歌剧院都在这条街上。东头接着博物院洲、大教堂、故宫；西边到著名的勃朗登堡门为止，长不到二里。过了那座门便是梯尔园，街道还是直伸下去——这一下可长了，三十七八里。勃朗登堡门和巴黎凯旋门一样，也是纪功的。建筑在十八世纪末年，有点仿雅典奈昔克里司门[①]的式样。高六十六英尺，宽六十八码半；两边各有六根多力克式石柱子。顶上是站在驷马车里的胜利神像，雄伟庄严，表现出德意志国都的神采。那神像在一八〇七年被拿破仑当作胜利品带走，但七年后便又让德国的队伍带回来了。

① 指雅典卫城。

从菩提树下西去，一出这座门，立刻神气清爽，眼前别有天地；那空阔，那望不到头的绿树，便是梯尔园。这是柏林最大的公园，东西六里，南北约二里。地势天然生得好，加上树种得非常巧妙，小湖小溪，或隐或显，也安排的是地方。大道像轮子的辐，凑向轴心去。道旁齐齐地排着葱郁的高树；树下有时候排着些白石雕像，在深绿的背景上越显得洁白。小道像树叶上的脉络，不知有多少。跟着道走，总有好地方，不辜负你。园子里花坛也不少。罗森花坛是出名的一个，玫瑰最好。一座天然的围墙，圆圆地绕着，上面密密地厚厚地长着绿的小圆叶子；墙顶参差不齐。坛中有两个小方池，满飘着雪白的水莲花，玲珑地托在叶子上，像惺忪的星眼。两池之间是一个皇后的雕像；四周的花香花色好像她的供养。梯尔园人工胜于天然。真正的天然却又是一番境界。曾走过市外“新西区”的一座林子。稀疏的树，高而瘦的干子，树下随意弯曲的路，简直教人想到倪云林①的画本。看着没有多大，但走了两点钟，却还没走完。

柏林市内市外常看见运动员风的男人女人。女人大概都光着脚亮着胳膊，雄赳赳地走着，可是并不和男人一样。她们不像巴黎女人的苗条，也不像伦敦女人的拘谨，却是自然得好。有人说她们太粗，可是有股劲儿。司勃来河横贯柏林市，河上有不少划船的人。往往一男一女对坐着，男的只穿着游泳衣，也许赤着膊只穿短裤子。看的人绝不奇怪而且有喝彩的。曾亲见一个女大学生指着这样划着船的人说，“美啊！”赞美身体，赞美运动，已成了他们的道德。星期六星期日上水边野外看去，男男女

① 倪瓒（1301—1374），元末明初画家、诗人。

女老老少少谁都带一点运动员风。再进一步，便是所谓“自然运动”。大家索性不要那捞什子衣服，那才真是自然生活了。这有一定地方，当然不会随处见着。但书籍杂志是容易买到的。也有这种电影。那些人运动的姿势很好看，很柔软，有点儿像太极拳。在长天大海的背景上来这一套，确是美的，和谐的。日前报上说德国当局要取缔他们，看来未免有些个多事。

柏林重要的博物院集中在司勃来河中一个小洲上。这就叫做博物院洲。虽然叫做洲，因为周围陆地太多，河道几乎挤得没有了，加上十六道桥，走上去毫不觉得身在洲中。洲上总共七个博物院，六个是通连着的。最奇伟的是勃嘉蒙[①]与近东古迹两个。勃嘉蒙在小亚细亚，是希腊的重要城市，就是现在的贝加玛。柏林博物院团在那儿发掘，掘出一座大享殿，是祭大神宙斯用的。这座殿是两千两百年前造的，规模宏壮，雕刻精美。掘出的时候已经残破；经学者苦心研究，知道原来是什么样子，便照着修补起来，安放在一间特建的大屋子里。屋子之大，让人要怎么看这座殿都成。屋顶满是玻璃，让光从上面来，最均匀不过；墙是淡蓝色，衬出这座白石的殿越发有神儿。殿是方锁形，周围都是爱翁匿克式石柱，像是个廊子。当锁口的地方，是若干层的台阶儿。两头也有几层，上面各有殿基；殿基上，柱子下，便是那著名的“壁雕”。壁雕（Frieze）是希腊建筑里特别的装饰；在狭长的石条子上半深浅地雕刻着些故事，嵌在墙壁中间。这种壁雕颇有名作。如现存在不列颠博物院里的雅典巴昔农神殿的壁雕便是。这里的是一百三十二码长，有一部分已经移到殿

① 今译作“帕加门”。

对面的墙上去。所刻的故事是奥灵匹亚诸神与地之诸子巨人们的战争。其中人物精力饱满，历劫如生。另一间大屋里安放着罗马建筑的残迹。一是大三座门，上下两层，上层全为装饰用。两层各用六对哥林斯式的石柱，与门相间着，隔出略带曲折的廊子。上层三座门是实的，里面各安着一尊雕像，全体整齐秀美之至。一是小神殿。两样都在第二世纪的时候。

近东古迹院里的东西是十九世纪末二十世纪初年德国东方学会在巴比仑和亚述发掘出来的。中间巴比仑的以色他门（Ischtar Gateway）最为壮丽。门建筑在二千五百年前奈补卡德乃沙王第二的手里。门圈儿高三十九英尺，城垛儿四十九英尺，全用蓝色珐琅砖砌成。墙上浮雕着一对对的龙（与中国所谓龙不同）和牛，黄的白的相间着；上下两端和边上也是这两色的花纹。龙是巴比仑城隍马得的圣物，牛是大神亚达的圣物。这些动物的像稀疏地排列着，一面墙上只有两行，犄角上只有一行；形状也单纯划一。色彩在那蓝的地子上，却非常之鲜明。看上去真像大幅缂丝的图案似的。还有巴比仑王宫里正殿的面墙，是与以色他门同时做的，颜色鲜丽也一样，只不过以植物图案为主罢了。马得祭道两旁屈折的墙基也用蓝珐琅砖；上面却雕着向前走的狮子。这个祭道直通以色他门，现在也修补好了一小段，仍旧安在以色他门前面。另有一件模型，是整个儿的巴比仑城。这也可以慰情聊胜无了。亚述巴先宫的面墙放在以色他门的对面，当然也是修补起来的：周围正正的拱门，一层层又细又密的柱子，在许多直线里透出秀气。

新博物院第一层中央是一座厅。两道宽阔而华丽的楼梯仿佛占住了那间大屋子，但那间屋子还是照样地觉得大不可言。屋里什么都高大；迎着楼梯两座复制的大雕像，两边墙上大幅的历史壁画，一进门就让人觉得万千的气象。德意志人的魄力，真有他们的。楼上本是雕版陈列室，今年改作歌德展览会。有歌德和他朋友们的像，他的画，他的书的插图等等。《浮士德》的插图最多，同一件事各人画来趣味各别。楼下是埃及古物陈列室，大大小小的“木乃伊”都有；小孩的也有。有些在头部放着一块板，板上画着死者的面相；这是用熔蜡画的，画法已失传。这似乎是古人一件聪明的安排，让千秋万岁后，还能辨认他们的面影。另有人种学博物院在别一条街上，分两院。所藏既丰富，又多罕见的。第一院吐鲁番的壁画最多。那些完好的真是妙庄严相；那些零碎的也古色古香。中国日本的东西不少，陈列得有系统极了，中日人自己动手，怕也不过如此。第二院藏的日本的漆器与画很好。史前的材料都收在这院里。有三间屋专陈列一八七一到一八九〇希利曼（Heinrich Schlieman）发掘特罗衣（Troy）城所得的遗物。

故宫在博物院洲之北，一九二一年改为博物院，分历史的工艺的两部分。历史的部分都是王族用过的公私屋子。这些屋子每间一个样子；屋顶，墙壁，地板，颜色，陈设，各有各的格调。但辉煌精致，是异曲同工的。有一间屋顶作穹隆形状，蓝地金星，俨然夜天的光景。又一间张着一大块伞形的绸子，像在遮着太阳。又一间用了“古络钱”纹做全室的装饰。壁上或画画，或挂画。地板用细木头嵌成种种花样，光滑无比。外国的宫殿外观常不如中国的宏丽，但里边装饰的精美，我们却断乎不及。故宫西头是皇储旧邸。一九一九年因为国家画院的画拥挤不堪，便将近代的作品挪到这儿，陈列在前边的屋子里。大部分是印象派表现派，也有立体派。表现派是德国自己的画派。原始的精神，狂热的色调，粗野模糊的构图，你像在大野里大风里大火里。有一件立体派的雕刻，是三个人像。虽然多是些三角形，直线，可是一个有一个的神气，彼此还互相照应，像真会说话一般。表现派的精神现在还多多少少存在：柏林魏坦公司六月间有所谓“民众艺术展览会”，出售小件用具和玩物。玩物里如小动物孩子头之类，颇有些奇形怪状，别具风趣的。还有展览场六月间的展览里，有一部是剪贴画。用颜色纸或布拼凑成形，安排在一块地子上，一面加上些沙子等，教人有实体之感，一面却故意改变形体的比例与线条的曲直，力避写实的手法。有些现代人大约“是”要看了这种手艺才痛快的。

这一回展览里有好些小家屋的模型，有大有小。大概造起来省钱；屋子里空气，光，太阳都够现代人用。没有那些无用的装饰，只看见横竖的直线。用颜色，或用对照的颜色，教人看一所屋子是“整个儿”，不零碎，不琐屑。小家屋如此，“大厦”也如此。德国的建筑与荷兰不同。他们注重实用，以简单为美，有时候未免太朴素些。近年来柏林这种新房子造得不少。这已不是少数艺术家的试验而是一般人的需要了。“新西区”一带便都是的。那一带住屋小而巧，里面的装饰干净利落，不显一点板滞。“大厦”多在东头亚历山大场，似乎美观的少。有些满用横线，像夹沙糕，有些满用直线，这自然说的是窗子。用直线的据说是美国影响。但美国房屋高入云霄，用直线合式；柏林的低多了，又向横里伸张，用直线便大大地不谐和了。“大厦”之外还有“广场”，刚才说的展览场便是其一。这个广场有八座大展览厅，连附属的屋子共占地十八万二千平方英尺；空场子合计起来共占地六十五万平方英尺。乍走进去的时候，摸不着头脑，仿佛连自已也会丢掉似的。建筑都是新式。整个的场子若在空中看，是一幅图案，轻灵而不板重。德意志体育场，中央飞机场，也都是这一类新造的广场。前两个在西，后一个在南，自然都在市外。此外电影院跳舞场往往得风气之先，也有些新式样。如铁他尼亚宫电影院，那台，那灯，那花楼，不是用圆，用弧线，便是用与弧线相近的曲线，要的也是一个干净利落罢了。台上一圈儿一圈儿有些像排箫的是管风琴。管风琴安排起来最累赘，这儿的布置却新鲜悦目，也许电影管风琴简单些，才可以这么办。颜色用白银与淡黄对照，教人常常清醒。祖国舞场也是新式，但多用直线形；颜色似乎多一种黑。这里面有许多咖啡室。日本室便按日本式陈设，土耳其室便按土耳其式。还有莱茵室，在壁上画着莱茵河的风景，用好些小电灯点缀在天蓝的背景上，看去略得河上的夜的意思——自然，屋里别处是不用灯的。还有雷电室，壁上画着雷电的情景，用电光运转；电射雷鸣，与音乐应和着。爱热闹的人都上那儿去。

柏林西南有个波次丹（**Potsdam**），是佛来德列大帝的城。城外有个无愁园，园里有个无愁宫，便是大帝常住的地方。大帝迷法国，这座宫，这座园子都仿凡尔赛的样子。但规模小多了，神儿差远了。大帝和伏尔泰是好朋友，他请伏尔泰在宫里住过好些日子，那间屋便在宫西头。宫西边有一架大风车。据说大帝不喜欢那风车日夜转动的声音，派人跟那产主说要买它。出乎意外，产主楞不肯。大帝恼了，又派人去说，不卖便要拆。产主也恼了，说，他会拆，我会告他。大帝想不到乡下人这么倔强，大加赏识，那风车只好由它响了。因此现在便叫它做“历史的风车”。隔无愁宫没多少路，有一座新宫，里面有一间“贝厅”，墙上地上满嵌着美丽的贝壳和宝石，虽然奇诡，却以素雅胜。

1933 年 12 月

翡冷翠[1]山居闲话

徐志摩

在这里出门散步去，上山或是下山，在一个晴好的五月的向晚，正像是去赴一个美的宴会，比如去一个果子园，那边每株树上都是满挂着诗情最秀逸的果实，假如你单是站着看还不满意时，只要你一伸手就可以采取，可以恣尝鲜味，足够你性灵的迷醉。阳光正好暖和，决不过暖；风息是温驯的，而且往往因为他是从繁花的山林里吹度过来，他带一股幽远的澹香，连着一息滋润的水气，摩挲着你的颜面，轻绕着你的肩腰，就这单纯的呼吸已是无穷的愉快；空气总是明净的，近谷内不生烟，远山上不起霭，那美秀风景的全部正像画片似的展露在你的眼前，供你闲暇的鉴赏。

做客山中的妙处，尤在你永不须踌躇你的服色与体态；你不妨摇曳着一头的蓬草，不妨纵容你满腮的苔藓；你爱穿什么就穿什么；扮一个牧童，扮一个渔翁，装一个农夫，装一个走江湖的杰卜闪[2]，装一个猎户；

① 翡冷翠（意大利语 Firenze），通译佛罗伦萨，意大利中部城市，文艺复兴时期欧洲最著名的艺术中心。

② “杰卜闪”通译吉卜赛人，以过游荡生活为特点的一个民族。

你再不必提心整理你的领结，你尽可以不用领结，给你的颈根与胸膛一半日的自由，你可以拿一条这边艳色的长巾包在你的头上，学一个太平军的头目，或是拜伦那埃及装的姿态；但最要紧的是穿上你最旧的旧鞋，别管他模样不佳，他们是顶可爱的好友，他们承着你的体重却不叫你记起你还有一双脚在你的底下。

这样的玩顶好是不要约伴，我竟想严格地取缔，只许你独身；因为有了伴多少总得叫你分心，尤其是年轻的女伴，那是最危险最专制不过的旅伴，你应得躲避她像你躲避青草里一条美丽的花蛇！平常我们从自己家里走到朋友的家里，或是我们执事的地方，那无非是在同一个大牢里从一间狱室移到另一间狱室去，拘束永远跟着我们，自由永远寻不到我们；但在这春夏间美秀的山中或乡间你要是有机会独身闲逛时，那才是你福星高照的时候，那才是你实际领受，亲口尝味，自由与自在的时候，那才是你肉体与灵魂行动一致的时候；朋友们，我们多长一岁年纪往往只是加重我们头上的枷，加紧我们脚胫上的链，我们见小孩子在草里在沙堆里在浅水里打滚作乐，或是看见小猫追他自己的尾巴，何尝没有羡慕的时候，但我们的枷，我们的链永远是制定我们行动的上司！所以只有你单身奔赴大自然的怀抱时，像一个裸体的小孩扑入他母亲的怀抱时，你才知道灵魂的愉快是怎样的，单就活着的快乐是怎样的，单就呼吸单就走道，单就张眼看耸耳听的幸福是怎样的。因此你得严格的为己，极端的自私，只许你，体魄与性灵，与自然同在一个脉搏里跳动，同在一个音波里起伏，同在一个神奇的宇宙里自得。我们浑朴的天真是像含羞草似的娇柔，一经同伴的抵触，他就卷了起来，但在澄静的日光下，和风中，他的姿态是自然的，他的生活是无阻碍的。

你一个人漫游的时候，你就会在青草里坐地仰卧，甚至有时打滚，因为草的和暖的颜色自然地唤起你童稚的活泼；在静僻的道上你就会不自主地狂舞，看着你自己的身影幻出种种诡异的变相，因为道旁树木的阴影在他们纡徐的婆娑里暗示你舞蹈的快乐；你也会得信口的歌唱，偶尔记起断片的音调，与你自己随口的小曲，因为树林中的莺燕告诉你春光是应得赞美的；更不必说你的胸襟自然会跟着漫长的山径开拓，你的心地会看着澄蓝的天空静定，你的思想和着山壑间的水声，山罅里的泉响，有时一澄到底的清澈；有时激起成章的波动，流，流，流入凉爽的橄榄林中，流入妩媚的阿诺河[①]去……

并且你不但不须邀伴，每逢这样的游行，你也不必带书。书是理想的伴侣，但你应得带书，是在火车上，在你住处的客室里，不是在你独身漫步的时候，什么伟大的深沉的鼓舞的清明的优美的思想的根源不是可以在风籁中，云彩里，山势与地形的起伏里，花草的颜色与香息里寻得？自然是最伟大的一部书，歌德说，在他每一页的字句里我们读得最深奥的消息。并且这书上的文字是人人懂得的；阿尔帕斯[②]与五老峰，雪西里[③]与普陀山，莱茵河与扬子江，梨梦湖与西子湖，建兰与琼花，杭州西溪的芦雪与威尼市[④]夕照的红潮，百灵与夜莺，更不提一般黄的黄麦，

① 流经佛罗伦萨的河流。

② 通译阿尔卑斯，欧洲南部的著名山脉。

③ 通译西西里，意大利地中海最大的岛屿，其凭借美丽的自然风光以及猖獗的黑手党闻名于世。

④ 通译威尼斯，意大利东北部城市。

一般紫的紫藤，一般青的青草同在大地上生长，同在和风中波动——他们应用的符号是永远一致的，他们的意义是永远明显的，只要你自己性灵上不长疮瘢，眼不盲，耳不塞，这无形迹的最高等教育便永远是你的名分，这不取费的最珍贵的补剂便永远供你的受用；只要你认识了这一部书，你在这世界上寂寞时便不寂寞，穷困时不穷困，苦恼时有安慰，挫折时有鼓励，软弱时有督责，迷失时有南针[1]。

1925 年

① 即指南针的意思。

我所知道的康桥

徐志摩

一

我这一生的周折，大都寻得出感情的线索。不论别的，单说求学。我到英国是为要从卢梭[1]。卢梭来中国时，我已经在美国。他那不确的死耗传到的时候，我真的出眼泪不够，还做悼诗来了。他没有死，我自然高兴。我摆脱了哥伦比亚大博士衔的引诱，买船漂过大西洋，想跟这位二十世纪的福禄泰尔[2]认真念一点书去。谁知一到英国才知道事情变样了：一为他在战时主张和平，二为他离婚，卢梭叫康桥[3]给除名了，他原来是 Trinity College 的 fellow[4]，这一来他的 fellowship[5] 也给取消了。他

① 通译罗素（1872—1970），英国哲学家、数学家、逻辑学家、历史学家、文学家、分析哲学的主要创始人，1920 年曾来中国讲学。

② 通译伏尔泰（1694—1778），18 世纪法国启蒙思想家、文学家、哲学家。

③ 通译剑桥，这里指剑桥大学。

④ 即三一学院（属剑桥大学）的评议员。

⑤ 评议员资格的意思。

回英国后就在伦敦住下，夫妻两人卖文章过日子。

因此我也不曾遂我从学的始愿。我在伦敦政治经济学院里混了半年，正感着闷想换路走的时候，我认识了狄更生先生。狄更生[①]——Goldsworthy Lowes Dickinson——是一个有名的作者，他的《一个中国人通信》（*A Letters from John Chinaman*）与《一个现代聚餐谈话》（*A Modern Symposium*）两本小册子早得了我的景仰。我第一次会着他是在伦敦国际联盟协会席上，那天林宗孟[②]先生演说，他做主席；第二次是宗孟寓里吃茶，有他。

以后我常到他家里去。他看出我的烦闷，劝我到康桥去，他自己是王家学院（King's College）的fellow。我就写信去问两个学院，回信都说学额早满了，随后还是狄更生先生替我去在他的学院里说好了，给我一个特别生的资格，随意选科听讲。从此黑方巾、黑披袍的风光也被我占着了。初起我在离康桥六英里的乡下叫沙士顿地方租了几间小屋住下，同居的有我从前的夫人张幼仪女士与郭虞裳君。每天一早我坐街车（有时自行车）上学，到晚回家。这样的生活过了一个春，但我在康桥还只是个陌生人谁都不认识，康桥的生活，可以说完全不曾尝着，我知道的只是一个图书馆，几个课室，和三两个吃便宜饭的茶食铺子。狄更生常在伦敦或是大陆上，所以也不常见他。那年的秋季我一个人回到康桥，整整有一学年，那时我才有机会接近真正的康桥生活，同时我也慢慢地"发现"了康桥。我不曾知道过更大的愉快。

① 英国作家、学者，曾帮助过徐志摩。

② 林长民，清末民初政治家、外交家、教育家、书法家。林徽因的父亲。

二

“单独”是一个耐寻味的现象。我有时想它是任何发现的第一个条件。你要发现你的朋友的“真”，你得有与他单独的机会。你要发现你自己的真，你得给你自己一个单独的机会。

你要发现一个地方（地方一样有灵性），你也得有单独玩的机会。

我们这一辈子，认真说，能认识几个人？能认识几个地方？我们都是太匆忙，太没有单独的机会。说实话，我连我的本乡都没有什么了解。康桥我要算是有相当交情的，再次许只有新认识的翡冷翠了。啊，那些清晨，那些黄昏，我一个人发痴似的在康桥！绝对的单独。

但一个人要写他最心爱的物件，不论是人是地，是多么使他为难的一个工作？你怕，你怕描坏了它，你怕说过分了恼了它，你怕说太谨慎了辜负了它。我现在想写康桥，也正是这样的心理，我不曾写，我就知道这回是写不好的——况且又是临时逼出来的事情。但我却不能不写，上期预告已经出去了。我想勉强分两节写：一是我所知道的康桥的天然景色；一是我所知道的康桥的学生生活。我今晚只能极简地写些，等以后有兴会时再补。

三

康桥的灵性全在一条河上；康河，我敢说是全世界最秀丽的一条水。

河的名字是葛兰大（Granta），也有叫康河（River Cam）的，许有上下流的区别，我不甚清楚。河身多的是曲折，上游是有名的拜伦潭——“Byron’s Pool”——当年拜伦常在那里玩的；有一个老村子叫格兰骞斯德，有一个果子园，你可以躺在累累的桃李树荫下吃茶，茶果会掉入你的茶杯，小雀子会到你桌上来啄食，那真是别有一番天地。这是上游。下游是从骞斯德顿下去，河面展开，那是春夏间竞舟的场所。上下河分界处有一个坝筑，水流急得很，在星光下听水声，听近村晚钟声，听河畔倦牛刍草声，是我康桥经验中最神秘的一种：大自然的优美、宁静，调谐在这星光与波光的默契中不期然地淹入了你的性灵。

但康河的精华是在它的中间，著名的“Backs”。这两岸是几个最蜚声的学院的建筑。从上面下来是Pembroke，St. Katharine’s，King’s，Clare，Trinity，St. John’s。最令人流连的一节是克莱亚与王家学院的毗连处，克莱亚的秀丽紧邻着王家教堂（King’s Chapel）的宏伟。别的地方尽有更美更庄严的建筑，例如巴黎赛因河的罗浮宫一带，威尼斯的利阿尔多大桥的两岸，翡冷翠维基乌大桥的周遭；但康桥的“Backs”自有它的特长，这不容易用一二个状词来概括，它那脱尽尘埃气的一种清澈秀逸的意境可说是超出了画图而化生了音乐的神味。

再没有比这一群建筑更调谐更匀称的了！论画，可比的许只有柯罗（Corot）的田野；论音乐，可比的许只有肖班①的夜曲。就这，也不能给你依稀的印象，它给你的美感简直是神灵性的一种。

假如你站在王家学院桥边的那棵大椈树荫下眺望，右侧面，隔着一

---

① 通译肖邦（1810—1849），波兰著名作曲家、钢琴家。

大方浅草坪，是我们的校友居（Fellows Building），那年代并不早，但它的妩媚也是不可掩的，它那苍白的石壁上春夏间满缀着艳色的蔷薇在和风中摇颤，更移左是那教堂，森林似的尖阁不可浼的永远直指着天空；更左是克莱亚，啊！那不可信的玲珑的方庭，谁说这不是圣克莱亚（St. Clare）的化身，哪一块石上不闪耀着她当年圣洁的精神？在克莱亚后背隐约可辨的是康桥最潢贵[①]最骄纵的三一学院（Trinity），它那临河的图书楼上坐镇着拜伦神采惊人的雕像。

但这时你的注意早已叫克莱亚的三环洞桥魔术似的摄住。

你见过西湖白堤上的西泠断桥不是？——可怜它们早已叫代表近代丑恶精神的汽车公司给铲平了，现在它们跟着苍凉的雷峰永远辞别了人间。你忘不了那桥上斑驳的苍苔，木栅的古色，与那桥拱下泄露的湖光与山色不是？克莱亚并没有那样体面的衬托，它也不比庐山栖贤寺旁的观音桥，上瞰五老的奇峰，下临深潭与飞瀑；它只是怯伶伶的一座三环洞的小桥，它那桥洞间也只掩映着细纹的波粼与婆娑的树影，它那桥上栉比的小穿阑与阑节顶上双双的白石球，也只是村姑子头上不夸张的香草与野花一类的装饰；但你凝神地看着，更凝神地看着，你再反省你的心境，看还有一丝屑的俗念沾滞不？只要你审美的本能不曾汩灭时，这是你的机会实现纯粹美感的神奇！

但你还得选你赏鉴的时辰。英国的天时与气候是走极端的。冬天是荒谬的坏，逢着连绵的雾盲天你一定不迟疑地甘愿进地狱本身去试试；春天（英国是几乎没有夏天的）是更荒谬的可爱，尤其是它那四五月间

① “天潢贵胄”的简用，旧时泛指皇族宗室子孙。

最渐缓最艳丽的黄昏，那才真是寸寸黄金。在康河边上过一个黄昏是一服灵魂的补剂。啊！我那时蜜甜的单独，那时蜜甜的闲暇。一晚又一晚的，只见我出神似的倚在桥阑上向西天凝望：——

看一回凝静的桥影，
数一数螺钿的波纹：
我倚暖了石阑的青苔，青苔凉透了我的心坎；……
还有几句更笨重的怎能仿佛那游丝似轻妙的情景：
难忘七月的黄昏，远树凝寂，
像墨泼的山形，衬出轻柔暝色，
密稠稠，七分鹅黄，三分橘绿，
那妙意只可去秋梦边缘捕捉；……

四

这河身的两岸都是四季常青最葱翠的草坪。从校友居的楼上望去，对岸草场上，不论早晚，永远有十数匹黄牛与白马，胫蹄没在恣蔓的草丛中，从容地在咬嚼，星星的黄花在风中动荡，应和着它们尾鬃的扫拂。桥的两端有斜倚的垂柳与椈荫护住；水是澈底的清澄，深不足四尺，匀匀地长着长条的水草。

这岸边的草坪又是我的爱宠，在清朝，在傍晚，我常去这天然的织锦上坐地，有时读书，有时看水；有时仰卧着看天空的行云，有时反扑着搂抱大地的温软。

但河上的风流还不止两岸的秀丽。你得买船去玩。船不止一种：有普通的双桨划船，有轻快的薄皮舟（canoe），有最别致的长形撑篙船（punt）。最末的一种是别处不常有的：约莫有二丈长，三尺宽，你站直在船梢上用长竿撑着走的。这撑是一种技术。我手脚太蠢，始终不曾学会。你初起手尝试时，容易把船身横住在河中，东颠西撞地狼狈。英国人是不轻易开口笑人的，但是小心他们不出声地皱眉！也不知有多少次河中本来优闲的秩序叫我这莽撞的外行给捣乱了。我真的始终不曾学会；每回我不服输跑去租船再试的时候，有一个白胡子的船家往往带讥讽的对我说："先生，这撑船费劲，天热累人，还是拿个薄皮舟溜溜吧！"我哪里肯听话，长篙子一点就把船撑了开去，结果还是把河身一段段的腰斩了去。

你站在桥上去看人家撑，那多不费劲，多美！尤其在礼拜天有几个专家的女郎，穿一身缟素衣服，裙裾在风前悠悠地飘着，戴一顶宽边的薄纱帽，帽影在水草间颤动，你看她们出桥洞时的姿态，捻起一根竟像没有分量的长竿，只轻轻地，不经心地往波心里一点，身子微微地一蹲，这船身便波地转出了桥影，翠条鱼似的向前滑了去。她们那敏捷，那闲暇，那轻盈，真是值得歌咏的。

在初夏阳光渐暖时你去买一只小船，划去桥边荫下躺着念你的书或是做你的梦，槐花香在水面上漂浮，鱼群的唼喋[①]声在你的耳边挑逗。或是在初秋的黄昏，近着新月的寒光，望上流僻静处远去。爱热闹的少年们携着他们的女友，在船沿上支着双双的东洋彩纸灯，带着话匣子，船

① 音 shà dié，游鱼或水鸟进食的声音。

心里用软垫铺着，也开向无人迹处去享他们的野福——谁不爱听那水底翻的音乐在静定的河上描写梦意与春光！

住惯城市的人不易知道季候的变迁。看见叶子掉知道是秋，看见叶子绿知道是春；天冷了装炉子，天热了拆炉子；脱下棉袍，换上夹袍，脱下夹袍，穿上单袍；不过如此罢了。天上星斗的消息，地下泥土里的消息，空中风吹的消息，都不关我们的事。忙着哪，这样那样事情多着，谁耐烦管星星的移转，花草的消长，风云的变幻？同时我们抱怨我们的生活、苦痛、烦闷、拘束、枯燥，谁肯承认做人是快乐？谁不多少间咒诅人生？

但不满意的生活大都是由于自取的。我是一个生命的信仰者，我信生活决不是我们大多数人仅仅从自身经验推得的那样暗惨。我们的病根是在“忘本”。人是自然的产儿，就比枝头的花与鸟是自然的产儿；但我们不幸是文明人，入世深似一天，离自然远似一天。离开了泥土的花草，离开了水的鱼，能快活吗？能生存吗？从大自然，我们取得我们的生命；从大自然，我们应分取得我们继续的资养。哪一株婆娑的大木没有盘错的根柢深入在无尽藏的地里？我们是永远不能独立的。有幸福是永远不离母亲抚育的孩子，有健康是永远接近自然的人们。不必一定与鹿豕游，不必一定回“洞府”去；为医治我们当前生活的枯窘，只要“不完全遗忘自然”一张轻淡的药方我们的病象就有缓和的希望。在青草里打几个滚，到海水里洗几次浴，到高处去看几次朝霞与晚照——你肩背上的负担就会轻松了去的。

这是极肤浅的道理，当然。但我要没有过过康桥的日子，我就不会有这样的自信。我这一辈子就只那一春，说也可怜，算是不曾虚度。就只那一春，我的生活是自然的，是真愉快的！

（虽则碰巧那也是我最感受人生痛苦的时期。）我那时有的是闲暇，有的是自由，有的是绝对单独的机会。说也奇怪，竟像是第一次，我辨认了星月的光明，草的青，花的香，流水的殷勤。我能忘记那初春的睥睨吗？曾经有多少个清晨我独自冒着冷去薄霜铺地的林子里闲步——为听鸟语，为盼朝阳，为寻泥土里渐次苏醒的花草，为体会最微细最神妙的春信。啊，那是新来的画眉在那边凋不尽的青枝上试它的新声！啊，这是第一朵小雪球花挣出了半冻的地面！啊，这不是新来的潮润沾上了寂寞的柳条?

静极了，这朝来水溶溶的大道，只远处牛奶车的铃声，点缀这周遭的沉默。顺着这大道走去，走到尽头，再转入林子里的小径，往烟雾浓密处走去，头顶是交枝的榆荫，透露着漠楞楞的曙色；再往前走去，走尽这林子，当前是平坦的原野，望见了村舍，初青的麦田，更远三两个馒形的小山掩住了一条通道。天边是雾茫茫的，尖尖的黑影是近村的教寺。听，那晓钟和缓的清音。这一带是此邦中部的平原，地形像是海里的轻波，默沉沉地起伏；山岭是望不见的，有的是常青的草原与沃腴的田壤。登那土阜上望去，康桥只是一带茂林，拥戴着几处娉婷的尖阁。妩媚的康河也望不见踪迹，你只能循着那锦带似的林木想象那一流清浅。村舍与树林是这地盘上的棋子，有村舍处有佳荫，有佳荫处有村舍。这早起是看炊烟的时辰：朝雾渐渐地升起，揭开了这灰苍苍的天幕（最好是微霰后的光景），远近的炊烟，成丝的、成缕的、成卷的、轻快的、迟重的、浓灰的、淡青的、惨白的，在静定的朝气里渐渐地上腾，渐渐地不见，仿佛是朝来人们的祈祷，参差的翳[①]入了天听。朝阳是难得见的，这初春的天气。但它来时是起早人莫大的愉快。顷刻间这田野添深了颜色，一层轻纱似的金粉糁上了这草，这树，这通道，这庄舍。顷刻间这周遭弥漫了清晨富丽的温柔。顷刻间你的心怀也分润了白天诞生的光荣。“春！”这胜利的晴空仿佛在你的耳边私语。“春！”你那快活的灵魂也仿佛在那里回响。

伺候着河上的风光，这春来一天有一天的消息。关心石上的苔痕，关心败草里的花鲜，关心这水流的缓急，关心水草的滋长，关心天上的云霞，关心新来的鸟语。怯伶伶的小雪球是探春信的小使。铃兰与香草是欢喜的初声。窈窕的莲馨，玲珑的石水仙，爱热闹的克罗克斯，耐辛苦的蒲公英与雏菊——这时候春光已是烂漫在人间，更不须殷勤问讯。

瑰丽的春放。这是你野游的时期。可爱的路政，这里不比中国，哪一处不是坦荡荡的大道？徒步是一个愉快，但骑自转车是一个更大的愉快，在康桥骑车是普遍的技术；妇人、稚子、老翁，一致享受这双轮舞的快乐。（在康桥听说自转车是不怕人偷的，就为人人都自己有车，没人要偷）。任你选一个方向，任你上一条通道，顺着这带草味的和风，放轮远去，保管你这半天的逍遥是你性灵的补剂。这道上有的是清荫与美草，随地都可以供你休憩。你如爱花，这里多的是锦绣似的草原。你如爱鸟，这里多的是巧啭的鸣禽。你如爱儿童，这乡间到处是可亲的稚子。你如爱人情，这里多的是不嫌远客的乡人，你到处可以“挂单”借宿，有酪浆与嫩薯供你饱餐，有夺目的果鲜恣你尝新。你如爱酒，这乡间每“望”

① 音 yì，遮蔽的意思。

都为你储有上好的新酿，黑啤如太浓，苹果酒、姜酒都是供你解渴润肺的。……带一卷书，走十里路，选一块清静地，看天，听鸟，读书，倦了时，和身在草绵绵处寻梦去——你能想象更适情更适性的消遣吗？

陆放翁有一联诗句："传呼快马迎新月，却上轻舆趁晚凉。"这是做地方官的风流。

我在康桥时虽没马骑，没轿子坐，却也有我的风流：我常常在夕阳西晒时骑了车迎着天边扁大的日头直追。日头是追不到的，我没有夸父的荒诞，但晚景的温存却被我这样偷尝了不少。有三两幅画图似的经验至今还是栩栩地留着。只说看夕阳，我们平常只知道登山或是临海，但实际只须辽阔的天际，平地上的晚霞有时也是一样的神奇。有一次我赶到一个地方，手把着一家村庄的篱笆，隔着一大田的麦浪，看西天的变幻。有一次是正冲着一条宽广的大道，过来一大群羊，放草归来的，偌大的太阳在它们后背放射着万缕的金辉，天上却是乌青青的，只剩这不可逼视的威光中的一条大路，一群生物，我心头顿时感着神异性的压迫，我真的跪下了，对着这冉冉渐翳的金光。再有一次是更不可忘的奇景，那是临着一大片望不到头的草原，满开着艳红的罂粟，在青草里亭亭像是万盏的金灯，阳光从褐色云斜着过来，幻成一种异样紫色，透明似的不可逼视，刹那间在我迷眩了的视觉中，这草田变成了……不说也罢，说来你们也是不信的！

一别二年多了，康桥，谁知我这思乡的隐忧？也不想别的，我只要那晚钟撼动的黄昏，没遮拦的田野，独自斜倚在软草里，看第一个大星在天边出现！

印度情思

//

杨朔

人在旅途上，又是夜航，最容易倦。我睡得迷迷糊糊的，忽然觉得耳朵里像灌满水，铮铮发响，知道飞机正在往下落。一睁眼，只见身边的星星，地面的灯火，密密点点的，恍惚是天上地下撒满珍珠，连成一片。飞机打着旋，我只担心：可别撞碎这些珍珠啊。

穿过这种幻景，我从云头里飘然落到地面上。这就是印度。好一个新奇的去处：到处是诗意，是哲理，是神话，最能引起人的美妙的幻想。

难道这不新奇么？五冬六夏，老是有开不完的鲜花。花草的名目，有时问当地人，也说不清。最奇的是一种叫“苏葛”的花木，叶子周围是锯齿模样，掐一片叶子埋到土里，嫩芽便绕着叶子从锯齿的凹巢长出来。芒果，菩提，在佛家是圣树，到处可以看见。有一回，我在一棵大菩提树上，发现累累垂垂挂着许多好大的果子。再一细看，竟不是什么果子，而是一群倒挂在树枝上的蝙蝠。到黑夜蝙蝠一亮翅膀，足有面盆大。

清晨，露水未干，你碰巧能在花阴里看见只孔雀，迎着朝阳展开彩屏，庄严地舞着。舞到得意处，浑身一抖，每根翎子都唰唰乱颤。

德里西南方有座极其漂亮的古城，叫赭堡，全城都刷成粉红色，因而别名玫瑰城。其实不妨叫它是孔雀之乡。那儿的孔雀多得出奇，有的干脆养在人家里，跟鸡一样。天天黄昏，孔雀出来打食。路边上，野地里，三个一群，五个一伙，好像美人儿拖着翠色的长裙子，四处转游，根本也不躲避人。赭堡还有象，更通人性。我去看赭堡附近山顶上的琥珀宫时，骑的就是大象。象的全身刺着花绣，耳朵上戴着大铜耳环，环子上系着彩色的绸子飘带。养象的人叫它是“象小姐”，怪不得打扮得这样妖娆。想不到大象还爱音乐呢。爬山的时候，后边有人叮叮当当敲着小钟，象小姐便踏着拍子，迈着又慢又笨的步子，一摇一晃的，颠得人骨头都痛。

下来以后，养象的人说：“给小姐点钱买糖吃吧。”大象便伸着鼻子到你跟前。我塞一枚印度币到它鼻眼里，瞧它把鼻子往后一甩，钱就递到主人手里去，乖觉得很。

乖觉的事儿还多着呢。你在大旅馆的餐厅里吃饭，小鸟会唧唧喳喳飞进来，围着你的腿搜寻面包吃。你到清真寺或者是名胜古迹去游玩，小松鼠会追着你跑，你站住，小松鼠便坐起来，用两只前爪拈着胡子，歪着头，还朝你挤眉弄眼呢。你走在野地里，瞧吧，路两旁常常坐着猴子的家庭：老猴子替小猴子从头上捉虱子，更小的猴子抱着母亲的肚子，就是母亲蹦跳、爬树，也不会掉。只要你嗷嗷叫上几声，哎呀呀，四下尼母树的叶子一阵乱响，更多的猴子会跳下来，都围到你跟前。胆大的竟敢一只手抓着你的胳臂，一只手从你掌心里拿香蕉吃。别以为这种种飞禽走兽是养熟的。不是，都是野的，却跟人处得十分相得，你看有意思没有意思？

在这样又古老又新奇的国度里，神话积累得自然特别丰富。象头人身的“甘尼萨”神，恒河，朱木纳河，还有一条据说隐藏在地下的沙罗索蒂河的三河女神，以及睡在毒蛇头下的湿婆天神等等故事，不但刻在石头上，还流传在人民口头上。甚至于直到今天，人民的真实生活里也夹杂着带点神话色彩的东西。

我到南印度的马德拉斯旅行时，曾经亲自去看过神鸢。有关神鸢的事迹，流传很远，书上都有记载。据说由马德拉斯到孟加拉湾海岸的半路上，有座圣山，每天正午以前，一定有两只白鸢从天外飞来，落到圣山上，吃点食，喝点水，歇息一会儿，然后又飞走——几百年来天天如此。那天我去得早，先在山脚下喝了点鲜椰子汁，尝了尝像嫩豆腐脑一样的鲜椰子肉，接着便按照当地宗教的习俗，脱下鞋，光着脚上了圣山。满山飘着一股香味，不知是野花，还是敬神点的什么香料。和尚们把神牛的粪晒干，弄成灰，往人的前额上抹，给人祝福。我急着要看神鸢，早早便坐到神鸢常落的岩石旁边等着。到十一点钟左右，一个光着膀子的老和尚打着伞，拿着一铜碗粘米饭，又就近舀了一铜碗水，都摆到岩石上。围着看的人悄没声的，全都望着天空。

忽然有人悄悄说：“来了！”天空里果然出现两只鸟，盘旋几圈，随后有一只翩然落到岩石上。这是一只白鸢，尾巴是黑的，头上的翎毛挺憔悴，老了！一下来便从老和尚手里吃起食来，养得熟的很。只是另一只怎么不见来呢？急得老和尚拿铜碗敲着石头，引它，到底也没引下来——总是先吃饱了。先前那只吃饱后，用嘴悠闲地剔剔翎子，也就飞了。

都相信这两只鸢是两个圣僧，几百年来每天从巴那拉斯飞往瑞姆萨罗姆去朝圣，好几千里行程，故而天天中途要在马德拉斯歇脚。

这类涂上神话色彩的宗教活动倒引起我极其邈远的幻想。我站在山顶上，望着孟加拉湾碧蓝的海水，望着苍苍茫茫的印度旷野，不觉想起玄奘。一千多年前，这个人物孤孤零零一个人，光着头，赤着脚，袈裟烂成布缕缕，就是跋涉在这片国土上，说不定还打这儿走过呢。走乏了，看见人家灯火，便去叫开门，双手合十，寻点吃的喝的，歇歇脚，然后又往前走。他不是茫然前进，他追求的是一种理想，一种信仰。

千万不能忽视印度人民现实生活里的宗教气息。宗教里也会含着人生哲理。

德里郊外有座“柯特”高塔，是十二世纪的建筑，一色是砂岩造的，塔身上刻着可兰经文，乍一看，形成十分精致的花纹。高塔进口的大门上刻着这样的字句：

……为神建筑庙堂的人，神将为他在天上建筑同样的庙堂。

从这几句铭文里，我领会一个道理，为什么在印度全境有那么多精美的寺院。这些寺院，正表现出印度人民对于美的人生的想望。在现实生活里追求不到这种美的人生，便把理想寄托到虚无缥缈的天上。建造庙堂，正是动手建造他们的理想。

这种美的理想，你还可以从多方面得到更强烈的感染。残冬将尽，天气正好，不妨且到印度西南方奥兰格巴古城做一次短短的旅行。奥兰格巴城本身美是美，更美的却在别处。

翻过一座叫不上名的山岭，车子开进南印度平原，放眼一望，满地的甘蔗正开花，飘着白穗，仿佛是雪白的芦花。转弯抹角，车子又插进一条空谷，停到山脚下。现在我们来到著名的阿旃陀石窟。

碰巧山根底正有庙会，沿路摆满小摊，有卖各种甜食的，有卖镶着玻璃珠子的手镯的，还有卖色彩浓艳的披巾的。……许多妇女嘴里嚼着豆蔻，围在各种小摊前挑选自己心爱的物件。她们的服装不是大红大紫，就是大绿大黄，都带着强烈的热带色彩。一些吉普赛女人打扮得更鲜艳：头顶上高高支起尖顶的绸子披巾；两鬓插着珠子花；鼻子的左面挂着环子，也有的嵌着一朵小小的金梅花；脚脖子上戴着几串小铃铛，一走路，哗啦哗啦响，好听得很。看起来，无论女人男人，眼神都显得那么急切，好像是在期待着什么——他们究竟期待什么呢？

我杂在红红绿绿的人群里，爬上山去，开始欣赏那些石窟里精彩无比的壁画。这不是篇艺术论文，我不想多费笔墨去研究阿旃陀绝世的艺术。可是，这些从纪元前二世纪到纪元后七世纪陆续凝结成的精品，实在有吸引人的魔力。传统的宗教主题和真实的印度生活紧紧结合着，每幅画都是那么优美，那么和谐，而表现力又是那么强烈。一两千年前的人物，都用神采动人的眼睛，从墙壁上直望着你。可是你瞧，怎么那眼神就跟我身旁的活人一样，又急切，又热烈。

从古到今，善良的印度人民究竟一直在期待什么呢？

一个印度向导说：“你知道么？我们昨天刚过‘迪拉三瑞’节。”

这是个历代相传的节日。在这一天，人们一见面就要互相给点糖，握握手。

我问道：“糖表示什么呢？”

向导说：“糖就是爱，就是友情，就是幸福，一年一度，谁不盼望这个节日呀。”

我的心不觉一亮。千秋万世，印度人民期待的不正是这些人生最美好的事物么？

他们还把自己最美好的理想刻到石头上。我指的是爱楼拉那个神奇的地方。爱楼拉坐落在奥兰格巴城西北上，约莫十七哩远，那里一共有三十四座石窟，一律是石刻，内里有佛教的、印度教的、还有耆那教的石雕。有一本书上这样记载着：“当阿旃陀的僧侣艺术家正忙于显示短促生命中的永恒时，爱楼拉的山岭响彻着雕刻巨匠们斧锤的声音，开凿出他们幻想中的凯拉萨石头神宫。”

我认为，印度全国的名胜古迹要算爱楼拉最绝，而凯拉萨神宫又是爱楼拉最绝的一处。我走到凯拉萨前，这座神宫一百六十四呎长，一百零九呎宽，九十六呎高，是从一座大山上劈下来一个角，又把这一角石山雕成一座精美无比的宫殿，上下两层，里里外外还刻着许多男女神像，以及跟原形一般大的石像等。神宫背后和左右，又依据原山开凿出三面石廊，廊里的石壁上刻着好多幅十分动人的神话故事。

有一幅石刻最打动我的心。一个叫鲁万纳的国王，长着十颗头，每天要献给神十九枝花。一天，神要试试他的心，暗地拿走十枝花。鲁万纳一发觉花的枝数不够，他是这样虔诚，便砍他的头代替花，已经砍下九颗头，正要砍最后一颗，神感动了，出面止住他。据说这个神话人物后来竟变成恶魔。且不管结尾怎样，这段故事总是值得深思的。

当夜，我临时歇在爱楼拉附近一座古帝王的行宫里，心情极其舒畅。我是完全沉醉在美的境界里去了。天上有月亮，满野铺着新鲜的月色，静得很，只有不知名的草虫齐声唱着。我想起当年那些刻石的人们。祖父带着儿子，儿子传给孙子，子子孙孙，前后几百年，如果没有坚定的信仰，深刻的智慧，加上像鲁万纳那样献身的精神，如何能最终创造出这样伟大的艺术啊？生命是有限的，那些人早不在了，没有人知道他们的名字。他们从来也没想到把自己的名字刻到石头上，他们刻上的只是自己的生命，他们留给后世的却正是这种用生命创造的美。我不能不好好想一想：作为人类的这一代，我们又能为后世美好的生活做点什么呢？

月亮地里，远处旷野上闪着一点野火，有人吹起怪凄凉的管子。印度人民真实的生活可远不像理想的那样美好。我知道，这个吹管子的人，睡在绳子结的床上，能吃到红高粱饼，放点辣子，就是好的。不过我也知道，印度人民像自己的祖先一样，永远抱着美好的理想；而且有毅力，有勇气，他们会为建造他们千秋万世所想望的美好的人生而奋斗，而抗争。

1957 年

在一个边境的车站上

//

戴望舒

夜间十二点半从鲍尔陀开出的急行列车，在侵晨六点钟到了法兰西和西班牙的边境伊隆。在朦胧的意识中，我感到急骤的速率宽弛下来，终于静止了。有人在用法西两国语言报告着：“伊隆，大家下车！”

睁开睡眼向车窗外一看，呈在我眼前的只是一个像法国一切小车站一样的小车站而已。冷清清的月台，两三个似乎还未睡醒的搬运夫，几个态度很舒闲地下车去的旅客。我真不相信我已到了西班牙的边境了，但是一个声音却在更响亮地叫过来：“伊隆，大家下车！”

匆匆下了车，我第一个感到的就是有点寒冷。是侵晓的气冷呢，是新秋的薄寒呢，还是从比雷奈山间夹着雾吹过来的山风？我翻起了大氅的领，提着行囊就往出口走。

走出这小门就是一间大敞间，里面设着一圈行李检查台和几道低木栅，此外就没有什么别的东西。这是法兰西和西班牙的交界点，走过了这个敞间，那便是西班牙了。我把行李照别的旅客一样地放在行李检查台上，便有一个检查员来翻看了一阵，问我有什么报税的东西，接着在我的提箱上用粉笔划了一个字，便打发我走了。再走上去是护照查验处。那是一个像车站上卖票处一样的小窗洞。电灯下面坐着一个留着胡子的中年人。单看他的炯炯有光的眼睛和他手头的那本厚厚的大册子，你就会感到不安了。我把护照递给了他。他翻开来看了看里昂西班牙领事的签字，把护照上的照片看了一下，向我好奇地看了一眼，问了我一声到西班牙的目的，把我的姓名录到那本大册子中去，在护照上捺了印；接着，和我最初的印象相反地，他露出微笑来，把护照交还了我，依然微笑着对我说："西班牙是一个可爱的地方，到了那里你会不想回去呢。"

真的，西班牙是一个可爱的地方，连这个护照查验员也有他的固有的可爱的风味。

这样地，经过了一重木栅，我踏上了西班牙的土地。过了这一重木栅，便好像一切都改变了：招纸，揭示牌，都用西班牙文写着，那是不用说的，就是刚才在行李检查处和搬运夫用沉浊的法国南部语音开着玩笑的工人型的男子，这时也用清朗的加斯谛略语和一个老妇人交谈起来。天气是显然地起了变化，暗沉沉的天空已澄碧起来，而在云里透出来的太阳，也驱散了刚才的薄寒，而带来了温煦。然而最明显的改变却是在时间上。在下火车的时候，我曾经向站上的时钟望过一眼：六点零一分。检查行李，验护照等事，大概要花去我半小时，那么现在至少是要六点半了吧。并不如此。在西班牙的伊隆站的时钟上，时针明明地标记着五点半。事实是西班牙的时间和法兰西的时间因为经纬度的不同而相差一小时，而当时在我的印象中，却觉得西班牙是永远比法兰西年轻一点。

因为是五点半，所以除了搬运夫和洒扫工役已开始活动外，车站上还是冷清清的。卖票处，行李房，兑换处，书报摊，烟店等等都没有开，旅客也疏朗朗地没有几个。这时，除了枯坐在月台的长椅上或在站上往来蹀躞以外，你是没有办法消磨时间的。到浦尔哥斯的快车要在八点二十分才开。到伊隆镇上去走一圈呢，带着行李究竟不大方便，而且说不定要走多少路。再说，这样大清早就是跑到镇上也是没有什么多大意思的。因此，把行囊散在长椅上，我便在这个边境的车站上踱起来了。

如果你以为这个国境的城市是一个险要的地方，扼守着重兵，活动着国际间谍，压着国家的、军事的大秘密，那么你就错误了。这只是一个消失在比雷奈山边的西班牙的小镇而已。

提着筐子，筐子里盛着鸡鸭，或是肩着箱笼，三三两两地来乘第一班火车的，是头上裹着包头布的山村的老妇人，面色黝黑的农民，白了头发的老匠人，像是学徒的孩子。整个西班牙小镇的灵魂都可以在这些小小的人物身上找到。而这个小小的车站，它也何尝不是十足西班牙的呢？灰色的砖石，黯黑的木柱子，已经有点腐蚀了的洋船遮檐，贴在墙上在风中飘着的斑驳的招纸，停在车站尽头处的铁轨上的破旧的货车：这一切都向你说着西班牙的式微，安命，坚忍。西德（Cid）的西班牙，侗黄（DonJuon）的西班牙，吉诃德（Quixote）的西班牙，大仲马或梅里美心目中的西班牙，现在都已过去了，或者竟可以说本来就没有存在过。

的确，西班牙的存在是多方面的。第一是一切旅行指南和游记中的西班牙，那就是说历史上的和艺术上的西班牙。这个西班牙浓厚地渲染着釉彩，充满了典型人物。在音乐上、绘画上、舞蹈上、文学上，西班牙都在这个面目之下出现于全世界，而做着它的正式代表。一般人对于西班牙的观念，也是由这个代表者而引起的。当人们提起了西班牙的时候，你立刻会想到蒲尔哥斯的大伽蓝，格腊拿达的大食故宫，斗牛，当歌舞（Tango），侗黄式的浪子，吉诃德式的梦想者，塞赖丝谛拿（La Celestina）式的老虔婆，珈尔曼式的吉普赛女子，扇子，披肩巾，罩在高冠上的遮面纱等等，而勉强西班牙人做了你的想象的受难者；而当你到了西班牙而见不到那些开着悠久的岁月的绣花的陈迹，传说中的人物，以及你心目中的西班牙固有产物的时候，你会感到失望而作"去年白雪今安在"之喟叹。然而你要知道这是最表面的西班牙，它的实际的存在是已经在一片迷茫的烟雾之中，而行将只在书史和艺术作品中赓续它的生命了。西班牙的第二个存在是更卑微一点，更穆静一点。那便是风景的西班牙。的确，在整个欧罗巴洲之中，西班牙是风景最胜最多变化的国家。恬静而笼着雾和阴影的伐斯各尼亚，典雅而充溢着光辉的加斯谛拉，雄警而壮阔的昂达鲁西亚，煦和而明朗的伐朗西亚，会使人"感到心被窃获了"的清澄的喀达鲁涅。在西班牙，我们几乎可以看到欧洲每一个国家的典型。或则草木葱茏，山川明媚；或则大山岃崱，峭壁幽深；或则古堡荒寒，困焦幽独；或则千园澄碧，百里花香，……这都是能使你目不暇给，而至于流连忘返的。这是更有实际的生命，具有易解性（除非是村夫俗子）而容易取好于人的西班牙。因为它开拓了你对于自然之美的爱好之心，而使你衷心地生出一种舒徐的、悠长的、寂寥的默想来。然而最真实的，最深沉的，因而最难以受人了解的却是西班牙的第三个存在。这个存在是西班牙的底蕴，它蕴藏着整个西班牙，用一种静默的语言向你说着整个西班牙，代表着它的每日的生活，象征着它的永恒的灵魂。这个西班牙的存在是卑微至于闪避你的注意，静默至于好像绝灭。可是如果你能够留意观察，用你的小心去理解，那么你就可以把握住这个卑微而静默的存在，特别是在那些小城中。这是一个式微的、悲剧的、现实的存在，没有光荣，没有梦想。现在，你在清晨或是午后走进任何一个小城去吧。你在狭窄的小路上，在深深的平静中徘徊着。阳光从静静的闭着门的阳台上坠下来，落着一个砌着碎石的小方场。什么也不来搅扰这寂静；街坊上的叫卖声在远处寂灭了，寺院的钟声已消沉下去了。你穿过小方场，经过一个作坊，一切任何作坊，铁匠的、木匠的或羊毛匠的。你伫立一会儿，看着他们带着那一种的热心，坚忍和爱操作着；你来到一所大屋子前面：半开着的门已朽腐了，门环上满是铁锈，涂着石灰的白墙已经斑驳或生满黑霉了，从门间，你望见了里面被野草和草苔所侵占了的院子。你当然不推门进去，但是在这墙后面，在这门里面，你会感到有苦痛、沉哀或不遂的愿望静静地躺着。你再走上去，街路上依然是沉静的，一个喷泉淙淙地响着，三两只鸽子振羽作声。一个老妇扶着一个女孩伛偻着走过。寺院的钟迟迟地响起来了，又迟迟地消歇了。……这就是最深沉的西班牙，它过着一个寒碜、静默、坚忍而安命的生活，但是它却具有怎样的使人充塞了深深的爱的魅力啊。而这个小小的车站呢，它可不是也将这奥秘的西班牙呈显给我们看了吗？

当我在车站上来往蹀躞着的时候，我心中这样地思想着。在不知不觉之中，车站中已渐渐地有生气起来了。卖票处，兑换处，烟摊，报摊，都已陆续地开了门，从镇上来的旅客们，也开始用他们的嘈杂的语音充满了这个小小的车站了。

我从我的沉思中走了出来，去换了些西班牙钱，到卖票处去买了里程车票，出来买了一份昨天的《太阳报》（*El Sol*），一包烟，然后回到安放着我的手提箱的长椅上去。

长椅上已有人坐着了，一个老妇人和几个孩子。一个，两个，三个，四个……一共是四个孩子。而且最大的一个十二岁的孩子，已经在开始一张一张地撕去那贴在我箱上的各地旅馆的贴纸了。我移开箱子坐了下来。这时候，便有两个在我看来很别致的人物出现了。

那是邮差，军人，和京戏上所见的文官这三种人物的混合体。他们穿着绿色的制服，佩着剑，头面上却戴着像乌纱帽一般的黑色漆布做的帽子。这制服的色彩和灰暗而笼罩着阴阴的伐斯各尼亚的土地以及这个寒碜的小车站显着一种异样的不调和，那是不用说的；而就是在一身之上，在这制服，佩剑，和帽子之间，也表现着绝端的不一致。“这是西班牙固有的驳杂的一部分吧。”我这样想。

七点钟了。开到了一列火车，然而这是到桑当德尔（Santanter）去的。火车开了，车站一时又清冷起来，要等到八点二十分呢。

我静穆地望着铁轨，目光随着那在初阳之下闪着光的两条铁路的线伸展过去，一直到了迷茫的天际；在那里，我的神思便飘举起来了。

出版说明

本书收录了现、当代多位不同时期作者的散文、随笔等作品，由于部分文章写成时间较早，当时的语法、语境、外国人名、地名等用法均与当下有所不同，为尊重作者原著，除个别必要的调整外，均保留了当时用法（譬如：叫做、那末、甚么、罢……）。

为了方便读者阅读，在每篇文末保留了作品的创作时间或首次发表时间（个别时间无法核实的除外）。为了保持整本书的体例统一，不再列明每篇文章发表时的刊名或者书名。

由于编者能力有限，在编辑整理本书时难免挂一漏万，还望读者指正！